細讀現代小說

張素貞 著

東大圖書公司 印行

國立中央圖書館出版品預行編目資料

細讀現代小說／張素貞著. --再版. --
臺北市：東大發行：三民總經銷，
民85
面；　公分. --(滄海叢刊)
ISBN 957-19-0628-X（精裝）
ISBN 957-19-0629-8（平裝）

1. 中國小說—歷史與批評—現代（
1900-　）

827

著作人　張素貞
發行人　劉仲文
著作財產權人　東大圖書股份有限公司
臺北市復興北路三八六號
發行所　東大圖書股份有限公司
地　址／臺北市復興北路三八六號
郵　撥／〇一〇七一七五——〇號
印刷所　東大圖書股份有限公司
總經銷　三民書局股份有限公司
門市部　復北店／臺北市復興北路三八六號
重南店／臺北市重慶南路一段六十一號
初　版　中華民國七十五年十月
再　版　中華民國八十五年二月
編　號　E 81021
基本定價　伍元肆角
行政院新聞局登記證局版臺業字第〇一九七號

ISBN 957-19-0629-8（平裝）

閱資料，文後加附註釋，以便檢證。在取材方面，以個人感觸深刻、內容技巧有多方面可資探究的為主，其中大多數是一般論評所未涉及的。我認為這樣做是有意義的，所以我不談白先勇的「遊園驚夢」、「永遠的尹雪艷」，而談「夜曲」；不談黃春明「鑼」、「莎喲娜啦・再見」，而談「甘庚伯的黃昏」。現代小說大家名作不少，我不過就便擷取，這只是個起步，但願將來還有賡續的機緣。其次，各篇寫作，隨興意會，曠時彌久，個人體驗和筆調並不一致，雖說是一種可以曲諒的自然現象，仍不免內懷愧疚。如今姑且以小說原作的刊行前後編次，同一作家兩篇評析則排列在一起，文末附註發表年月，聊備參考。

本書得以付梓，非常感謝一些師長與摯友的勗勉，尤其司馬中原、馬各、辛鬱先生一再鼓勵，大華晚報淡水河副刊先後兩位主編曾久芳、吳娟瑜女士常加鞭策，更是感激。陳幸蕙女士蒐羅評論文字，竟將「白先勇的『夜曲』」選入「七十四年文學批評選」中，文人相知，格外令人興奮。從師大國文系畢業，再入國文研究所，沉浸舊典古籍，繞過二十個年頭，能夠氣定神閒，重新踱回新文學的內圍，外子的推掖，給予我充分自我發展的環境，無論如何是值得慶幸的，謝謝梅新。

七十五年五月 **張素貞** 于臺北景美

序

最近幾年，我把授課的餘暇幾乎都花在「消閒」作品中，若說是稟性疏懶所致，似乎又太寃抑了自己。事實是：捧讀一篇義蘊豐富的小說，細細品析之後，小說呈現的人生景況，小說人物的生存情境，經常縈繞在心，餘波撼動，久久不能自已。恍惚依稀是少女時代的浪漫情懷，以那樣一顆易感的心，與衆多小說傑作的假想人物共甘苦，同悲喜！而生就好思多慮的習性，使我執著地想藉小說人物的情思，探觸人類的心靈，審察人性的複雜深邃；甚至由作者的經歷與作品的旨意，一窺作家的理念抱負。每每思緒起伏，反覆折騰，要等理出條目，有瓜熟蒂落、生命具足的感覺，這才如釋重擔，可以放心去忙別的事。就這樣，我在現代小說的浩瀚大海中探索著，寫出了一篇篇的「舊作新讀」，是夠樸質，也夠真誠的。

本書第一輯選錄兩篇創作理論及三篇泛論。題材題旨與敘述觀點是小說創作理論的兩大項目，筆者儘量取用我國現代小說的事例，做系統地歸納說明。第二、三輯所選全係單篇精讀細品的賞析，每篇依題旨另標副題，為求活潑簡明，提綱挈領，再列子題，希望有助於理解；有關參

細讀現代小說　目次

第一輯

第 一 輯

現代小說題材的選擇與主題的呈現

有人說，英國女作家，珍．奧斯汀（Jane Austen）以兩隻不同的眼睛看世界——一隻黑眼，一隻白眼：黑眼充滿了熱情，白眼儲滿了智慧。她智慧，所以能對人類加以冷靜的觀察；她熱情，所以能寫出對世間衆生的悲憫❶。潛心凝神，觀察人生，愼選題材，呈現悲天憫人的襟懷，是成功的小說家必備的條件；探究小說家如何選擇題材，如何呈現主題，是研究現代小說，揣玩小說技巧最基本的工夫。

一、虛構之必要

小說是有人物、有結構、有情節的創作故事❷，是小說家透過他個人對人生社會特殊看法，

❶ 參閱張秀亞「關於廬隱」，收入林海音編「中國近代作家與作品」頁一一九。純文學出版社六十九年三月初版。

❷ 彭歌「小小說寫作」頁二「代序」，蘭開書局五十七年六月初版；遠景出版事業公司。

以文學技巧表達出來的一種藝術形式❸。小說的寫作，基本上就是說故事，但現代小說又不是單純的說故事而已，它必須有情節。我們說：「國王死了，然後王后也死了。」這是故事；如果我們說：「國王死了，王后也傷心而死。」或者說：「王后死了，原因不明，後來才發現她是死於對國王之死的悲傷過度。」這便是情節❹。讀者除了滿足聽故事的好奇心之外，往往會運用智慧與記憶，去了解情節，隨著作者小說結構的懸疑、衝突、高潮而驚疑、緊張、焦慮，最後完全鬆弛，獲致一種情結宣洩之後的快感。而掩卷嗟嘆之餘，細細賞玩藝術精品，除了研究文學技巧，也能品味出作家所欲呈現的主題，從而理解到作家的襟懷及對人生社會的特殊看法。

小說既是創作故事，它離眞實必然有個距離。本來初學寫作的人，常挑選自己熟悉的人物、故事來做爲題材，是很自然的現象。因爲是熟悉的題材，人物的個性、外形相貌、言語動作，都可以掌握得很好。問題在於，小說的創作，必須達到某種目的，也就是說必須要表達些什麼意旨（亦卽作家對人生社會特殊的看法）。爲了這個主題意識，作者很可能要運用很多的技巧，包括題材的選擇，他往往把眞實的故事略加增刪，去適應他的需要，所以佛斯特說：「小說的基礎是

❸ 白先勇「我看高全之的當代中國小說論評」，收入高全之「當代中國小說論評」，六十五年十二月幼獅文化公司出版。

❹ 參閱佛斯特「小說面面觀」頁七五：「情節也是事件的敍述，但重點在因果關係（Causality）上。」以下擧例。李文彬譯，志文出版社六十二年九月初版。

事實加X或減X。」❺西方人把短篇小說叫做 Fiction，意思是虛構故事，表示小說是虛構的，想像性的。小說與散文的分別，就在於它是「用散文寫成的某種長度的虛構故事。」❻就拿人物來說，小說所刻畫的人物，必須具備共性，能呈現永恒的人性，才能爲大家所接受；又須反映時代，呈露個人的特質，這小說人物才能永存不朽。試想這樣的人物，能完全取材於現實人生嗎？能不依賴想像去虛構嗎？所以，小說創作，虛構實有其必要❼。

然而，小說反映人生，作家寫作時也竭盡所能鋪寫得栩栩如生，有許多讀者往往以爲小說人物就是眞實人物，甚而有認定某某人物有影射作用，因而打起誹謗官司來的。王禎和的中篇小說「美人圖」❽，以航空公司及旅行社爲寫作背景，七十年二月間在中國時報人間副刊發表，有一位失業郭姓青年，指稱小說中的角色「小郭」是影射他本人，小說中的情節也與他和一位林姓朋友的關係若合符節，於是提出誹謗罪的告訴。事載於七十年四月十六日中國時報第三版。同年六

---

❺ 前揭書頁三八。

❻ 法國作家謝活利（M. Abel Chavelley）語，子于引，見黃武忠「小說家談寫作技巧」頁一一，學人文化事業公司六十八年九月初版。又見「小說面面觀」頁三。大英百科全書對短篇小說所作的註解是：「一種以其壓縮與效果的集中而有別於長、中篇小說的散文體的虛構性作品……」

❼ 顏元叔「虛構之必要」，收入「顏元叔自選集」，黎明文化事業公司六十四年元月初版。

❽ 洪範書店七十一年一月初版，二月再版，三月三版。

月廿四日臺北地方法院檢察處檢察官判定「不起訴」。後來「美人圖」出單行本的時候，作者在扉頁特別聲明了兩點：

㈠故事情節、人名、公司名均爲虛構。

㈡本小說旨在博君一粲，別無他意。

類似無謂的糾紛，實由於讀者不明小說虛構的特質，也因此使得作者慣於在文後附記強調「虛構」。叢甦「想飛」集中收入的第一個短篇「半個微笑」❾，文末便附語：「上文故事全屬虛構，文中人物情節如與任何人、事相仿，全屬偶合。」李昂於七十四年八月十三日結束的「人間」連載小說「暗夜」，也附有類似的按語。

二、素材之來源

小說創作爲了表達作者的某種觀點與旨趣，必定有虛構的成分；但是，即使虛構，也得處理得合情合理，接近眞實。事實上，小說反映人生，自然取材於人生，必定有相當的眞實性。世界名著之中，便有許多取材於眞正的事實的。這些素材的來源，可能是來自作者的人生體驗，所見

---

❾ 聯經出版事業公司六十六年七月初版。原刊六十五年六月二十七日聯副。

所聞，以及由大衆傳播媒介所得的第二手資料[10]。我們可以說，最常被呈現於小說中的，是作者一生中難忘的片段，個人的經驗是最根本的憑藉：狄更斯的「塊肉餘生錄」大部分是自傳，夏綠蒂•布朗特的「簡愛」有作者的投影，哥德的「少年維特之煩惱」，是個人失戀的親身體驗。「但是狄更斯寫的是小說，不是自傳，他雖自他自己的生活中取材，卻只是把這些材料運用得合於他的目的而已。」[11]哥德寫「少年維特之煩惱」，宣洩個人失戀的憂鬱，維特自殺了，哥德卻由此獲得解脫。在我國現代小說家中，死於民國四十九年的美濃人鍾理和的作品，可說自傳成分相當濃厚，他的短篇「貧賤夫妻」與「錢的故事」[12]，根本就是婚後的實錄；「笠山農場」[13]長篇小說中的男女主角同姓戀愛受阻及農場經營的艱辛，也是作者親身的經歷。黃春明那篇「跟着腳走」[14]，那個辭去記者職務、失業的男子，憤懣、迷惘、憎恨人們過於自信、眞想「追殺自己」；那熱情，有才氣，是橄欖球隊長，背着晶體採訪錄音機深入山地，善於說故事，身材健壯的男子，多少映現了黃春明一大部分的個性、形貌與經歷。

[10] 「小小說寫作」頁廿八。
[11] 徐鍾珮譯毛姆「世界十大小說家及其代表作」頁一六三。純文學出版社六十五年十月初版。
[12] 見鍾肇政編「本省籍作家作品選集」，五十四年十月文壇出版社出版。
[13] 遠行出版社六十五年十一月初版。
[14] 原刊五十五年十月十日「文學季刊」創刊號。

另外一種情況是，小說家常由他所認識的人身上找到寫作的素材。「包伐利夫人」是個眞實的女人，她叫羅意絲。柯萊特，福樓拜本人跟她認識，而且對她有相當深刻的了解。當然，福樓拜對她深入的個性刻畫，又融入作者許多想像與組鍊技巧，所以「有人問福樓拜巴伐利夫人以誰做藍本，他說巴伐利夫人是我。」⑮狄更斯「塊肉餘生錄」中的米加勃先生，是以作者的父親爲藍圖，陶拉是以第一個愛人瑪利亞。貝德納爾爲藍圖，艾格尼斯的形象得自兩個小姨瑪利和喬治亞娜。大衞被後父送去工作，猶如狄更斯奉父命進工廠，兩人同樣覺得與貧賤的孩子們交往是自貶身價⑯。司馬中原的「綠楊村」⑰，寫的是作家夫人一位好友轉述的眞人實事。白先勇有好幾篇素材來源都很有趣：姐姐白先智談起從前的一個保姆，人長得很俊俏，喜歡戴白耳環，後來出去跟他一個乾弟弟同居。白先勇想像戴白耳環的那樣一個女人，愛起人來，一定死去活來的——那便是「玉卿嫂」；白先勇有一個親戚，學校功課不好，在家裏沒有地位，非常孤獨，自己跟自

⑮「世界十大小說及其代表作」頁一三七。另參陳森譯美國麥紐爾、康洛甫「長篇小說作法研究」頁九，六十四年三月幼獅文化事業公司初版。

⑯「世界十大小說及其代表作」頁一六三。

⑰「綠楊村」，聯副五十七年三月二十四日迄六月三十日連載。五十九年七月皇冠雜誌社初版。

己打假電話。白先勇想這男孩一定寂寞得發了昏，於是寫了「寂寞的十七歲」⑱。黃春明「鑼」中的憨欽仔，據黃春明說，是羅東實有其人⑲；王禎和的「嫁粧一牛車」，那窮男人與旁人共享妻子的「傳奇」，也是他幼年所聽到的鄉人嘲謔的眞實故事⑳。

此外，有些新聞報導、書刊評論，有時也成爲小說家寫作的素材。朱西甯的「破曉時分」㉑，據作者說是由報章上「古事今判」得來的靈感；而那則古事，研究起來，又是宋代話本，收入三言兩拍的「醒世恒言」中，話本題目叫「十五貫戲言成巧禍」，因爲被冤屈的男人叫做崔寧，所以又叫「錯斬崔寧」。李昂的「殺夫」㉒，素材來源是在加州白先勇家裏看到「春申舊聞」裏一

---

⑱ 見「驀然回首——〔寂寞的十七歲〕後記」，收入「寂寞的十七歲」——白先勇早期短篇小說集中，「玉卿嫂」、「寂寞的十七歲」即其中兩篇，遠景出版事業公司六十五年十二月初版。

⑲ 見「給憨欽仔的一封信」及「鑼」自序，收入「鑼」短篇小說集中，六十三年三月遠景出版社初版。

⑳ 見「永恆的尋求——王禎和談小說寫作」刊於中國時報人間副刊七十二年八月二十日，刊「文學」雙月刊第四期：「出版與讀書」第三十四期轉載「那是我小學四、五年級的時候，從親戚口中得知這麼一個又辛酸又絕頂有趣的事——一個人爲了免於挨餓，只得讓一個經濟能力較好的男子住進家裏，共同享用他的太太。」「嫁粧一牛車」，遠景出版事業公司六十四年五月初版。

㉑ 「破曉時分」，皇冠出版社五十二年出版；收入齊邦媛編「中國現代文學選集」，書評書目出版社六十七年一月三版。

㉒ 聯合報七十二年度中篇小說獎作品，七十二年十一月聯經出版事業公司初版，寫作因緣見：「寫在書前」。

篇轟動上海的「詹周氏殺夫」的眞實故事。張愛玲一九五四年寫成的反共長篇「秧歌」㉓，后記裏提及是根據一些香港報紙登載的有關大陸的報導做資料寫成的。

小說家選擇題材，有時候也參證書本與歷史，再加以移情、聯想。奚淞「封神榜裏的哪吒」㉔，取材於「封神榜」，寫活了古老的題材。托爾斯泰的「戰爭與和平」，以法國拿破崙攻入俄國爲背景，中國的「三國演義」、「水滸傳」也都有特殊的歷史背景。司馬中原的第一個長篇「荒原」，歷經抗戰、戡亂；而「狂風沙」㉕還包括北洋軍閥時代，那是作者出生以前的時代，司馬中原爲了充分映現眞實的狀況，花了不少考辨印證的工夫。朱西甯的「八二三註」㉖，以高度藝術技巧處理八二三砲戰的題材，爲了求眞實，作者再三徵詢同袍、長官的意見而修訂。

㉓ 皇冠雜誌社五十七年七月出版。

㉔ 刊於六十年九月「現代文學」第四十四期，收入齊邦媛編選「中國現代文學選集（小說）」，六十七年一月書評書目出版社三版。

㉕ 「荒原」，五十二年大業書店出版，六十二年三月皇冠出版社初版。「狂風沙」上下二巨册，自五十五年三月至五十六年二月連載於臺北皇冠雜誌（第二三卷第一期至第二六卷第六期——總號第一三三期至一五六期），五十六年五月皇冠雜誌社初版單行本。

㉖ 「八二三註」於六十一年開始寫作，六十三年至六十四年在幼獅文藝連載，六十八年由黎明文化事業公司、三三書坊出版。

三、題材之增刪

前文討論過，小說是事實加X或減X，小說並不等於事實，所以一般作者寫小說的素材儘管可能來自眞實的資料，個人的經驗，所見所聞，以及書報雜誌等傳播媒介，甚至乞靈於歷史性的史料，但作者必定以它爲基礎，而有所增删，增删的條件，全看作者的旨趣而決定。也就是說，作者確定了某種題旨之後，他的情節安排與結構布局，便完全圍繞着題旨去經營。

白先勇「臺北人」㉗一系列的小說，大膽用唐代詩人劉禹錫的烏衣巷冠在前頭：「朱雀橋邊野草花，烏衣巷口夕陽斜，舊時王謝堂前燕，飛入尋常百姓家。」詩中充滿了今昔比照的感嘆，他的小說裏，除了今昔比照的感嘆，還有精神與肉體的衝突，生存與死亡的迷惘㉘，這些主題能把握住，對他的小說便能有深刻一層的體會。當他寫「永遠的尹雪艷」時，腦海裏浮現的便是「

㉗「臺北人」，六十年四月一日晨鐘出版社初版。

㉘參閱歐陽子「白先勇的小說世界——『臺北人』之主題探討」，列出：「今昔之比，靈肉之爭，生死之謎」，收入「王謝堂前的燕子」——「『臺北人』的研析與索隱」，爾雅出版社六十五年四月十五日初版。

傾國傾城•紅顏禍水式的美人形象」㉙。細細揣玩，可以探析出來，作者有意要藉這個禍水式的紅顏，來象徵死亡的一種超然的、不能抵擋的、無所不在的力量。作者對人類的愚昧，充滿惋惜與慨嘆。尹雪艷其實是青春永駐、無情冷艷的妖魔，她幾乎是死亡的化身，是幽靈，是死神，作者用暗喻、象徵的手法來呈現主題。我們表面看到的是歡樂的場面，暗地裏死亡的陰影卻無所不在。作者安排王貴生、洪處長、徐壯圖的下場，都暗示了尹雪艷看似有良心，其實是無情。她具有世人不及的風情，迷人的神秘力量，人們接近她，愛她的拘牽安慰，吳經理正是受她長期冷酷的「凌遲」，非但毫無知覺，還沾沾自喜㉚。

為了呈現主題，讓情節發展順利，小說家常根據事實略作刪節。前文提及王禎和的「嫁粧一牛車」故事粗胚是眞人實事，王禎和說：

「比如說，『嫁粧一牛車』，原來人物是四肢健全，耳聰目明，我覺得這樣一個相貌堂堂的人，喜感不夠，悲哀感不足，請他當男主角，給人印象不會深刻，而且有礙情節的鋪張(人家不相信他會這樣那樣)。這就如戲劇裏的主角的型不對，無論怎樣認眞

㉙ 見鍾玲「中國女性與文學」，七十一年十月一日中國時報人間副刊。
㉚ 參閱「王謝堂前的燕子」中「『永遠的尹雪艷』之語言與語調」，出處同㉘。

演，觀衆總是不信服。於是我就……讓主角耳聾，讓他的男性不及格一點。」㉛

小說主題要呈現一種無可奈何的悲涼境遇，不僅男主角有所更動，女主角與男配角也都各有缺陷，再加上不可抗禦的際遇——貧窮，幾樣「不可能的可能」穿梭組合，便成功地烘托出了主題。小說家確定主題之後，題材因依着調整，情節安排，人物塑造都圍繞着主題經營，甚至小說使用的語言也都有考究。「永遠的尹雪艷」中，作者讓敍述者說反面話或歪扭話，達到嘲諷的目的；「嫁粧一牛車」中，作者運用生動活潑的民間方言，透過小說人物的意識，寫出了無可奈何的情境㉜。

欣賞小說，是全篇看完之後，反覆揣玩，逐步探尋，由人物、情節、結構、語調綜合起來，得悉了作者所欲呈現的主題。作家寫小說，卻是確定了主題之後，才能機動性地塑造人物，安排情節……，如果主題不曾確定，有再好的題材也不能發展爲小說。王禎和的「嫁粧一牛車」是知悉素材之後二十年才寫的；馬奎斯一九八二年的諾貝爾得獎作品「百年的孤寂」，十八歲時（一

㉛ 同⑳。

㉜ 同⑳。王禎和寫「嫁粧一牛車」：「發現民間語言的生動活潑，民間語言想像力的豐富，組合力的精妙，大大令我驚奇感動。」

九四六年）即已構思，到一九六五年才著筆，一九六七年殺青，總共花一年半寫成，前後卻醞釀了二十一年。

李昂的「婦人殺夫」，取材自陳定山的「春申舊聞」，是抗戰期間日本佔領下上海一件社會新聞。這社會新聞的特殊之處，是詹周氏殺了丈夫，並不是由於有了姦情，她不是淫婦，而是一個傳統社會中被壓迫的不幸婦人。李昂於一九七七年看了這份資料，立刻就用「婦人殺夫」做題目動筆，寫起小說來，但寫到主角的母親被強暴的部分，就沒法子再寫下去，主要是對上海的風土、人情掌握不住。這稿子由美國帶回臺灣，一擱擱了四年。等她開始撰寫專欄，對婦女問題有了進一步的探討，才替「婦人殺夫」找到了一個明確的、新的主題，她決定把它寫成「女性主義」的小說。於是她把背景移設到她熟悉的家鄉——鹿港，她去參觀屠宰場，便於體驗小說中的屠夫如何凌虐妻子，她終於寫成了七萬字的中篇，用來探討臺灣社會中兩性的問題，傳達出傳統社會婦女所扮演的角色與地位㉝。於是在她的筆下，我們找到了婦人殺夫的理由，而且是從頭到尾細緻地安排脈絡；我們看到了一個柔弱無辜的婦人，受盡丈夫肉體上、精神上的凌辱，加上鄰里三姑六婆的惡言中傷，她精神崩潰了，夢幻似地把丈夫當豬仔處理掉了。

㉝ 同㉒。

四、題旨之深化

小說家可能掌握了某種素材，卻要經過多年，主題才醞釀成功，因而寫作有了方向。爲了呈現主題，便運用想像，虛構一些情節，把原來的素材重新處理。海明威的「老人與海」，以一個老人，一個小孩，一隻馬林魚，幾條鯊魚，一些飛鳥，一大片浩瀚的大海，表現了他的人生哲學，傳達一種堅忍不屈的力量。老人窮得連「一鍋米飯」、「一點魚」都只是虛幻的希望，但他的悲哀不在於窮，而在於他已四十天沒有捕到一條魚。他到了深海遠地方，以生死搏鬪捕獲了巨大的馬林魚，回程中卻鬪不過一羣鯊魚，馬林魚被吃光了。他耗盡精力拖拉回來的馬林魚巨大骨架子，贏得漁夫們的惋惜和讚嘆，他一無所獲，但證實了自己是個好漁夫。雖然人們以爲那副大骨架是鯊魚，時間一久，老人自證的光榮紀錄終歸要被浪潮冲擊，飄送得無影無蹤；人生的奮鬪掙扎，到頭來難免歸於空無，還可能被人誤解，多麼苦難的歷程，多麼無奈的人生！但孩子是新的希望，孩子立志要做老人一樣偉大的漁夫，一代傳一代，人類的奮鬪是綿延不絕的。

海明威五十四歲時（一九四八年），以圓熟深刻的人生觀照，寫了「老人與海」這部登峯造極之作。有趣的是，遠在十二年之前（一九三六年），他就提到過這個素材了。他爲「老爺雜誌」寫了一篇深海捕魚的文章，敍述一個老漁夫在離岸六十英里的海上被人救起，小船邊綁著一條巨大的馬林魚，已給鯊魚吃掉了一半。老人曾和鯊魚搏鬪，此時筋疲力竭，又餓又渴，已陷入昏迷狀態，還自顧地大哭大叫。我們分析老人哭叫的原因，不外是不甘心辛苦捕獲的馬林魚平白又失去，怨嘆運氣欠佳！這個眞實故事，頂多只能算人生百態，茶餘酒後，聊供消遣，不能表達深刻的、令人玩味的人生哲理。海明威經過十二年的醞釀，改寫過的老人，是完全相反的形象。他沒有哭泣，還夢見獅子，他不須人搭救，自己收拾一切，背着桅杆顚躓著回家，他艱苦地攀爬，暗喩人類都得自己背負人生的十字架；他躺在床上，臉朝下，兩手伸直，手心向上，也正是耶穌受難的象徵。經過「改造」的題材，由於題旨深化，又有高度的藝術手法，終於使「老人與海」成了膾炙人口的不朽名著㉞。

在中國現代小說方面，類似「題旨深化」，重新組鍊的例子也不是沒有。據朱西甯說，最初寫「狼」，只寫了結尾獵狼的一段，約三千字左右，兩三年之後，改寫到兩萬字。足見一個題材孕育得久，內涵也滋榮了起來㉟。「狼」採取多線式的情節鋪展，交織出複雜的義蘊。原來只寫

㉞參閱胡菊人「小說技巧」頁一一九至一二八：「題旨之深化與擴大」。遠景出版事業公司六十七年九月初版。

㉟見蘇玄玄「朱西甯——精誠的文學開墾者」，「幼獅文藝」一八九期頁一〇三，五十八年九月一日出版。「狼」完成於五十年七月，發表在中央日報副刊，五十二年選入中央日報副刊選集，收入「狼」集中，皇冠出版社五十五年十一月初版。

狡獪的狼，現在也寫偷漢子的獪黠的婦人，一實一虛，「狼」「人」交互迭現。「狼」之無可感化與「婦人」之蕩滌罪孽相對，「狼」，不能不除，「婦人」卻可以提升靈明心性，自能新生，締造愛的世界。作家如此轉化題材，不僅小說的內涵豐富了，對人性深刻的探討，也能予人深刻的啓示。

作家對於某些題材特別喜愛，有時候處理過了，意猶未足，還要用長篇鋪寫來彌補短篇的未盡之意。張愛玲的「怨女」是由「金鎖記」拓衍出來㊱，白先勇的「孽子」是由「滿天裏亮晶晶的星星」拓衍出來㊲。「孽子」醞釀二十年，爲了呈現一貫的主題，「傅崇山」的角色、身分與個性，前後改寫六次，終於他成了父系的代表，青春鳥的保護者、引渡者，他使那些迷失的青年重新回歸文明世界㊳。白先勇闡述了：人子與父親之情是無可替代的，即使衝突再劇烈，親子之

㊱ 參閱李元貞「文學論評」中「張愛玲的金鎖記與怨女」，牧童出版社六十八年五月二十日初版；王拓「張愛玲的怨女與金鎖記」，純文學第六十期。「金鎖記」於卅二年十一、十二月刊於香港「雜誌」，收入「張愛玲短篇小說集」，香港天風出版社四十三年出版，五十八年臺北皇冠雜誌社重版。

㊲ 「滿天裏亮晶晶的星星」刊五十八年七月「現代文學」第卅八期，收入「臺北人」，晨鐘出版社六十年四月一日初版。「孽子」刊「現代文學」復刊號第二期至十二期，遠景出版事業公司七十二年三月初版。

㊳ 參閱謝家孝「黑暗王國的神話」，七十二年九月十二日中國時報人間副刊；袁則難「兩訪白先勇」，七十三年二月「新書月刊」第五期。

倫與密切血緣永遠存在。「孽子」中父子間的衝突與靈肉的衝突最後獲致和諧的調整，在意義上就比「滿天裏亮晶晶的星星」單單反映社會寫實層面深刻。「金鎖記」與「怨女」寫作的重點不同，優劣一時難以斷言；「孽子」的寫作則明顯是題旨的深化與擴大。

五、主題引導技巧

由於主題的確定引導題材的處理，主題如果不同，儘管相同的題材，處理起來，在形式與表達技巧上也會完全不同。前文提及，朱西甯的「破曉時分」，間接取材於宋代話本「十五貫戲言成巧禍」（錯斬崔寧）。如果我們試加比較，不但可以發現傳統小說與現代小說處理方式之不同，也可以明瞭朱西寧「破曉時分」有相當難得的成就。「十五貫戲言成巧禍」，題目本身就點明了主旨，這原無可厚非，但顯然作者是先有戒人「禍從口出」、「天網恢恢」、「惡有惡報」的想法，再編個故事來表達這個道德意念，它純粹是採取說故事的方式，沒有深刻的情節呈現，也不避免令人難以信服的「巧合」。劉貴帶回十五貫錢，騙他的小老婆陳二姐說是賣妾的銀兩，陳二姐怨他心狠，在鄰家借宿一夜，大清早出門，想回娘家。因爲門是虛掩的，半夜來了小偷，偷錢時驚醒了劉貴，便把他殺了。陳二姐在路上碰到了賣完絲的年輕人崔寧，由於同路，便結伴而行。走了兩三里路，就被抓去。恰巧崔寧的褡褳裏有十五貫錢，兩人被問成死罪。劉貴的妻子王氏守制一年後，在回娘家途中遇刼，老家人被殺，她做了壓寨夫人，那靜山大王聽王氏的勸導，改行經營雜貨店，並吃起齋唸起佛來。後來他向王氏吐露良心的歉咎，他雖是盜匪，並不隨意殺人，但仍寃枉殺死了兩個，害死了兩個，王氏一問，原來他就是殺劉貴的眞凶。王氏向官府告發，靜山大王償了命，糊塗原任官被撤職，崔寧與陳二姐的家人從優撫恤，王氏出家爲尼。

說故事的人，交代事件的發生與結果，但人物的心理、形貌，事件發生的因由都不曾涉及。這個題材到了朱西甯手裏，不但姓名改變，敍述觀點也由第三人稱全知觀點改換爲第一人稱旁知觀點，整個小說的結構也由順敍法換成參差錯綜法，他創造了一個初入衙門當衙役的陸陳行的少老三，讓純潔的年輕人目擊審案的全局，加以轉述。小說中心理描繪與動作多方面進行，撇開先後次序，不談因果關係，只選取最具意義的一段，由各個層面予以透視。其中與「錯斬崔寧」相近的情節，全由倒敍法由被審的當事人——相當於陳二姐的徐周氏，相當於崔寧的戴某人敍述出來。這種新的結構方式，除了呈現周氏與戴某的負寃含屈，其形貌、心緒、個性也得以披露，而敍述者個人的觀感，無疑也具有烘襯的作用，加強了事件的戲劇性，以及寃獄撼人的悲劇成分。在「破曉時分」裏，寃獄的審判，除了偶然因素之外，還牽扯到晚清官場積弊難改的黑暗層面。戴某的錢與苦主估報的錢並不相符，相差的數目可以讓捕房一些人平分，加上衙門的派系傾軋，衙吏急於結案，竟然讓少老三當假證人，還振振有詞：「你能說悅來客棧的店東不是早就給被告買通的？」小說中的戴某提得出充分的人證物證，透過陸陳行少老三的敍述，讀者可以了解到這個中年人（不再是年輕的後生）端方、正直、理直氣壯，被責打八十大板仍不屈服，少老三的心理反映，一則看出他的懦弱善良，一則也映襯冤案的深沉可怖。朱西甯把情節安排得錯綜複雜，因此具備了複雜多面的義涵，產生強大的衝擊力。在主題上，早已超乎勸戒的直捷目的。「破曉時分」割捨前後的枝節，重心放在冤案的審判過程，由此呈現人情的冷酷，吏治的黑暗，人性的繁雜，現實的殘酷。「破曉時分」，一對善良無辜男女被屈判了罪刑，是光明與黑暗的反諷；少老三做僞證贏得讚美，他猶豫著是否要捧這碗飯，他可能沒有勇氣逃離黑暗，也可能將來同流合汚，而仍然被肯定是個有出息的人。他出了公堂，正是「破曉時分」，光明與黑暗，還是未知數呢！題目與結尾，都潛含無窮的餘韻，這正是現代小說略勝於傳統小說之處。

有關「破曉時分」的創新意義，侯健寫過「朱西甯的破曉時分」，有非常詳盡的論析㊴。民國七十一年十二月十二日至十九日，美國「社會科學研究發展會」主辦了「中國現代短篇小說的理論探討」會議，在夏威夷大學舉行，美國學者白芝先生提出論文，便重探「破曉時分」對「十五貫戲言成巧禍」舊題材的現代詮釋以及小說中第一人稱與第三人稱敍述觀點轉換的問題。足見「破曉時分」在小說技巧上的運用，確實有獨特的造詣。

㊴ 刊於六十二年二月「中外文學」第一卷第九期，收入葉維廉編「中國現代作家論」，聯經出版事業公司六十五年十月初版。

六、結　論

小說家愼選題材，融合豐富的想像經驗，經過相當時間的醞釀，以嚴密的結構，高超的藝術技巧，去呈現題旨。英國著名小說家毛姆說：

在把事情寫在紙上之前，我常喜歡它們在我心中醞釀一段長時間。……我喜歡短篇故事的形式，跟幻想的人物生活了兩三個禮拜後，就把他們解決了，這是很使人興奮的事。寫長篇小說時，必須與其中人物消磨幾個月的時間，……⑩

爲了掌握人物的個性，毛姆寫作時，幾乎是全心投入，與幻想人物生活在一起；而在動筆之前，又老早在心中醞釀多時了。顧頡剛在民國十一年，爲葉聖陶的「隔膜」作序，特意強調作者醞釀的工夫。據說施耐庵寫「水滸傳」，是先在牆壁上畫好卅六個人像，早晚在那裏徘徊，揣摩人物的性情口吻，想像他們的言語動作，於是寫出來以後，便各有特性㊶。

㊵「毛姆回憶錄」頁一七七，志文出版社。

㊶參閱蘇雪林「中國二三十年代作家」頁三〇五。

小說有眞實，也有想像，爲了主題能適當呈現，想像的成分往往遠超過眞實，朱西甯自承他有許多以大陸爲背景的小說，是以少數的實際經驗，加上大量的想像經驗寫成的㊷。小說家的想像經驗，其實也植基於實際經驗，得力於平日的精細觀察、敏銳感受與博覽羣書，再經巧妙地移情轉化，便能寫來入情入理。杜斯妥也夫斯基在「罪與罰」中寫凶殺，莫伯桑在「一生」中刻畫女人心理，都是善於觀察、揣摩、移情轉化；美國傳記小說家爾文．史東的「痛苦與狂喜」是義大利文藝復與時代名雕刻家、畫家、建築家、詩人米開蘭基羅的奮鬪史，「生之慾」是法國畫家梵谷戲劇化的一生，「心力的激情」是醫生兼心理學家佛洛伊德的傳記，「希臘寶藏」是業餘考古學家施立曼的傳記。史東的專業知識之豐富令人驚訝，事實上，憑他的聰慧，往往寫作之前，他都還花上好幾年的時間去搜集資料，實地考察，研究分析，愼重的情形，比研究生寫論文，猶有過之㊸。

至於題旨，除了應該顧及一般讀者的廣泛與趣之外，也有必要求其深刻。歐陽子的「週末午後」，描寫一個美國老婦人登門要求賠償，指責小女孩丟石頭打破車子的擋風玻璃，看來有些細

㊷ 見李昂「在小說中記史——朱西甯訪問記」，書評書目十六期，民國六十三年八月。

㊸ 參閱崔文瑜「歐美文壇走筆」頁二五——三〇。聯經出版事業公司六十六年九月初版。Irving Stone 的名著分別是：The Agony and the Ecstasy; Lust for Life; The Passions of the Mind; The Greek Treasure.

碎。但小說的簡潔文筆之後，卻探索到美國倫理、教育問題，甚至留美中國人所承受的壓力，必要時得據理力爭的問題。由此可知，極狹窄的題材，也可以表達深刻的題旨㊹。有心的小說家，透過他冷靜的觀照、組鍊，將可發現人生到處是題材，而巧妙運用，他總有辦法呈現某些悲天憫人的題旨。這正是創作的奇妙與可貴！

原載民國七十四年十二月二、三、四日大華晚報副刊

㊹「週末午後」原載六十六年四月二十一日聯副，收入隱地編「六十六年短篇小說選」，附有王而玉先生短評，爾雅出版社六十七年五月十日初版。

現代小說敍述觀點的運用

敍述觀點（View-point），是小說採取什麼角度觀察事實，由什麼人物，用怎樣的口吻來敍述故事。優秀的小說家要善用好題材，研究採用怎樣的敍述觀點去完美的呈現義蘊豐富的題旨。敍述觀點將直接影響小說的結構，在現代小說技巧運用上，往往是作品成功與否的重要關鍵。

傳統的中國古典小說，大多採取全知全能的敍述觀點，敍述者（有時卽指說書人）對於人物的言行思緒瞭如指掌，前因後果都由敍述者交代，看小說（或聽書）的人只管看（聽），重點放在故事的結局如何。現代小說吸取西方小說技巧的理論，在小說處理上，敍述觀點發揮了很大的作用。亨利．詹姆斯（Henry James）是第一個把敍述觀點理論化的人。他首先指出，每一件事情都因觀察者所處的方位相異而有不同的反應與看法❶。在實際運用上，新的方法可以從作者全

❶ 參閱侯健「朱西甯的『破曉時分』」，「中國現代作家論」頁三一三，葉維廉編，聯經出版事業公司六十五年十月初版。

知全能、總攬全局的傳統表現手法，增加了以書中人物——主角或配角由不同角度進行觀察與反應的方法。

因着敍述觀點的巧妙運用，現代小說能由多種層面，深刻細微地呈現現實人生的百態。中國現代小說家雖以寫實主義爲傳統，大都採民族本位，選取中國題材，錘鍊中國辭語，在寫作技巧上，卻融合了西方小說理論，由敍述觀點的探討與研習，有助於對中國現代小說的鑑賞與創作，是無容置疑的。

敍述觀點可以略分爲以下幾種：

一、第三人稱全知觀點

二、第三人稱有限全知觀點

三、第三人稱主角觀點

四、第一人稱自知觀點

五、第一人稱旁知觀點

六、客觀觀點

七、混合式觀點

一、第三人稱全知觀點

所謂第三人稱全知觀點，是指敍述者像全知全能的上帝一樣，對於小說中人物的思想言行無所不知，對於故事的來龍去脈無所不曉，胡菊人稱之爲神眼，「舉凡人物出場、背景交代、人物性格、內心獨白、場景變換、情節進行……全由作者一手包辦。」❷

一般長篇小說大都採取第三人稱全知觀點，爲的是交代背景、更換場景都非常便利。司馬中原的「荒原」❸起始部分花了整整一個篇章，占全書十六分之一的篇幅，大約一萬四千字，介紹蘇北藏龍臥虎，生養無數善良百姓的那片沼澤地帶，亦即故事發生地點的地理與歷史環境，便是典型全知全能的敍述觀點。很多小說以寫景起筆，大多是這種手法。

傳統的古典小說常採行第三人稱全知觀點，並且慣於交代「徹底」；現代小說卻求含蓄、變化。第三人稱全知敍述觀點容易引致的毛病，是場景的更換有跳脫與混淆的現象。要避免這種缺點，一般常見的技巧，是在全知觀點中，盡量採用人物的見事眼睛，也就是說，透過某一個人物

---

❷ 胡菊人「小說技巧」頁八三，遠景出版事業公司六十七年九月初版。

❸ 五十一年十月十日三度改寫脫稿，五十二年大業書店出版，六十二年三月皇冠出版社初版。

的見事觀點來推展情節，如此一來，時間的轉移，人物的更動，場景的變換，便自然貼合，讀者的興味不致隔斷。我國古典小說中的藝術精品紅樓夢，作者曹雪芹就已善於運用這種技巧。第一回藉冷子興之口介紹賈寶玉，第三回藉林黛玉之眼，描繪迎春、探春、惜春、鳳姐與寶玉；又藉寶玉之眼，細描黛玉。第四十一回，更藉劉姥姥的見事眼睛描繪大觀園的景緻。

小說人物見事觀點的運用，使得全知觀點不致單調僵化。「荒原」的主角歪胡癩兒的出場，作者極盡戲劇性的延宕手法，藉由其他角色——貴隆、石七、二黑兒口中道出部分行徑，運用正筆、側筆，神龍見首不見尾，到小說三分之一篇幅了，司馬中原才完全揭露他的眞面目，還是經由貴隆之眼細加描繪。第十五章，夏福棠戰後返回澤地，司馬中原也是藉他的見事眼睛，交代了澤地災害殘破的慘況，以及澤地人對歪胡癩兒的褒揚與追念。書中爲求多樣變化，也運用意識流的手法，貴隆染上霍亂，在病危中種種飄浮的思緒，正是作者進入小說人物的腦中意識，向外呈現給讀者。這些穿插的藝術手法，使得長篇小說全知觀點的運用，不致使讀者產生疏離之感，而有引人入轂，直接經歷的切身感受。這正滿足了讀者參與「探尋」的需要，正是現代小說高超的綜合技巧。

張愛玲的「秧歌」❹，也是採取全知的觀點，卻常藉著人物的回憶交代情節，如譚金根吃了

---

❹ 四十三年香港「今日雜誌」連載，五十七年七月皇冠出版社初版。

妹妹的喜酒之後，回憶到上海探訪妻子月香的片段；匪幹王霖回憶與愛人沙明在廟裏的一段姻緣。前者純摯樸實，溫馨感人；後者詭異氣氛之下，也透露着幾分眞誠。

在中國現代短篇小說中，採用全知觀點寫成的不少，白先勇「永遠的尹雪豔」❺是著名的一例。作者寫尹雪豔的雪白細挑、俏麗甜淨，寫尹雪豔的風情、嫵媚、神秘；寫她前後兩個恩客，寫吳經理、寫徐壯圖。至於有關徐壯圖與她交往之後，性情大變的實況，藉由徐太太向吳家阿婆訴苦時轉述出來，便是善用小說人物的見事觀點，轉換敍述口氣，調整角度，能收到耳目一新之感。

二、第三人稱有限全知觀點

所謂第三人稱有限全知觀點，是指作者爲了顧及某種程度的效果，故意把全知敍述觀點加以局限，選擇特定的一二個人物，精細地描繪，深入內心，刻劃心理，其他人物，則用泛筆，只鋪寫她們的外在動作言行。這種筆法有些類似西方畫家對於遠近距離的透視處理，濃淡不一，詳簡有異，自然產生眞實感。

❺ 五十四年四月一日刊「現代文學」第二十四期，收入「臺北人」，晨鐘出版社六十年四月一日初版。

第三人稱有限全知觀點，可以說是爲了要彌補全知觀點與讀者過分疏遠所造成的缺陷，而力求改善的一種折衷技巧。在相當範圍之內，做有限度的約制，正合乎常人的推理範疇，使讀者能有相當參與的機會，別具一番親切感。這種觀點，相當於胡菊人所謂的次知觀點❻。王禎和的「嫁粧一牛車」❼是個好例子。

「嫁粧一牛車」描寫一個男人因爲貧窮，無可奈何地與別人共同享用妻子的悲涼境遇。起始作者用客觀的敍筆，簡潔地提示一些重要的脈絡，暗示主角萬發背負著某一種相當沉重的屈辱，聾，卻又聾得並不完全，是不幸的根源。接着作者便藉由萬發的觀點帶領讀者進入萬發的重聽世界，也時而進入萬發的心靈深處。於是讀者了解：萬發的境遇悲涼，非關本身個性，也不是他不勤儉；妻子無品無貌，闖入的第三者也大有缺陷，年齡比妻子小了十歲，可就偏偏他們好上了，眞是無可奈何了。至於萬發以外的人物，內心想些什麼？作者一概不加置喙，讀者只有自己去揣想，這正是有限全知觀點的特色，非但不是缺點，相反的，正是作者有意要如此安排的。

❻「小說技巧」頁八五。
❼「嫁粧一牛車」刋於五十六年四月十日「文學季刊」第三期，因特別詞語較多，第四期重刋訂，收入「嫁粧一牛車」，遠景出版事業公司，六十四年五月初版。

葉紹鈞的「孤獨」❽，也是採第三人稱有限全知觀點。在民國十二年，作者就運用了類似意識流的手法，在全知觀點介紹人物之餘，常常透過老人內心的回憶，與現實的觀感，來補足情節，今昔時空相互更迭交錯呈現，使這篇小說成了老人心理描繪的重要作品。通篇中，作者只選擇孤獨的「老人」，無名無姓的主角，做內心深入的刻畫。白先勇的「國葬」❾，寫「時維鷹揚」的「桓桓上將」李浩然將軍，寫做了老和尚的「鐵軍司令」劉行奇，寫靈堂祭弔的實況。在第三人稱全知觀點的實景描繪之外，作者選擇了已故李浩然將軍的老副官秦義方，曾經跟隨李將軍三十年，如今遠來祭悼的老副官，透過他的見事觀點，以他的主觀意識及多方面的往事憶述來呈現情節，這也是第三人稱有限全知觀點使用完美的上好例子。

三、第三人稱主角觀點

第三人稱主角觀點，是指小說的經營，圍繞著主角而推展，一切情節都緊扣主角的言行動作

❽ 民國十二年一月二十八日，原載「線下」，商務版。收入郁達夫編「中國新文藝大系」小說三集，大漢出版社，六十六年六月二十日出版。

❾ 五十九年多末脫稿於美國加州，刊六十年五月「現代文學」第四十三期，收入「臺北人」。

心理，隨着主角的行動改變場景，推動情節，透過主角的見事角度觀察其他人事。第三人稱主角觀點與第三人稱有限全知觀點相似而又不同，主要在於它描敍的角度，自始至終都得透過主角的觀感來呈現，有時候主角的心靈活動又多於外在的描繪；第三人稱有限全知觀點的運用則較爲自由，可以保留全知超然的態度，做多層面多角度的鋪描，只不過爲了效果上的考慮，而略作限制而已。

張愛玲的短篇小說，慣常使用全知觀點，在「留情」裏，她寫米家，也寫楊家；描摹淳于敦鳳的心理，也描摹米堯晶的心理。在「紅玫瑰與白玫瑰」中，佟世保的份量固然重了些，他的行爲與心理，作者由各種角度加以刻畫；但兩個女角——王嬌蕊與孟烟鸝的動作與思緒，照樣無所遁形⑩。像白先勇「金大班的最後一夜」⑪，以客觀敍述，交代各角色的動作，算是全知觀點，但選擇了主角金兆麗做內心意識的剖白，其他人物的心理則完全空白，該算是第三人稱有限全知

⑩「留情」刊於民國卅四年二月香港「雜誌」，「紅玫瑰與白玫瑰」刊於卅三年五、六、七月香港「雜誌」。兩篇都收入「張愛玲短篇小說集」，香港天風出版社民國四十三年出版；五十七年七月臺北皇冠出版社第一版。

⑪五十七年五月十五日刊於「現代文學」第三十四期，收入「臺北人」。

觀點。至於「芝加哥之死」⓬，不僅是白先勇寫作的分水嶺，作品由此趨於客觀而成熟，在敍述觀點的運用上，它也是第三人稱主角觀點的典型例子。小說自始至終，沒脫離過主角吳漢魂的動作與思緒。如果表演舞臺劇，主角必須由揭幕到落幕，一直在臺上；如果拍攝爲電影，每個鏡頭主角都要露臉，卽使偶有回憶逆溯部分，主角不露面也必有旁白。吳漢魂留學時間，半工半讀，苦苦撑持，女友琵琶別抱，母親腎病亡故，他都熬過去了，卻在攻得博士學位之後，頓覺空虛迷惘，於次日淩晨結束了自己的生命。作者由工作申請書的自傳起筆，以吳漢魂的觀感爲重心，今昔交錯，把現實的迷惘與回憶的艱辛，順著主角的思緒呈現出來。小說的時距不過半天，內心澎湃的思潮，卻洶湧着六年留學生涯的種種辛酸。採用第三人稱主角觀點，便於特寫人物，筆力集中，內外澄澈，至於其他角色都透過主角觀感而存在，自然只是陪襯了。

陳若曦七十三年在中國時報「人間」副刊連載的「二胡」⓭，以胡姓叔姪兩人做主角，前半全以老胡先生所見所爲所思爲主體，提及姪兒直接喚做景漢；後半則以小胡先生爲主體，提及叔叔，便稱恆叔。兩個大段落的見事觀點不同，相同事件也往往以不同層面呈現。這是兩大部分以

⓬ 五十三年一月刊於「現代文學」第十九期，收入「寂寞的十七歲」，六十五年十二月遠景出版事業公司初版。

⓭ 「二胡」，七十四年八月一日敦理出版社初版。

第三人稱主角敍述觀點寫成的小說。七等生的「我愛黑眼珠」⑭，寫一個「理性的頹廢主義者」⑮李龍第，接近第三人稱主角觀點，大致是以李龍第的言行思想爲敍述重點，偶而也有越出主角觀點範圍之外的話，如首段提及「他約三十以上的年歲」，「眷屬區居住的人看見他的時候，他都在散步。」因爲李龍第的行徑乖常，用主角觀點有助於內心剖白，使讀者易於了解他的動機，並據以推測他潛在的意識與婚姻生活中潛藏的問題。

四、第一人稱自知觀點

所謂第一人稱自知觀點，是指用「我」來敍述故事，「我」即是主角，敍述者由各種角度講述自己的故事，包含外在言行的鋪述與內在心理的描摹。第一人稱自知的敍述觀點，是許多初學寫作的人愛用的敍述方法。作者寫自己的故事，或化身爲主角，講述主角本身的故事。魯迅的

⑭ 刋五十六年四月十日「文學季刋」第三期，收入「僵局」，六十五年三月遠行出版社初版。

⑮ 參閱陳明福「理性的頹廢主義者——再論七等生的『我愛黑眼珠』」，六十五年四月中外文學第四卷第十一期。

⑯ 「狂人日記」寫於民國七年四月一日，五月刋於「新青年」，是第一篇中國白話現代小說，收入「吶喊」集中；「傷逝」寫於民國十四年十月二十一日，收入「徬徨」集中。

「狂人日記」與「傷逝」⑯，郁達夫的「春風沉醉的晚上」⑰，朱西甯的「哭之過程」⑱，段彩華的「黃色鳥」⑲，潘人木的「馬蘭自傳」⑳，叢甦的「癲婦日記」㉑都是這種筆法。使用這種敍述觀點，最便利於刻畫人物心理，往往也是爲了刻畫繁複多樣變化的心思，作者才選用這種敍述觀點。譬如，朱西甯的「哭之過程」，描寫一個純情的少男，帶點伊底帕斯情結，思慕比他大五歲的唱詩班姑娘。這份深情埋藏心田，塞滿記憶，持續七、八年。抗戰勝利後，他回返家鄉，急切而又不便明顯地打聽那位姑娘的下落。小說由做禮拜寫起，到做完禮拜，時距不過半天，但作者運用第一人稱自知觀點，時常錯綜夾雜不少記憶的回溯，時間緜亙約十來年。終究，他的綺夢破碎，兒時的偶像，竟是人盡可夫的「母狗」，盡經抗戰到八路軍進城，她只是迷惘地出賣自己。情愛的碎裂與祖國的殘破，雙重負荷，純情的年輕人，憶想到曾經編織過的美夢，奉獻過的熱愛，再念及甫經光復的山河，卽將面臨另一場浩刧，他又怎能不哭呢！

⑰ 十二年七月十五日載於「創造季刊」第二卷第一期，收入郁達夫編「中國新文藝大系」小說一集。

⑱ 五十七年七月刊於「純文學」第四卷第一期，收入「冶金者」，仙人掌出版社五十九年四月一日初版。

⑲ 五十八年農曆除夕脫稿，收入「段彩華自選集」，六十四年元月黎明文化事業出版公司初版。

⑳ 刊於「文藝創作」四十六至四十九期（四十四年二月至五月）。

㉑ 「癲婦日記」發表於六十五年十一月三日聯合報副刊，收入「想飛」短篇小說集中，聯經出版事業公司六十六年七月初版。

第一人稱自知的敍述觀點，固然便利於刻畫人物心理，相對的，也有其缺點。由於是自述，主角的形貌與其他角色相較，往往黯然無光。要想補救主角形影模糊的缺憾，須依賴其他人物的襯托，以對話、批評等方式突顯，抑或安排主角攬鏡自照，並加描繪。「癲婦日記」便是藉男友之口點明女主角的美，藉鏡中的形影，說明女主角的憔悴、纖瘦及病情的深重。如此一來，第一人稱自知敍述觀點不僅能刻畫內心細緻的感觸，微妙繁雜的思緒，也可以在相當範圍之內，不影響前後貫串性，用種種技巧補足缺陷，做完美的安排。

以第一人稱自知的敍述觀點寫成的小說，作者娓娓道來，讓人如身歷其境。段彩華的「黃色鳥」中，我——小學徒小鹿得了黃疸病，感覺虛脫無力，暈眩貪眠，寫得極爲實在；而小鹿本身懵懂不知，也貼合他的認知程度與理解範疇，逐步隨著情節發展才慢慢揭露事實的眞象。因爲描寫實在，讀者便有親切之感；因爲敍述觀點統一，於是讀者跟着主角去野外找尋黃色鳥，也一直到末了，才發現吃掉的竟不是藥用的黃色鳥，而是善心老頭心愛的百靈鳥！足見「自知」的局限，倒另有便於製造懸疑效果的奇妙作用。

五、第一人稱旁知觀點

所謂第一人稱旁知觀點，也是用「我」來敍述故事，但「我」並非主角，可能是個與主角關係密切的配角，或者只不過是個「閒角」，用局外人旁觀者淸的眼光來看整個事實。第一人稱旁知觀點，也是初學寫作的人喜愛採用的敍述方法。每個人總有些熟悉的人物，由自己的觀點去鋪描熟悉的人物，只要如實寫來，便是這種第一人稱旁知觀點。當然，小說不可能完全「如實」記述，但由此衍化卻方便容易。這種方法的好處，是便於描繪人物的形貌，卻又不易透視人物的心理，正好與第一人稱自知觀點相反。「自知觀點，是有內心而無外貌，旁知觀點，有外貌而無內心。」㉒爲求敍述語氣一貫，有時作者也故意保留某些情節，不作「心理分析」，卻在許多重要關鍵所在，安排線索，讓讀者有依據，可以推想小說人物的內心活動。

魯迅的「祝福」㉓，便採用第一人稱旁知觀點，對主角祥林嫂的描摹，頗能予人深刻的印象：「五年前花白的頭髮，卽今已經全白，全不像四十上下的人，臉上瘦削不堪，黃中帶黑，而且消盡了先前悲哀的顏色，彷彿是木刻似的，只有那眼睛間或一輪，還可以表示她是一個活物。」這個形象要畫揷圖，諒必不難捕捉人物之特色。但祥林嫂被鄉人迷信觀念所漠視，內心的痛苦卻沒法直接表明。她死後，作者補敍她的坎坷不幸，被迫改嫁，二度喪夫，幼子被狼呑食，

㉒ 胡菊人「小說技巧」頁九四。

㉓ 「祝福」寫於一九二四年二月七日，以「羅信」筆名，刊「東方雜誌」第二十一卷第六號，收入「徬徨」短篇小說集。

人們視她爲不祥之物，柳媽還嚇唬她，卽使到陰司，兩個男人還要搶她，最好去土地廟捐一條門檻。

「祥林嫂」的稱呼已成爲諷刺，她被冷落，膽怯，記性差，終於被送回介紹人那兒。經這些情節補足，讀者才恍然了悟，祥林嫂見到敍述者，問他：「一個人死了之後，究竟有沒有魂靈的？」「是否有地獄？」「一家人都能見面？」這些問話都反映了主角深心的徬徨恐懼，也只有如此布置線索，讓讀者自去串聯，因爲「旁知」畢竟只能敍述敍述者所知的部分事實。但是，有了精心的擘畫，讀者綜合小說的事件、情節，祥林嫂被折磨的痛苦，卻隱隱可以探觸得到。讀者可以領略到：與其說祥林嫂是窮死的，不如說她是被擯斥、被錮閉而死的。在過年「祝福」的喜樂氣氛中，作者對祥林嫂的「抗議」更具懾人的震撼力。

白先勇的「花橋榮記」㉔也是採行第一人稱旁知觀點，敍述口吻與見事角度都巧妙地呈現出敍述者的身分與個性。朱西甯的「狼」㉕圓熟貼切地運用了幼童第一人稱的旁知觀點，時有朦朧的認知，似是而非的論斷。以「狡獪的狼」與「偸漢子的婦人」雙線鋪展，實寫狼的狡詐，虛寫婦人的淫蕩，卻又能以虛顯實，讓讀者藉以探尋其中隱含的寓意，由此看來，第一人稱旁知觀點

㉔ 五十九年十二月發表於「現代文學」第四十二期，收入「臺北人」集中。
㉕ 寫于五十年七月，發表於「中央日報」副刊，收入「狼」短篇小說集，五十五年十一月皇冠出版社初版。

前後貫串，在技巧上很重要。因爲敘述者是幼童，又是純潔善良的樸實孩子，所以朦朧的認知似是而非的論斷正恰合實際。由於旁知的局限，有許多事實不能做全知式的透析，於是某些情節便有待其他人物的傳達。一般常見的是藉「聽見」，或別人「轉述」來加以補足。例如：林海音的「城南舊事」㉖，是作者幼年的部分眞實回憶，以「英子」的第一人稱旁知敘述觀點寫成，感人的「惠安館」，描繪憂思成疾的瘋子秀貞的故事，作者成功地部署了童騃的迷濛視界，刻意局限於幼童的認知程度。秀貞未婚生女，是聽到宋媽和換洋火的婆子聊出來的；最後小妞兒認了秀貞，母女急欲趕往惠安，是藉英子重病在床，恍惚中聽說：「那火車，倆人一塊兒……」妞兒的衣服「在鐵道旁邊」燒了。小說人物輕描淡寫，英子也沒能聽明白，讀者卻領略到了一場悲劇已經發生了。但，「火車碾死了那對母女」，卻無論如何不宜點明的，作者技巧高明，尤在於敘述觀點統一。

五〇年代初期，女作家潘人木轟動一時的長篇「蓮漪表妹」㉗，也採用第一人稱旁知觀點，這類觀點拙於刻畫主角的心理，潘人木另有彌縫之道，那便是以實際的動作，顯現其心理，並且

㉖「城南舊事」於四十九年由光啓出版社印行初版，五十八年第三版由純文學出版社繼續印行。七十二年六月起重新排一版，由純文學出版社、爾雅出版社共同印行出版。

㉗「蓮漪表妹」在「文藝創作」八至十一期（四十年十二月至四十一年四月）連載。

透過主角的表白，以「據蓮漪說……」，「她覺得……」來補足主角的看法，這是足資借鑑的好技巧。

文學創作的天地是廣闊無涯的，以漫畫筆法用之於小說，賦予布偶生命，藉布偶之口敍述，反映人生問題的，也不是沒有，朱西甯的「大布袋戲」㉘便是一例。布袋戲業者王財火爭冠軍旗子，希望藉著它得到更多演出的機會。他想法子賄賂拉人捧場，又被投機份子訛騙四百元，想去買通評判先生。阿年在出門時，把錢塞入布偶硬腦殼中，矇騙另一個合夥人，讀者了解：阿年有意獨吞。這些人的醜態，「藝術和生活的衝突，才能和社會保守觀念的衝突，藝術和才能價值存在的詢問，種種人間痛苦的糾結」㉙，都經由布偶——老蔡陽的見事眼睛呈現，原則上也算是第一人稱旁知觀點。

六、客觀觀點

所謂客觀敍述觀點，是指敍述者只用攝取鏡頭的方式，客觀地呈現人物的言行動作，不加主

㉘ 四十八年八月二日刊於聯副，收入「狼」集中。

㉙ 司馬中原「試論朱西甯」，收入「狼」集中。

觀述說，也不加任何說明和譬喻，算是濃縮的筆法，有緊迫逼人的氣勢。作者自始至終採用純粹客觀的敍述，以人物外在的言語動作爲主，不作內在心理的刻畫，完全以言語的動作來映現人物心理，讀者只能藉由人物的連串言語動作去揣測事件的前因後果。正因爲作者不作正面詳盡的描繪，客觀敍述觀點的小說，在精潔的文字背後，往往蘊藏著極豐富的深義，因而深具強烈的感動力。王文興「最快樂的事」㉚，只有三百字左右：

寒冷的上午，爬進樓下的街，已經好幾分鐘。這個年輕人睜開眼，仰對天花板呆視良久。他套上毛衣，離開床上的女子，向一扇掩閉的窗戶走過去。他垂視樓下的街；高高的前額，抵住冷玻璃。冰冷、空洞的柏油馬路面，宛如貧血女人的臉，天空灰濛，分不出遠近的距離，水泥建築物皆停留在痲痺的狀態。同樣的街，天空、建築，已經看了兩個多月，至今氣候仍沒有轉變的徵象。

「他們都說，這是最快樂的事，but how loathsome and ugly it was!」他對自己說。

幾分鐘後，他問自己：

「假如，確實如他們所說，這已經是最快樂的事，再沒有其他快樂的事嗎？」

㉚ 四十九年十一月十日刊「現代文學」第五期，收入「十五篇小說」，洪範書店六十八年九月初版。

這年輕人，在是日下午自殺。

葉維廉曾批評說：「『最快樂的事』，從某個角度看來，是很像一首散文詩的意味——譬如一刻間突然的悟。」又說它：「枝葉幾乎去盡，只剩下故事最純粹、最核心的存在。」㉛這篇「小小說」，除了「冰冷、空洞的柏油馬路面，宛如貧血女人的臉。」以及「水泥建築物，停留在痲痺的狀態。」兩大句反映主角的觀點之外，首段幾乎是相當道地的客觀觀點。他對自己說，他問自己，是一種間接的心理描述，這兩大句又超乎客觀觀點。但末段（也是末行）的煞筆，不僅是小小說驚人的高潮兼結尾，也是典型的客觀敍述觀點的運用。前文「厭世」的意念幾經轉折壓抑，從幾句非客觀敍述的句子固然足以辨析，其他客觀敍述的段落，也是巧意安排，是不落言詮的暗示，甚至義蘊深藏，以至結尾的自殺令人有驚愕惶悚之感；驚愕之餘，再回頭重按舊章，細細揣玩，才能領略作者的匠心，不禁要訝嘆，小說也有處理得這般精緻的，稱之爲散文詩雖不盡相宜，說它具濃厚的詩味，卻當之無愧的。

一般小說採行客觀觀點，必須有嚴密的布局，緊湊的動作，在「碰上個情緒強烈的場面時」，

㉛「水綠的年齡之冥想——論王文興『龍天樓』以前的作品」，一九六七年八月卅日寫於普城，收入「中國現代小說的風貌」，四季出版公司六十六年九月二十日出版。

如果用客觀觀點，可以「避免過份誇大或做作，或予人以「感情浮濫」的印象。」㉜大致說來，較長的短篇便很難從頭到尾都採用客觀觀點，但在全篇小說中，穿插使用片段，效果卻非常好。朱西甯的「鐵漿」㉝，敍及孟昭有爲了爭得鹽槽，不惜喝下鐵漿的一段：

「鼓風爐的底口扭開來，第二爐的鐵漿緩緩的流出，端臼裏鮮紅濃稠的岩液一點點的增多。

落雪的天氣，孟昭有忽然把上身脫光了，雖然少掉三個指頭，紮裹的布帶上血液似還很新鮮，脫起衣服卻非常溜活。脫掉的袍子往地上一扔。雪落了許久，地上還不曾留住一片雪花。……

「各位，我孟昭有包定了，是我兒子的了！」

這人大赤著膊，長辮子盤在額頂上，扣著結子，一個縱身跳上去，托起已經流進半下子的端臼。

㉜ 丁樹南編譯「小小說的寫作與欣賞」，純文學出版社五十六年六月初版。

㉝ 刊於五十年七月二十日「現代文學」第九期，收入「鐵漿」集中，五十二年文星書店出版。收入歐陽子編「現代文學小說選集」，爾雅出版社六十六年六月一日初版。

他衝著對手沈長發吼出最後一聲，擎起了雙手托起的鐵槳臼，擎得高高的，高高的。人們沒有誰敢搶上去攔阻，……

大家眼睜睜的看著他把鮮紅的鐵漿像是灌進沙模子一樣的灌進張大的嘴巴裏。」

「我包定了！」

它以極爲客觀樸實的文筆，向讀者披露事實，乍看非常冷酷，但孟昭有的執著、豪勇、流氣，以及不可原有的愚昧，卻能傳達無遺；而洋先生事前的客觀論析鹽槽卽將被火車取代，二十年後其子的敗業傾家，更先後反襯孟昭有爭執之無謂。這種弦外之音，皆有待細心的讀者自去揣摩。

七、混合式觀點

小說家根據寫作的題材，考慮運用某種合宜的敍述觀點，總以便於呈現題旨爲最重要的考慮。往往有許多小說，因著繁複情節的需要，希望加深感人的效果，在技巧上使用多種敍述觀點。當然，如果沒有必要，應該盡量避免改變敍述觀點。敍述觀點的轉換，要做到自然貼切，不讓人有阻隔或突兀的感覺。最普遍的一種錯綜使用情形，是全知觀點中一些人物自我意識呈露的片段，事實上是第一人稱自知觀點的轉用，抑或是第三人稱主角（或配角）觀點的嵌入，如本文第一部分提及全知觀點常採用的書中人物見事觀點即是。而更具體的是，小說幾個段落可以很明顯的劃分爲幾種不同的敘述方法，那就可以稱之爲混合式觀點了。

朱西甯的「第一號隧道」㉞，起結是第三人稱全知觀點，中間「穿香芸紗的婦人」後半、「吃耳摑的伍長」、「少女的兒時」前大部分，是三段主角觀點，錯綜互補。主要情節是：火車上四個相對座位坐了穿香芸紗的婦人、鐵路局員工、日本伍長、少女。車經最長的第一號隧道時，聽到很響的親吻聲，接著又是驚人的好脆好亮的耳摑聲。婦人以爲是少女被輕薄了，又料到日本伍長被摑了；眞的在車出隧道後，看見伍長搗著捱了耳摑的左頰。由伍長的觀點中，讀者了解，他平白捱揍，自我安慰：「只要這個甜甜的姑娘以爲是我吮了她，多麼値得！」由少女的觀點中，讀者又了解：少女不曾被輕薄，內心還敬佩婦人（「做外婆稍嫌年輕而做媽媽又嫌老了的婦人」），能鎭定地對色狼予以還擊。這個懸案自然有個得體的解說，卻只留給讀者去做，小說結束於少女下車，作者不曾下什麼結論。

白先勇的「紐約客之二——謫仙怨」㉟，前後兩大部分，一隱一眞，女兒寫信給母親，只道

㉞ 五十七年十月新中國出版社初版。

㉟ 刊於五十八年三月「現代文學」第三十七期，收入「寂寞的十七歲」短篇小說集中，遠景出版事業公司六十五年十二月初版。

些浮面的虛僞的喜樂與安慰。是書信體式，即第一人稱的自知觀點；後半實描紐約酒館的景況，是第三人稱全知觀點，前後並沒有文字聯繫，而飄泊的孤寂的靈魂，墮落的淒苦，在兩種不同敍述觀點的比照反襯下，自然烘托了出來。作者精心布署，混合使用第一人稱自知觀點和第三人稱觀點互爲補足，因而呈顯了「念天地之悠悠，獨愴然而涕下」㊱的情境，小說人物越不自覺，讀者的感慨就越深。

張系國「遊子魂組曲」中的「紅孩兒」㊲，高強原是乖順的兒子，功課好的模範生，父母寄以厚望，長兄殷殷鼓勵。留美之後，他卻荒廢學業，熱衷國是研討，轉而左傾，左傾之後，又被指斥爲散布毒素、反革命，被聲討，結果失蹤。他的哥哥委託聯邦調查局查訪半年，仍無結果。「紅孩兒」套自西遊記，暗喻高強傾心赤色共產主義，認識不夠，事與願違，終究不過像孩童的認知一樣。

作者採用混合式觀點，把許多有關人物的書信及部分有關文件，逐條排列，都各有重點，繫聯之後，自然可以了解整個事件的梗概。每封信原則上都是自知觀點，但小說以高強這個人爲敍

㊱陳子昂「登幽州臺歌」，白先勇發表「謫仙怨」時，曾用爲引子，猶如「臺北人」用劉禹錫的「烏衣巷」暗示主題一樣。

㊲刊於「野草」雜誌第十一、十二期，六十一年十一月一日、十一月十五日出版。六十五年三月改寫，收入「香蕉船」短篇小說集中，洪範書店六十五年八月初版。

述的重心，該看做是旁知觀點。大部分的收信人是高強，稱謂上是第二人稱，猶如「藍色多瑙河」㊳的敍述方式，都是張系國的創意。像鍾貴給高強的幾封信，除了映襯作用，也報導自己的看法，自己的遭遇，兼具書信體自知觀點的效果。幾分文件，「G埠十一月十六日航訊」屬新聞報導性質，是全知觀點；××總部發布給同志的「通知」，以聲討「高強」爲主體，是旁知觀點；「G埠保釣行動委員會」的緊急聲明，是自知觀點的自我辯解；至於聯邦調查局答覆高強之兄高維的文件，又是有關高強的資料，仍該歸爲旁知觀點。作者嘗試變化多種敍說方式，很類似資料的提供，讀者自去組合貫串，運思雖較爲耗神，卻也能獲致相當程度的滿足，這正是現代小說迷人的因素之一。

施叔青「倒放的天梯」㊴，由三大段落組成。「醫學討論會」，是第三人稱有限全知觀點，透過紀錄的實習醫生的見事眼睛寫成；「那個實習醫生的狂想之一——一則神話」，則以第三人稱全知觀點寫出，針對第一部分患者病況提供發病的現實環境之臆測。第三部分「那個實習醫生的狂想之二——潘地霖的獨白」，是第一人稱的自知敍述觀點，以精神病患者口吻敍述，剖陳了

㊳ 刊於六十三年五月「中外文學」第廿四期，收入六十五年三月書評書目出版社編「六十三年短篇小說選」，收入「香蕉船」短篇小說集中。

㊴ 刊於五十八年十二月「現代文學」第三十九期，收入歐陽子編「現代小說選集」，爾雅出版社六十六年六月一日初版。

人生的無奈與繁雜，歸結還是一種臆測——狂想。作者始終不曾肯定探尋到什麼答案，她只鋪陳，只是呈現，而終究讓人警惕到現代人的孤絕與惶懼之感，是否眞到了瀕臨崩潰的邊緣了？

司馬中原的「山」㊵，頌揚化戾氣致祥和的神明一般性質的高華人物——駝背老爹。初始採用第三人稱全知觀點，客觀描繪荒亂的情景，藉小葫蘆的意識流，渲染荒旱年歲的悲慘景象，說明師父——駝背老爹的權威性與神秘性；再透過駝背老爹的回憶，交代他的來歷與此行目的。接著隨著師徒的行蹤，再寫股匪硬灌與隆店，駝背老爹力挽狂瀾的盛大場面，便用第三人稱全知觀點。駝背老爹請命入山與股匪頭子談判，作者故布懸疑，場景一直擱在興隆店，第三天傍晚，才見隨去的鄉丁回來，一段神奇的外交過程，又透過替紙坊看門的漢子的旁知觀點轉述出來。而最後，仍以第三人稱全知觀點作結。敍述觀點轉換，能做到貼切佳妙，「山」是個好榜樣。

原載民國七十四年八月二十九、三十、三十一日大華晚報副刊

㊵「山」收入「十八里旱湖」（鄉野傳說之五），民國六十一年一月皇冠出版社第一版。收入齊邦媛編選「中國現代文學選集（小說）」，六十七年一月書評書目出版社三版。

凌叔華小說面面觀

一、多種層面的探討

朱光潛推崇凌叔華「是一個繼承元明諸大家的文人畫師」，她寫小說，像畫畫一樣，「輕描淡寫，著墨不多，而傳出來的意味很雋永。」❶固然凌叔華的小說，得自於繪畫的地方不少，她的小說功力傳承，大約泰半得力於她揣研契訶夫、曼殊斐兒與日本菊池寬、芥川龍之介等許多作家的作品。她個人出身於傳統官宦世家，婚後過的又是知識分子的新式小家庭生活，使得她的閱歷深廣，熟悉各階層的人物，再加上她具有遠比當代一些女作家「較成熟的感性和敏銳的心理觀察」❷，因而能寫出清新、明潔、細膩、婉約而深刻的好作品。雖然她涉及的範圍稍嫌狹窄了

❶ 朱光潛「小哥兒倆」。洪範書店「凌叔華小說集」頁四六〇、四六一。

❷ 夏志清「中國現代小說史」。傳記文學出版社，頁一〇六。

些，但對於人性的刻畫，當代人物心理的呈現，由婦女看當代的婚姻問題，透過純眞的孩童，看大人的憂喜恩怨，躍動於其間的，又何止是「富裕人家姑娘的夢囈」、「人生瑣碎的糾葛」❸而已？

除了「送車」與「楊媽」❹，凌叔華的小說還有許多值得深究的地方。她的「繡枕」，郁達夫選入「中國新文藝大系」小說三集；魯迅撇開與陳源筆戰的私怨，選入民國廿四年七月良友出版的「中國新文學大系」小說二集；林海音編的「中國近代作家與作品」，也選「繡枕」爲凌叔華代表作❺。「繡枕」描寫小官僚意圖憑藉女兒的善繡，巴結長官，以爲攀親之地。小姐冒著伏暑趕工精心繡了一對靠墊，進獻當天就被客人弄髒了，女僕撿走，剪去汚損部分，化大爲小，做了枕頂，輾轉傳到小姐使喚的張媽女兒手上；兩年之後，殘酷地出現在小姐眼前。

凌叔華分兩個段落處理。首段描繪小姐熱天趕繡的苦狀，她的精妙絕藝、花容月貌以及刺繡

❸尹雪曼「鼎盛時期的新小說」中「凌叔華的純文學」，成文出版社，頁一一九。關於題材狹窄方面，沈從文「論中國創作小說」認爲凌作「沒有眼淚，沒有血，也沒有失業或饑餓。」見周錦「中國新文學史」頁四六〇引。

❹見筆者「送車——新月小說賞讀」幼獅文藝三〇四期；「楊媽與陳媽——偉大母愛的重現」，大華晚報副刊，七十一年二月二十六日。

❺郁編大系，大漢出版社，民國六十六年六月三十一日出版；林編由純文學出版社六十九年三月初版。

的目的，都藉張媽之口道出；刺繡的精緻費時，又以小妞兒不信「繡了半年」「光是那隻鳥已經用了三四十樣線」來加意渲染。而小妞兒不能如願見到那對靠墊，便作了日後得到枕頂向小姐「炫示」的伏筆。後段寫兩年之後，張媽請假，小妞兒替工，與小姐談及枕頂，透過小姐的回憶，補充刺繡之苦、繡工之精，也補充了當年父親貪婪之愚，個人癡想之妄。結筆小姐搖頭無語，悵惘之情，自然流露。

夏志清說：「雖然字數不多，繡枕卻是中國第一篇依靠著一個充滿戲劇性的諷刺來維持氣氛的小說。」❻蘇雪林說：「這一篇小說不過二千多字，……布局卻是那麼有層次，有變化，有高潮，有伏筆，有反襯，結構是無懈可擊的，運筆又是十分輕靈活潑的。」❼由這篇小說，確實可以見出作者精潔、細膩、幽深、婉約的風格。但是，若以現代小說的高標準來衡量，這篇小說精則精矣，以順敍法表現，太嫌平淡；時距相隔兩年，過於長久；小姐內心描繪，激盪也不夠。也許這個好題材，很可以用倒敍法，以往事的閃現與現實的動作相互交錯呈現，戲劇效果當更佳。話雖如此，遠在民國十四年，凌叔華不過廿二歲，她能有這麼精心的傑作已經非常難得了。

一般讀者印象，凌叔華的作品「專爲中國婦女兒童的生活思想報導」❽。不過，她的小說並

---

❻「中國現代小說史」頁一〇八。

❼「凌叔華其人其文」，林海音編「中國近代作家與作品」頁七四。

❽凌叔華「凌叔華小說集」序，洪範本頁二。

不單純，譬如寫女人，她由多種層面探討了各種問題，而且相當具有深度。

「太太」中的女角，昏昧糊塗，只知「三缺一」，不顧孩子基本的衣著需要，不顧丈夫的體面，典當皮裘馬褂，意圖去翻本還債，沒料到很有可能要敲碎丈夫的飯碗。丈夫回來索取狐裘馬褂，好去應酬；原本讓聽差去追老媽子的，傭人寧可典當了，從中各自取得額外的小費兩塊錢（二十年代的傭人每月薪金也不過三塊錢），再搭人力車趕回。凌叔華明潔的敍筆客觀呈現了人性自私，相當犀利敏銳。這篇「太太」發表之後，曾被哥倫比亞大學的中國文學教授王際眞翻譯出來，印在他那本「中國小說選」內。

在二十年代，女子獨身還是相當「奇怪」的，凌叔華的「李先生」，描摹一個被女學生譏諷爲「臉皮打摺」的四十三歲老處女。她擔任某女中的學監，看不慣女學生的時髦妝扮，卻不肯明說；被伶牙利齒的女學生搶白暗諷，便無可奈何地說一句：「都是這樣！」這天她接到二哥二嫂邀請吃飯的信函，她想備辦合宜的禮物，因爲「她是一個什麼都要弄得淸淸楚楚的人」。她習慣地歪在牀上想念母親，藉她的回憶，作者交代了「李志淸」的過去。她十七八那年，曾有論婚嫁的機緣，只爲「眼下之痣」不合，媽要帶她除痣，給二哥取笑，「因羞變惱，她拚死不肯去除，並宣言不出嫁了」。由這幾句話，足見李志淸的固執意氣與一絲不苟。

哥哥們娶妻生子，生計日艱，虧她奉養母親，貼補家用。整三十那年，母親過世，她搬到學校來住，與哥嫂偶有連繫，必然禮數周到。一晃十幾年，這回爲帶何種禮物費心思量，最後考慮用封標（紅包），寫好「富貴壽考」的，應付孩子生日；寫好「花金」的，應付訂婚，方便而實惠。沒料到在路上遇見大哥，才探知，原來是母親忌日，難得二哥二嫂新搬家，房子寬敞，想起多弄幾個菜，請她去吃一頓……。「她的哥嫂雖然供了祖先靈位，可是多年沒有在忌辰上供了」。最後三行，她的車夫催她上車：

她只覺得心口一陣陣作痛，勉強上了車，痛得更厲害，車夫提了腳跑了半條街，忽然車上人顫聲叫住道：

「喂，拉回去，回去……」

在前文，作者已經兩度提到她心口作痛，大約積鬱成病，並說近日校醫囑咐：「心口痛時，千萬不可躺在床上想事情。」凌叔華並不刻意去描繪李志淸的心情紊亂，情懷激動，但由於末幾行的客觀呈現，再把她的一生幸福與侍母、念母聯繫起來，把她身上帶了紅包與母親的忌日聯繫起來，便能領略凌叔華的煞筆，確能留存無盡的餘味了。

此外，「茶會以後」，描繪兩姐妹參加茶會之後，談論服飾及文明男女之種種，由於經濟狀況稍遜於人，因而引致「空虛冷澀」之感。「吃茶」描寫保守女子遇到留學生，由於對方慣性的殷勤，引發許多憧憬，最後才知道那男士不過是遵照洋規矩，做些基本禮貌上的動作而已，這眞是「富裕人家姑娘的夢囈」❾，卻也相當寫實地呈現了二十年代中國小姐的社會經驗。這些取材雖有些細碎，卻各不相同，可以藉此窺見當年女性生活的各個層面。

凌叔華是閨秀派作家，「大抵很謹愼的、適可而止的描寫了舊家庭中的婉順的女性」❿。但是，她也曾大胆地反映新時代的蛻變，傳達了一些女士特殊的綺思異行。諸如「酒後」中的采苕，徵求丈夫的應允，想親吻醉酒酣眠中的客人，因爲那人曾是青春偶像，而且家庭不美滿。她還要丈夫陪著。最後，她並沒有吻那客人，又走回丈夫的身邊。「酒後」發表於民國十四年一月十日「現代評論」，魯迅在「語絲」上特別提出來稱讚；不久，著名的喜劇家，北大教授丁西林再據以改編爲同名的獨幕喜劇，發表在三月七日的「現代評論」，更加轟動一時，凌叔華也因此成名了。

又如「春天」裏的霄音，爲了天候陰霾潮濕，鬱悶寡歡，由遠處傳來小提琴與鋼琴合奏的琴音，「低遲纏綿」的音調，使她空虛難受，她想起久病住院的君建，那曾被自己拒絕的有情人，如今潦倒而又憔悴。她忽然想到給他覆信，剛寫了一行，猫爲捉飛進屋裏的麻雀，碰倒了花瓶，信紙浸濕，而丈夫靜一進房來了，霄音把信紙搓成糰紙，用來擦拭桌子，顧左右而言他。這篇發

---

❾ 尹雪曼「凌叔華的純文學」頁一一九。

❿ 魯迅「中國新文學大系」小說二集。

表時間，比「酒後」晚了一年半，歷鍊深了，結構雖有些鬆弛，情節推展比「酒後」自然，描寫少婦微妙的情思，細膩有緻。「春天」其實兼括了「女子思春」的含意。「春天」裏霄音之隱瞞實情，與「酒後」中采苕公開心靈隱密比較起來，要近情近理些，這是作者成功的安排。

「說有這麼一回事」裏，兩個少女因爲在校飾演「羅密歐與朱麗葉」，而假戲眞做，相偎相依，到不能離捨的地步。後來放暑假各自回鄉，羅密歐接不到朱麗葉的信，提早返校，偶然聽說朱麗葉已嫁了人，她竟昏了過去，凌叔華不曾用「同性戀」的辭藻，兩個少女這種情誼近似。少女愛慕同性友伴的這種情愫倒是有的，是誰說過，人天生都有同性戀的傾向，那麼，凌叔華的觀點，沒有放過這一環，足見她的細心，也足證她對女同胞廣泛的關愛。

二、各式婚姻的問題

作者關心當代女子的婚姻生活，由她的小說集可以看出。「小劉」的少女璀璨年華，被婚後不能調適的生活埋葬了。學生時代號稱軍師，心存刻薄，捉弄纏足而又懷孕的女同學；婚後面對自己的丈夫、兒女卻束手無策，邋遢憔悴。作者除了要寫「一個女人的失敗史」⑪，還暗示了

---

⑪ 夏志清「中國現代小說史」頁一一〇。

「勝人者有力，自勝者強」⑫的哲理，小劉欺凌他人，乍看像是強者，其實她未能戰勝自己，她的人生未能善加安排，她不是眞正的強者，凌叔華用了反諷的筆意，卻只是客觀呈現事實，全由讀者去揣想。「送車」中的白太太與周太太各有各的婚姻問題。白先生抱怨家裏沒趣味，「酒後」中醉酒的子儀「家庭也眞沒味兒」，大約都是舊式婚姻，夫妻學識懸殊，觀念不能溝通，沒有共同的話題，加以風氣漸開，知識分子有戀愛結婚的比較，更不能平靜地接受舊式婚姻的束縛。這種悲苦，作者並未曾正面論述，但她揭示了問題所在，卻很值得人深思。

有些文明男女的婚姻是幸福的，那多半由於丈夫能愛妻子，形現於言語動作，如「酒後」的永璋，「他倆的一日」裏的棣生，「春天」裏的靜一，都是好丈夫。至於「病」中的恩愛夫妻——芷青與玉如，爲了給芷菁籌款治病療養，玉如四處奔波，後半部作者改採芷菁的見事角度，故佈懸疑，讓他疑慮誤會，最後才由玉如澄清，誤會冰釋，那番掙扎，更見親愛之情。然而絕大多數的女子，並沒有這樣的幸運，「女人」中的彬文已有外遇（雖然僅是約會而已），太太運用智謀，巧妙而又不露形跡地消除了一場「災難」。在丈夫與女學生瑪麗約會的地點，她先聯絡自己的兄嫂不期而至，彬文不得不撇下瑪麗去招呼，陪著出了茶座；這個空檔，太太帶著孩子接近瑪麗，閒談中讓她知道自己是彬文的妻子，遞了名片邀她來家中。於是瑪麗嚴正地拒絕了彬文。

---

⑫ 老子第三十三章。

這個「太太」，確實是「高門鉅族的精魂」⑬，她顧慮瑪麗是有敎養的、認眞的好女子，任其遷延，必然誤了她，要不，自己離婚受苦之外，也害苦了孩子；她顧全丈夫的顏面，不曾挑破，自始至終，彬文仍不明白瑪麗何以忽然改變態度。

作者採取戲劇的形式，以對白交代情節，用括弧表明動作與心理、表情，嚴格說來，這篇並不是純粹的小說，卻具有小說的魅力。筆者談過林語堂「京華烟雲」裏的陳媽，是凌叔華「楊媽」一角的復現，而略有增飾；很有趣的，「京華烟雲」裏木蘭處理丈夫蓀亞與杭州藝專女學生相戀的方式，也與凌叔華的「女人」酷似。不過，林氏採小說形式，並且添加父親相助察訪，兩女約會，以及日後引領女學生至家中與蓀亞面對現實等戲劇性情節，變化歸變化，大抵兩篇的基本架構是近似的。

備受朱光潛讚揚的「寫信」，筆法與其他篇目不同，成功地採用第一人稱自知敍述觀點，假設向人獨白的方式，逐步透露了女人的心事。一個不識字的小軍官太太託伍小姐寫信給丈夫——一個倒楣的小連長，關餉不定時，孩子衣服穿不周全，家裏存不了錢。太太寫信的目的，想提醒

⑬ 魯迅「中國新文學大系」小說二集評凌叔華所描寫的人物，有異於馮沅君、汪靜之等人，是「世態的一角，高門鉅族的精魂」。大抵是對的，也有例外，像「楊媽」、「寫信」、「旅途」等所刻畫的便是無知無識的「匹婦」之流。

丈夫，別受河南壞風氣影響，跟著別人交女朋友。想挑明了說，又不知怎麼說；想說有意同親戚一道去河南看看，又怕圓不了場。也想說有便再捎件衣料來，上回捎來的那件衣料，丈夫沒說明給誰，她想做兒子理當先想著娘親的，給婆婆先做了；想想不能寫，怕被人看見了笑話。丈夫交代抱孩子照個照片寄去，盤算照相要三塊錢，很可以替他做件新衣服過節了；話又不能直說，丈夫向來不許提錢，說窮讓同事看了也要笑話。結果還是只寫了普通報平安的家常話。

這篇小說的表達技巧圓熟，獨白之中夾雜答覆伍小姐的話，這種方式類似芥川龍之介「竹籔中」的各段各角色的獨白；而又夾雜一些哄逗孩子的話，處理得貼切自然。最重要的是在題材選擇上包容了爲妻者的深厚關愛，處處爲丈夫著想，不怨苦，不怨窮，在微薄物質環境下，節衣縮食，爲丈夫侍奉婆婆，撫養幼兒。中國民間有多少這樣平凡而又偉大的節義孝慈婦女？凌叔華跨越「高門鉅族」的範圍，把她們栩栩如生地勾勒了出來。

凌叔華另一篇描摹平凡「匹婦」的短篇小說，是刊載於民國二十五年六月「文季月刊」的「旅途」。以第一人稱旁知觀點介紹一個不幸婦人的遭遇。敍述者和她共用快車上的同一車廂，她的邋遢、虛弱加上暈車嘔吐，使敍述者雖厭煩不得不代爲照顧六、七歲男孩。男孩說：他們此行是爲了探父親的病，父親和他生了一樣的病，爛了一隻耳朵。

敍述者知道那是梅毒，幼兒多數會夭折，果然婦人說：懷過七胎，死掉三個，男孩有個姐姐，床上的小女兒多災多難，肚子裏又懷了一個。她對於丈夫患病毫無怨尤，認爲花錢還是小事，就是犯病時脾氣大得很。不管先生的病過不過人，她抱定主意，「命裏有幾個生幾個」，不考慮節育。面對殘酷的現實，這「爲了生存已經焦頭爛額的苦人」，提及生兒育女，「臉上露出鄭重的自負」，能不令人肅然起敬嗎？凌叔華刻畫這麼一個愁苦無知、受腐化丈夫之累的認命婦人，顯露了她對於中下階層人物的關懷與同情，她的生花妙筆所呈現給讀者的，又何僅是「高門鉅族的精魂」而已。

刊載於民國十四年十月一日徐志摩首日主編的晨報副刊上的那篇「中秋晚」，是「花之寺」小說集中動人的作品。一對原本恩愛的夫妻，爲了「中秋晚」一點齟齬，各自埋怨對方，投下此後婚姻破碎的陰影。敬仁接到乾姐姐垂危的電話，急於趕去，太太迷信「團鴨」的象徵性質，要求他吃一點應景，他覺得油膩，吐了出來，太太有不祥之感；而敬仁沒趕得及見乾姐最後一面，懊惱之餘，遷怒於妻子，不能原諒妻子對死者的不敬。於是妻子回娘家，敬仁和一些酒肉朋友聽戲、逛窰子。

第二年，敬仁典押了雜貨舖，太太流產，變得更醜；第三年，敬仁母親來，說不動兒子，便埋怨媳婦不能服侍兒子。第三個中秋，「太太獨自躲到廚房望著爐火擦淚，不敢哭出聲來。」八月底，她又流產了六個月的男胎，胎兒有梅毒的徵象。第四年的中秋，敬仁住過的正廳布滿蜘蛛網，太太準備搬家，太太向親娘哭訴：「命中注定受罪。」這篇小說採用順敍筆法，時距四年，雖有些平板，但年年變化，令人驚心。悲劇肇因在於：太太迷信，丈夫剛愎自用。

作者客觀敍述，卻含蓄地提示不少令人省思的問題，夏志清說：「在揭發舊傳統的某些愚蠢觀念上，『中秋晚』是可以跟魯迅的『祝福』相媲美的。」⑭「中秋晚」與「祝福」確有相近之處，不過「祝福」中的祥林嫂是受外力的牽制，迷信的不是她本人，而在於鄉人的傳統觀念；「中秋晚」的太太則是自己迷信，以致觸怒丈夫，而敬仁本身也有嚴重的缺陷。不論外力與內因，都同樣具有摧毁幸福的可怖魔力，這也是兩篇小說之所以動人之處。

自古不幸的婚姻，都有其潛存的因素，中國的傳統舊家庭，婆婆的權威性，有時過分張揚，也將爲新婚的幸福籠罩上愁雲慘霧。收在「小哥兒倆」集中的「小英」，便是揭露這類的問題。「小英」這個短篇，採用第三人稱有限全知觀點，透過天眞幼童小英的見事眼睛，描寫三姑姑的婚姻。小英盼望三姑姑趕快扮文明樣兒的新娘，小說描摹婚禮的籌備、進行，以及三天後小英跟著爸爸去接三姑姑回門，由於得悉惡婆婆的苛待，使得全家人沈鬱不安，小英終於問張媽：「三姑姑不做新娘子行嗎？」這是凌叔華的結筆煞尾，童眞的兒語，含有多少「抗議」？文明樣兒的新娘卻受古板傳統惡婆婆的苛虐，既是文明形式婚禮，時代環境不同了，怎能再受老式家規無理的束縛？三姑姑向祖母哭訴：

三天都是站著，腰脊骨都酸痛起來，他們晚上打牌到一兩點鐘都不睡覺，我也伺候到那

⑭ 夏志清「中國現代小說史」頁一〇八。

時分……吃飯也不許坐到桌上吃，女婿同他母親坐著喫，叫我站在一邊伺候，這是什麼道理？

三姑姑是受過新式教育的吧！「這是什麼道理？」她並不像一般無知識的婦女，就「認了命」的，往後的日子怎麼過？爲了加強婆婆苛虐的形象，作者藉小英參加婚禮當夜的回憶，細描那「嚇人的老太婆」，「看人的時候比大街口那個宰豬的還兇」；回門那天在三姑姑婆家，小英眼見姑姑爲婆婆裝烟，心想：「裝烟，姑媽的秋杏才做這種事。」兩段淡筆，先爲三姑姑的不幸伏脈暗示。問題是：三天的婚姻，顯然已經是難以承消的「惡緣」了，三姑姑能不能不要它，孩子問得眞好！偏偏大人的事情沒有那麼容易解決。凌叔華爲轉型時期的婦女問題再次表現了深度的重視。

三、舊式家庭的陰影

凌叔華有好幾篇小說，是以傳統舊官宦人家複雜關係爲背景，把個人的身世融入其中。刊載於民國二十五年天津大公報副刊「文藝」的「一件喜事」，採行第三人稱敍述觀點，透過女童鳳兒的見事眼睛寫成。父親娶了新媽媽入門，詳描熱鬧景況，五娘穿得「更美」，「臉相可沒有平日可愛，狠狠的閉著嘴。」聽四姊告訴六姊，五娘昨天哭了一天，夜裏，她對鳳兒說：「我只想死。」她是得寵的姬人，新姨娘入門，表示自己身分低降，此後日子不好過，她的悲苦之情，不言而喻。而三娘鬧著要紅包，孩子們要金元寶，媽媽冷靜地安排衆姐妹及八個孩子向爸爸道喜，此中身分懸殊，心境各異，作者淡淡寫來，而人物恰如其分，栩栩如生，極耐玩味。

「喜事」有人眞的歡喜，有人虛應，有人悲苦，題目本身的義蘊也很豐富。當年東京帝大外語系，曾經徵求作者同意，把「一件喜事」譯爲日文及俄文在日本登載。民國四十二年，作者「古歌集」在英國出版，收入「一件喜事」英文稿，英國的「泰晤士文學專刊」撰文介紹，還特別提及這篇⑮，民國七十二年三月十二日聯合報副刊曾加以轉載。就內容、形式與技巧來說，這篇小說也確有它足以稱揚的特色。

「八月節」屬於未結集部分，不知是否曾收入「古歌集」，這也是以大家庭爲背景的小說，女童也叫「鳳兒」。屬於未結集部分，看來是半自傳的小說。在大家庭裏，除了爸爸之外，還有三娘、五娘、六娘，以及七八個哥哥姊姊，鳳兒跟著媽媽和三個姊姊初上京城大宅，還眞辨不清方向，因爲房子又大又多；而且除了家人之外，老媽、當差、廚子、門房等一大堆，住了一個多月也搞不清楚。這大家庭裏，姬妾爭寵，明爭暗鬥。由於舊社會重男輕女，於是母以子貴，生了兒子，便足以驕矜，連侍奉的丫鬟，也有仗勢欺負其他姬妾所生子女的。

---

⑮ 凌叔華「新加坡版『凌叔華選集』」後記，洪範本「凌叔華小說集」頁四六九、四七〇。

鳳兒的母親生了四個女兒，便只有忍氣吞聲。「八月節」用第三人稱全知觀點寫成，以「鳳兒」的遭遇爲主線，描寫八月節下午發生的事。先是老媽子告誡不能唱「八月桂花香，好做桂花糖」的歌，爲的是三娘名叫桂花，她有兩個「傳宗接代」的兒子，氣燄很盛，惹不得。

鳳兒與珍兒在後園做月餅，玩開月餅舖賣月餅的遊戲，請了幾個老媽、當差的應景，嘻嘻哈哈好不熱鬧。沒料到正收拾舖面時，三娘房裏的秋菊來了，繃着臉責備爲何不請她，跟着帶了小當差的拆了棚子，還故意把「月餅」散了一地。孩子們去告狀，秋菊搶白說：「再過十年八年你們自己長大了，成千成萬的各式各樣的眞餅子，都可以換回來，且吃不完呢。」三娘順着秋菊的口氣哄鳳兒：「鳳兒過來，給你擦擦眼，哭壞了好一雙丹鳳眼，怪可惜的，長大了就不好找婆家，連累我們都沒有好餅子吃了。」又對著提腳要跑的珍兒說：「回去告訴你媽媽說別因爲這一包假月餅今晚就不來打牌湊腳，三缺一缺德的。再過十年八載什麼講究餅子她都有得吃，且吃不完呢。」

作者把三娘主僕盛氣凌人，辱及他人母女的神情口吻，活靈活現地展露出來。鳳兒的母親在牀前叮嚀告誡，然後出了臥房。「鳳兒半夜醒了，聽見前院三娘哈哈得意的笑聲，還有媽媽陪着又低又軟溫和的笑語。」凌叔華明潔的敍筆，輕輕勾畫出鳳兒認命的媽媽那種委屈求全，曲意周旋的形象。而秋菊目無小主人，作者藉英兒的憤慨來批判：「秋菊眞是寵得太不像話了，什麼都打五少爺旗號出來壓制人。」

這種貴男賤女的習俗實在沒有道理，作者也藉英兒之口來抗議：「難道男孩子長大個個都做官，爲什麼拉車的挑糞的都是男人？」這篇小說背景當是淸末，所以說「做官」；就內容格局，也類似自傳，作者母親賢德容忍的形影呼之欲出。照文義推斷，珍兒該是五娘或六娘的女兒，事後珍兒如何，沒有交代，因爲小說以鳳兒爲主眼，便不能不有主從輕重之分。「八月節」從大家庭成員與環境的鋪述，到衆多人物的言語動作的描繪，都生動自然；對人性的探討，也客觀有力。這該是得力於作者親身的經歷與敏銳的觀察了。

在凌叔華的小說中，「有福氣的人」是精潔、客觀、含蓄，深刻的代表作品。這篇小說寫於民國十四年十二月七日，刊於次年一月一日「現代評論」，當時作者廿三歲，要到夏天才由燕大畢業。「有福氣的人」約六千字，以傳統舊式大家庭爲背景，以第三人稱全知觀點寫成。小說營造一個美麗的幻景，章老太太好命福氣的種種，眞讓人羨慕，直到文末，才撕開假的煙幕，見出大家庭的成員各有心計，「有福氣」之說只能打個問號了。

這個短篇只寫動作，不描心理。透過敍述與主角章老太太的回顧，讀者看到章老太太多子多孫，兒媳孝順，不憂柴米，粧奩豐厚，享盡榮華富貴與幸福和樂。在偶然的機會裏，章老太太在花廳停留，等候女僕回頭去取物，無意間聽到東花廳大兒子與媳婦的對話，才知道他們算計自己的珍寶，並且兄弟、妯娌互相猜忌，「老太太臉上陣陣涼起來」，作者只用這句話形容老太太的寒心與激動。她轉往西院，隱約聽見四兒與媳婦說笑，原來兒子得意媳婦能「哄」老太太，以爲總能得到章老太太頂愛的鑽石帽花，兒媳卻又提及「一串碧綠翡翠的朝珠」。老太太的反應是：「望了望劉媽，她高聲咳嗽一下，屋內人聲忽靜。」以一家之主的身分，她不願意女佣人知道太多「家醜」，也不願兒媳暴露太多自己傷心的事，而兒媳由於說話涉及「機密」，因而警覺性也高，這輕淡簡潔的三句話，含蓄地襯出了大家庭的複雜結構。凌叔華的結筆是這樣的：

老太太臉上額色依舊沈默慈和，祇是走路比來時不同，劉媽扶著，覺得有些費勁，她帶笑說：

「這個院子常見不到太陽，地下滿是青苔，老太太留神慢點走吧。」

顯然章老太太幻境破滅了，但她深沈地克制了自己，不表露於形色，無奈內心激動使她步履蹣跚，劉媽的感覺正是作者的暗示，由此可見作者的功力，也由此作者向我們呈現了章老太太的個性。史書記載東晉淝水之戰，謝安聽報已經打勝，卻面無喜色，照樣和客人下棋，等送客人之後，回轉內屋，「過戶限，心喜甚，不覺屐齒之折。」⑯謝安故作鎮靜，其實內心高興極了，屐齒折斷了都不曾察覺，足見他內心的激動。凌叔華的這段描寫有異曲同工之妙，而且還有過之。

---

⑯ 晉書卷七十九，謝安傳，鼎文書局本，頁二〇七五。

晉書點明了「心喜甚」，凌叔華卻只管客觀描摹與呈現，濃縮的筆法，給讀者領受更見深刻。而劉媽一段話，表面上是應付的得體之言，作者同時也含藏了象徵的意義：這個大家庭經常被陰影籠罩，誰對老太太都沒有坦蕩的誠心；隨處都可能有危機，章老太太眞要留神。小說的反諷意味加強，而前大半的海市蜃樓，至此完全揭穿，自然具有猛烈的震撼力。人性的自私，大家庭的複雜，全由作者一雙靈慧之眼洞照明晰，透過作者客觀淸淡之筆展現無遺。

蘇雪林曾拿曼殊斐兒的「一個理想的家庭」與「有福氣的人」比較⑰。在反諷的趣味上確實有些相似，但老倪扶先生的憂慮與章老太太的喜樂大不相同，老倪扶早就不信任揮霍的兒子與嬌貴的女兒，章老太太卻一直沈醉於兒媳的孝順付予的幸福感。再說，凌叔華的人物背景，完全是中國風味，若說這個短篇可能受到素所心儀的作者某個篇目的啓發，她處理的效果顯然更具震盪力，而題材全是出自機杼，有實際經驗爲後盾，寫活了中國傳統舊式大家庭的陰影，即使說受到曼殊斐兒的影響，那也是黃山谷式的「脫胎換骨」，何況其中實質並不相同呢！

---

⑰「中國二三十年代作家」頁三六三、三六四。

四、兒童心理的掌握

凌叔華有許多篇以孩童爲主體寫成的小說，掌握兒童心理，呈現一派天眞。「小哥兒倆」刊於民國十八年四月十日「新月月刊」二卷二期，採取第三人稱有限全知觀點，描寫大乖二乖兄弟餵鳥失鳥，打貓愛貓的經過，透過兒童的識見與口吻，隱約提示人間之美、人類之愛。小說時距一天多。七叔叔送來一隻會說話的八哥，小哥兒倆著迷，一邊餵食，一邊計畫用草亭子做講堂，大乖想敎八哥唸第一册國文，二乖想敎牠唱「先生早呵」的歌。二乖想讓八哥和自己睡，留了一塊燉肥肉給八哥，大乖想送八哥去音樂學堂，將來做個音樂家，小哥兒倆在前台聽牠演唱，還要向大衆演說。這些念頭，顯現了孩童的純眞可愛。

午飯後，爲了聽戲，他們讓八哥放假。沒料到聽戲回來，八哥已經死了，媽媽猜測是大黑野貓吃了牠，小哥兒倆發狠要爲八哥報仇。第二天天未亮，他們就到了後院，二乖被丁香的香氣與麻雀的吱喳逗樂了，忘了此行的目的，他哼唱雀躍，忽然發現破木箱裏一窩小貓兒，「一隻黑色的大貓歪躺在一傍」。他呼喚哥哥過來，小哥兒倆逗弄着四隻小貓，大乖拿主意要爲牠們蓋兩間房子，要用棉花給牠們墊一個窩兒。二乖忘情地抱着那隻黑色小貓，「跟牠媽一個樣子，這小腦袋多好玩！」

作者雖然只是客觀呈現，故作癡傻，明眼的讀者當然知道，那隻黑色的母貓正是小哥兒倆復仇的對象。我們比他們小兄弟還要高興，喜見祥和終於替代了狠戾，畢竟只有愛可以給人類帶來快樂。小哥兒倆把愛心給了新的寵物，這些喜悅也足以撫平他們失去八哥的痛苦，幸而人類對萬物施愛並不困難，人類要獲致幸福也不困難。「小哥兒倆」是純美的好作品，眞實而又親切，就像發生在你我左右一般。人若能不失童心，大約更能獲得幸福吧！

凌叔華的「小蛤蟆」，刊載於民國十八年三月十日「新月月刊」二卷一期。它是道地的一篇童話，可以跟同時代的女作家陳衡哲的「小雨點」媲美⑱。披了一身白皮的兩腳妖怪是蛤蟆羨慕的對象。母蛤蟆轉述蛤蟆公公的廣大見識，詳細說明兩腳妖怪的奇異能耐。小蛤蟆希望能修成兩腳妖怪的道行，由一隻蜜蜂那兒探得兩腳妖怪的住處，巴巴地趕去，爬上大樹遠眺卻發現兩腳妖怪任由蒼蠅在頭上飛旋肆虐，任由蚊蟲叮咬折騰。牠跳進「那座大東西」裏，想爬上他肩上為他解決天花板上的蚊蠅，兩腳妖怪卻怕牠怕得要死。這使得小蛤蟆大失所望，由失望而憤懣，原來崇仰的熱忱頓時冷卻了。牠把事情經過告訴母親，母蛤蟆卻說：「老公公會說兩腳妖怪的最難學到的道行是寧可自己受些苦，叫別的東西快活。」

整篇小說以小蛤蟆的敍述口吻鋪展，可以說是把小蛤蟆擬人化，採取第三人稱主角敍述觀點

⑱ 陳衡哲筆名「莎菲」，一九二八年出版短篇小說集「小雨點」，「小雨點」是第一篇，把小雨點人格化，談各種有趣的經歷、融合寓言、童話及天候氣象於一爐。參蘇雪林「中國二三十年代作家」頁三五八。

寫成。「兩腳妖怪」是指人，「那座大東西」是房屋。人能使喚別的東西，在水裏，陸地都有東西代步，但對於蛤蟆擅長的捕捉蚊蠅，人可只有挨蚊蠅「攻擊」的分，眞是「笨得可憐」了。大自然的生物各有所長，「我何貴而彼何賤乎」⑲。人類誠然有特異之能，但以蛤蟆的眼光看來，人也有不如牠們的地方。母蛤蟆開示勸解的那段話，不知何所指，「寧可自己受些苦，叫別的東西快活。」人類眞的有「捨己爲物」這麼偉大的德操嗎?世間地道的苦行僧、淸敎徒又有多少?蛤蟆那般謙虛，人是否也該謙虛一些，去發現其他生物的優點特質，尊重其他生物在大自然界的共存權利?

「新月月刊」二卷六、七期合刊，有凌叔華的短篇「搬家」，描寫枝兒與四婆的忘齡交誼，因爲「搬家」，枝兒把餵養的寵物花鷄及十七隻鷄蛋送給四婆，因而演出一齣悲喜劇。這篇小說仍然採取第三人稱有限全知觀點，觀點大部分以枝兒的理解程度爲範圍，枝兒依賴四婆，陪她做針線，寧吃四婆的靑菜白飯，寧願跟著四婆跋山涉水去「幫忙」人家採花生。她相信北京不遠，只要四婆呼喚，她就來給四婆穿針。她的花鷄是她的寶貝，對十七隻鷄蛋她有許多憧憬，期盼有朝一日孵化爲絨球似的小鷄。因爲搬家，不能把花鷄和鷄蛋帶走，她愛四婆，信任四婆，以爲四婆會像她一樣愛護她的寶貝。

在伯娘替枝兒一家人餞行的飯桌上，四婆送來兩大碗菜，阿乙姐低聲冷笑說：「倒是這碗魚

---

⑲ 鄭板橋「寄弟墨書」，原指地主與佃農毫無貴賤之別。

得花好幾毛錢，那盤鷄還不是咱們家送去的。阿三可趁願了，早上叫他送去，他只嘟嚕呢！」以下作者描繪枝兒的心理與動作，藉由其他人物的譜謔，烘襯枝兒的悲哀：

難道眞的殺了那隻大花鷄了嗎？四婆一向是非常好的人，絕不會做出這樣事來吧？不過阿乙姐這時候像贏了牌九那樣咧開嘴笑，大家又都說這鷄肉嫩得好。

「眞的四婆宰了花鷄了嗎？」枝兒忍不住問阿乙姐。

「傻枝兒，快吃吧，吃到肚子裏倒是眞的帶走了！」阿乙姐立刻笑答。

本來枝兒已經滿眼含了淚，喉嚨那一陣陣鹹澀，咽不下東西了。聽到這句答話，她的筷子落掉地上，哇的一聲哭了出來。

孩子們見她哭出聲來，大家都同時望著她笑，阿乙姐撿起掉地的筷子給她，臉上笑得更得意。

由這個畫面，作者有意把所有的人塑造得與枝兒對立，從送鷄的阿三逗四婆「可以請客」起，阿乙姐與枝兒的親兄姊都不曾站在同情立場，相反地，還帶着嘲謔的意味。在氣氛營造上自然有更好的效果。枝兒眞是傷透了心，媽媽又不准去問四婆，只有委屈地伏在阿乙姐肩上哭個不停。枝兒是個溫順的乖孩子，她發了大脾氣，實在是爲了成人的短視與狠戾，爲了世俗的禮數，迫不及待地要糟蹋孩子純美至眞的大愛，天地有知，鷄兒有知，也當與枝兒同聲一哭！

枝兒爲了理想破碎而哭泣，仍沒有人理解、同情，善性之發念眞不容易。如果以佛家眼光來看，人們的業障還眞深重呢！枝兒發脾氣，是天眞馴良的女童最深的抗議，也是人類對大自然深愛的原始情操被褻瀆的一種抗議。成人的觀念與成人的世界是孩子所難以理解的。

有關成人觀念在幼童眼裏不可理喩的情況，凌叔華還有幾個短篇也曾涉及這種主題。「生日」中的晶子，才不過能組合簡短的句子，她的生日那天，爸媽給她扮裝得漂漂亮亮，帶她坐電梯、賞櫻花。爸媽吃點心時，寶貝被限制「不吃」，在公園石椅上，她疑怪爸媽各自拿著「那黑漆漆的紙有什麼好看？」（報紙吧？）她望著幾棵雪白的花直掉入水中，隨著流水流逝，空了，「比她吃牛奶時忽然發現杯內空了是同樣的不快。」她立起來，驟然發現衣服上有一團潔白可愛的東西，「那微帶甜郁郁的花粉味兒直沁得鼻子發癢」，她就把那朶花送進嘴裏了。等媽媽偶然發現她嘴微動在嚼東西，只能掏出一些淡淡黃綠色的東西了。爸媽急急地要帶她去看醫生，她可惦念著爸爸爲何不再吹口哨。

在「開瑟琳」裏，「高門鉅族」的局長夫人，留過洋，是出名的賢內助。她鄭重打扮孩子，留意配色，家人一律用洋名，這是二〇年代的崇洋現象之一吧！母親告誡小女兒「開瑟琳」(Katherine)，不許跟王媽的女兒玩，「仔細她的頭上蝨子跳到你頭上來。」但是開瑟琳並沒見過銀兒頭上有蝨子，也覺得銀兒是個「很有趣的鄉下姑娘」。

在另一篇「鳳凰」裏，枝兒（同「搬家」女童小名一樣）趁花園後門開啓，花匠忙著的時候，偷偷溜了出去。外頭的花花世界令她驚訝，一個騙子爲她買了揑麵人揑出的鳳凰，告訴她可以帶她去看家裏眞的鳳凰，她和那人成了好朋友，直把騙子當做仙人。當家僕尋找到她，騙子逃之夭夭，她的樂趣被破壞了，因而哭嚷著「不回家」。王升以爲「她還沒醒來」，「一路仍舊高聲怪嚷，時時還使勁揪她的耳朵叫她的名字，問她認識不認識他，由他噴出來旱煙的臭味，薰得人作嘔，眞討厭極了！」

作者以清簡細膩之筆寫出民間喚醒迷途孩童的動作，生動貼切，而枝兒的心理「討厭」王升，也唯妙唯肖。以此煞尾，令人低廻不已。孩子不知世路多歧，人情險詐，把騙子當成了仙人，實由於短暫時間裏，那騙子也確實帶給她向所未有的興奮與快樂。

有關孩童與成人觀點殊異，因而引致衝突，表現得最曲折深入的，是發表於民國十六年一月一日「現代評論第二週年紀念增刊」的那篇「弟弟」。採用第三人稱有限全知觀點，「借一位天眞爛漫的兒童玩賞小人畫，來反映民國初年男女互相傾慕、愛戀，進而議婚的情況。」⑳弟弟和林先生談小人畫，兩人成了好朋友，弟弟打開二姊的抽屜，讓他看一張有花的硬紙片，他喜歡姊姊畫的花和那張紙片，嫌相片太黑，不像林先生本人。林先生答應次日送他小人畫，弟弟囑咐不

⑳趙聰「新文學作家列傳」頁二〇四。

能洩漏偷開姊姊抽屜的事。

以後情節全透過弟弟的見事眼睛來處理。第二天放學後，他一心等待，大姊與姊夫回來，「給林先生做冰人來。」一家人變得很奇怪，二姊紅著臉直往自己屋裏去，爸媽儘商量著什麼地點，也不給自己撿菜，他怕林先生洩漏自己偷開抽屜的事，爸媽、二姊都生自己的氣。接著是星期日，姊姊沒帶他去看電影，媽媽忙著吩咐廚子做點心，午飯後匆匆上市場去，他白戴帽子在院子等，還惹廚子笑話。媽買了許多吃食回來，趕他出去玩，這是向來沒有的事。四點鐘，大姊、姊夫與林先生來了，林先生遞給他小人畫，他一點都高興不來，兩天的委屈，全宣洩出來，他使勁掙脫，嗚嗚抱著張媽哭起來，張媽哄他去認認新姊夫，告訴他有好東西吃呢！

作者的敍述觀點運用得很圓熟，孩子的委屈全在他自以爲是的判斷上，對於兒童心理的掌握，細膩而深入，很值得借鏡。弟弟不知道，林先生之能成爲自己的二姊夫，實際上是自己當了紅娘。他愛慕二姊已久，所以看著弟弟的紅潤小嘴唇，儘覺著像「他的二姊」，如今知道那姑娘也鍾情於自己，怎能不趕緊央人去提親？

正好弟弟的大姊夫是林先生的同事，所以他們談話用到「冰人」「同人」「門當戶對」等等弟弟不耐煩聽下去的字眼。這些雖是虛筆，卻有明顯的脈絡可尋。大人爲了辦喜事，不覺間冷落了孩子，林先生竟然不顧他和孩子重要的約定，這又怎能算是「好朋友」呢？這篇小說提醒讀者：孩童也有情感，並且相當脆弱。尊重孩子，瞭解孩子，正如我們對待朋友一樣，這是與孩童的相處之道。

五、反映時代的動亂

有人批評凌叔華的作品與時代環境的關係有限㉑，其實並不盡然。她筆下的人物都是她所熟悉的，她忠實地傳達了他們的聲音和笑貌，心思與憧憬。這些人物離不開他們的時代環境，小說所關涉的問題既廣泛，自然也不乏反映動亂時代的作品。

「楊媽」中的楊媽兒子「被招兵招了去」。「等」中那對相依爲命的母女殷殷期盼的大學生，參加學生遊行，被衞隊開槍打死，都是反映北洋軍閥時代的悲劇。「楊媽」的母愛，極盡「恩愛牽纒」㉒，兒子越是沒希望覓回，母親的癡望就越顯得動人。

「等」中的貧病寡母，眼見獨生女兒終身有託，喜得佳婿，與奮地準備吃食，母女的期盼越是殷切，越顯出大學生挨槍斃命的悲愴性。而這種悲劇肇因卻不是子虛烏有，而是眞實有據的，

㉑ 凌叔華「凌叔華小說集」序：「有些人封我爲閨秀作家，有些人譏笑我爲隱士。……有幾個研究中國近代文學的學者……發現我與一般名作家不同處，是我的作品，專爲中國婦女兒童的生活思想報導，一點不受時代思想的傳染。」

㉒ 蘇雪林「中國二三十年代作家」頁三六五。

「楊媽」的素材，還來自高一涵家中一個奶媽的眞實故事。「寫信」裏太太託筆問候的小連長，「吃營裏的飯快十年了」，小說寫作，不晚於民國二十四年，那麼這個連長可能是北洋軍閥時代的，也有可能晚些，橫跨到北伐以後了的。

凌叔華有兩篇以日本爲背景，映現中日兩國人民的友誼與敵意的小說。其中「千代子」刊載於民國廿三年四月一日北平「文學季刊」一卷二期。小說的場景放在京都市外不景氣的大文字町，以一個支那料理店的小腳老闆娘爲引線，寫日本居民的好奇議論，孩子們的淘氣取鬧，以及日本教師對支那民性的惡意攻訐，灌輸狹隘的愛國思想與侵佔支那的野心。千代子終於發現：支那女人並不如想像中的可憎。

小說以第三人稱全知敍述觀點寫成。小說第三段交代，上海之戰以後，日本健兒送掉不少生命，各大日報渲染「國難」，送號外的人半夜裏傳達又驚又憤慨的消息，京都人不再「和藹有禮」了。他們相信「支那人，男的是鴉片煙鬼，女的多半是癱子。」但是千代子——十二歲的女童，是作者安排的「良心」人物——告訴父母，她見到支那「小腳婆娘」抱著小娃子走得飛快，好玩極了。這就推翻了「癱子」的認定。

星期日，千代子和百合子一齊去澡堂洗澡，百合子故意捨近求遠，想去支那小腳老闆娘去的澡堂，當衆羞辱一番。她是老師的傳聲筒，相信這是一件愛國大事。結果他們看到「熱水池邊上那一角有三四個正在洗澡的女人圍著一個白胖娃娃逗着又說又笑」，千代子不覺也加入笑聲的行列了，那女人只給娃娃洗澡，自己並不洗，大家看她大大方方地笑著點頭，推門走了。百合子責備千代子，千代子直覺「人家好好的」，怎能取鬧，她惦念那雙小腳，忘了細看哪！

凌叔華以溫婉的筆調，描摹幾個人間和樂景象，冲淡陰冷的敵意，等於是提供反證，推翻日本居民的錯誤判斷，暗諷狹窄愛國主義之不當，不需議論，讀者自能領受和煦的陽光融化冬雪的那種景象。

小說也反映了日本人預謀發動侵華戰爭，國內卻是經濟不景氣，當時中國還未進入宣布抗戰的階段，日本居民中不乏冷靜的有識之士，早已料定軍閥野心，對人民沒有好處。千代子的父親吉田老闆說：「我早就看透了就是滅了全支那，我們還是我們罷咧。討小腳姨太太的還是那些軍官，那些政客。」千代子轉述山本老師的話，「滿州是我們的生命線」，日本人移住那裏就有生命線，有發展，父親說：「支那不是抵制日貨嗎？」有些話很難一時向小女兒解釋清楚，但中國人不好對付，卻是事實。凌叔華藉人物對白，暗示了一些眞理，她高明地做了犀利的批判。

「異國」的寫作也是民國廿四年以前，收在「小哥兒倆」集中。這是用第三人稱主角觀點寫成的短篇。病中的李蕙住院療養，得到日本護士溫柔可親的照拂，異國情誼終因爲一則「號外」完全碎裂，以至無可挽回。小說由病房窗臺上一瓶白色的雜花談起，日本女性的柔美令李蕙感動，她憶念母親，爲女兒「容忍」姨太太的悲惻，也想念志氣高傲，遠渡重洋念書，要爲母親爭一口氣的妹妹。日本護士羣中竟然也有一個酷似母親，她們嚮往中國，願意「祈禱中國太平。」

特意爲病人招呼合口的飲食，挽留病人「多住兩天」。然而「號外」之後，護士小姐們不搭理李蕙了，「支那人還配殺日本人！」小護士勉強來病房，也投來難看與憎惡的眼色，送來的食物簡直不能下嚥，李蕙只想明天趕緊出院，儘快回國了。

小說提及「聽說現在中國許多好地方都給戰爭與土匪毀壞了。」「中國打了這多時的仗，可憐啊！」日本姑娘同情的語調，看不出確切的時間，如果「千代子」中的「上海之戰」就是「異國」中的號外，那麼指的是民國廿一年一二八事變迄三月一日的淞滬戰爭了。在這一個月又四天的戰爭，我國損失很大，據上海社會局調查，損失達十四億元，災民十四萬戶。而我軍奮勇抵抗，日軍失利，前後出兵十萬，並四易主帥㉓。日本人不檢討長久來的滋事擾亂，不檢討「侵略」政策的缺失，而只怪中國人反抗，連護士小姐也說：「支那人還配殺日本人！」眞是歪理佔盡了。

凌叔華以小說的情節，暴露「民族的仇恨」之可怕與不可理喩，可說極爲成功。由於是主角觀點，李蕙的思緒倒也代表了作者的議論：「向來民族的仇恨是不息的被一般野心的帝國主義及心窄的愛國主義操縱製造，有什麼法子呢！」她的無奈，其實也是替代所有人類對挑動戰爭的元凶罪魁抗議！

㉓ 黃大受「中國現代史綱」頁一四八，五南圖書出版公司七十一年二月一日再版。

凌叔華的小說，時代背景最晚的，當是「一個驚心動魄的早晨」。這篇有相當程度的自傳性質。作者在民國廿七年，與丈夫跟隨武大師生團體由珞珈山撤往四川樂山，小說點明是由樂山經由香港，上海回北京探望病危的母親，時間必在廿七年以後中日戰爭激烈的時刻。這篇小說發表於「聯合文學」七十三年十一月創刊號，不知是否由半自傳英文本「古歌集」裏選出轉載的？相信確如首段說的：「是一件眞事。」作者回北平，慈母已長眠三個多月，爲了卜葬事宜，她帶着女兒在母校燕大附近海濱西郊暫住。

小說採取第一人稱旁知敍述觀點，寫受李大媽之託，代爲照顧卽將臨盆的媳婦與垂危的丈夫，因而經歷的驚心動魄之事。李大爺李大媽稱作者爲十姑娘，凌叔華在大家庭異父兄弟姐妹中排行第十，李大爺提及母親的形象，姊姊的出色也都近似。李大媽請作者幫忙，爲的是好分身上街去給丈夫拿帽子。「到了陰間，沒有帽子戴，可要被小鬼瞧不起啊！」李大爺病得很重了，他的心事總要爲他了了。而李家的老大「眞是一個忠心愛國的漢子」，投了民團抗日去了，臨走跪地請母親原諒，滿臉眼淚，「男人向來流血不流淚的」，李大媽知道兒子心裏的苦楚，李大爺也能體諒兒子忠孝不能兩全，不然，他可要有兒子「打幡上墳」。

李大媽安慰陣痛的年輕媳婦：「快快生個小民兵，趕走小日本」，等上街取生薑，做紅糖薑水喝，「身體復元了，你也可以參加民團打日本了。」看來窮苦人家，帽子得上估衣舖買，生薑便是大滋養，而民間抗日情緒的高昂也由尋常匹婦口中印證，男女老幼都一致抗日，在最痛苦的時候，成爲安慰產婦的有效辭令。

李大爺倒相信孫子不必再投民團了，因爲「那沒根兒，沒人性的皇軍早晚就會倒的。」這又代表艱苦抗戰中，支撐着人們的信仰。幫老人找鞋子，陪產婦望着她掙扎，作者兩個房間來回轉。產婆來了，她報喜說：「少奶奶生了個『小民兵』。」李大爺頓時精神來了，他認爲自己的長孫，「將來也許就是『義勇軍』，比『民團』還棒呢。」他解釋說：「我們都是『義勇軍』。」庚子那年，義和團出來，是看清了外國人的「毒招」，不要我們信仰聖人和神佛，等於教大家不忠不孝，不要尊敬父母官長。義和團其實也跟『民團』一樣爲國爲民戰爭的。只要有外國人再來欺負，「我們都會立刻變成『民團』或者就叫『義勇軍』的！」所有洋人都不敢再惹中國人，「只有小日本偏偏不肯相信，哼！我們的民團已經夠他們頭痛，『義勇軍』出來，要叫他爬在地上永遠起不來呢！」這些話反映抗日時期民情的同仇敵愾。凌叔華的煞筆是這樣的：

老頭子說完話，他灰白貧血的臉，忽然光潤起來。

凌叔華招呼的原是垂危的老者，李大媽在堂屋正中的八仙桌上擺好一個紅布大包袱，是準備他的後事，他找到一雙像樣的鞋，不禁謝天謝地，因爲「來人已經等了我好一會兒了。」那邊產婦總算平安地生了男娃兒，李大爺也許新得長孫的興奮狀況吧，他由民兵談到義勇軍，居然侃侃而論，有一番大道理，他「光潤」起來的臉是多麼莊嚴而令人感動。民心不死，中國不可侮，日本人再有新銳的武器，也不能得逞東亞共榮的美夢。凌叔華這篇「一個驚心動魄的早晨」所激勵的昂揚士氣，不比五十年代的戰鬥文藝遜色，誰能武斷她只是「閨秀派」，只寫婦女、兒童瑣碎的事事務務？誰又能說，她的作品「沒有眼淚，沒有血㉔」？

原載民國七十四年一月二十五、二十六、二十七日大華晚報副刊

㉔ 沈從文語，見❸。

試探朱西甯小說的主題意識

一、現代小說與現實人生

現代小說是生命的呈現，是作者人生觀的顯露。如果執意要推究現代小說與現實人生究竟有著怎麼樣的關係？那麼佛斯特對於小說的定義也許可以給我們一部分答案。他說：「小說的基礎是事實加X或減X。」❶小說的素材來源，可能來自作者的人生體驗，所見所聞，以及由大衆傳播媒介所得的第二手資料❷。但素材處理爲題材，推展情節，安排結構，講究各種技巧，經由作者賦予主題意識，便必須有所創造，有所虛構，才能整合爲完美的藝術品。

讀朱西甯的長篇小說「貓」，對於藍德美與畫家丈夫，只要熟悉朱西甯、劉慕沙賢伉儷的

❶李文彬譯，佛斯特「小說面面觀」頁三八，志文出版社。
❷彭歌「小小說寫作」頁二八，蘭開書局。

人，都會有極其親切的感覺：「這裏有他們的影子！」朱西甯的大女兒天文迷上了電影之後，「小畢的故事」是朋友的故事，由小說改編爲電影；「多多的假期」竟是兒時不少眞實的回憶，銅鑼外公的醫院竟然如實展現給讀者與觀衆了。但是，我們何必天眞得直把小說當做人生？朱西甯自承他有許多以大陸爲背景的小說，是以少數的實際經驗，加上大量想像經驗寫成的❸。作者爲了表現某一種主題意識，把眞實的實例，增加某些情節，刪汰一些不統一的部分，其間，顯露了醞釀組鍊的才華。小說家的想像經驗，事實上也植基於實際經驗，得力於平日的精細觀察，敏銳感受與博覽羣書。他能巧妙地轉移，把眞人眞事的某些部分，脫胎換骨，細加琢磨，以適合的角度，在小說中合當地展現出來，他的想像經驗，雖有可能「把不可能的變得可能」，但是，也得寫來近情近理，讓人覺得可能，那才算成功，也才能藉以寄託某些意義，足以警示與啓引讀者。

朱西甯的小說，不論取材、表現手法、語法，都是民族文化本位的，具有濃厚鄉土味與東方色彩，而且每篇各有風貌，技巧運用也往往各不相同。他確實具有崇高的創作理想，一直堅持嚴肅的創作態度，主張不斷追求新知，超越自我，無論在題材與技巧，都在力求轉變與突破。自從民國卅五年，他十九歲，第一篇諷刺小說「學」（後來刊出，改名「洋化」）在南京中央日報副刊連載兩天，給他很大的鼓勵，直到現在，他從來沒有停過筆。來臺後的最初六、七年，他採信

❸ 李昂「在小說中記史——朱西甯訪問記」，書評書目十六期，民國六十三年八月。

實用主義，以為寫作可以為國家社會盡許多責任，有些作品難免流於口號與形式化；後來，他逐漸把小說看做一種絕對的藝術，不作任何其他意義的解釋，希望能用一種冷靜含蓄的方式去處理小說❹。

現代小說講究冷靜客觀的呈現與象徵暗示的運用，作者不肯（也不能）把許多旨意直截了當地宣洩出來。朱西甯是我國現代小說創作的佼佼者。他兼顧到取材廣大，雕鏤深刻，又熟諳各種高妙的表現技巧，他既已將小說看做絕對的藝術，不作任何其他意義的解釋，小說含藏的深義往往有待讀者自去推尋了。也正因為如此，當年「狼」的題旨爭議，竟然引發一場論戰。不過，小說畢竟是生命的呈現，是呈現給廣大的讀者羣的，它含藏的深義，斷沒有不能領略之理；越是經得住探討的小說，越有存在的價値與感人的效果。細看朱西甯的作品，在多采多姿的小說世界中，隱隱然可以發現一條貫串的主線，那便是：深入探討人性的複雜矛盾，愚拙脆弱，有意無意留下悲憫的感喟；要以小說家眞知實感的智慧，激引讀者的情感，體驗現實人生的萬般滋味，參悟人生的奧祕，培養貞定的情操，進而提升人類靈明的心性❺。

---

❹ 有關朱西甯的觀念，除李昂訪問資料，另有蘇玄玄「朱西甯——精誠的文學開墾者」，幼獅文藝一八九期，五十八年九月一日出版。

❺ 朱西甯「中國現代文學大系」小說序頁八：「小說的藝術生命之境界——也是小說家所尋求的高點，在乎達至由靈性統合感性與理性的和諧，因之，小說所給予人生的貢獻，自必是一種眞知實感的智慧。」

二、悲憫人性的愚拙脆弱

朱西甯的「冶金者」，是頗受議論的一篇小說，形式有些像芥川龍之介的「竹藪中」。朱西甯自承受到黑澤明執導的電影「羅生門」影響，而「羅生門」的劇情，主要得自芥川的「竹藪中」，因而論者多謂「冶金者」類似「竹藪中」，自無不可。但是，平心而論，「冶金者」除去「或然之一」「或然之二」等形式有些相似之外，作者的命意與布局都有創新的巧思，事實上，它挖掘人性面面俱到，較之於「竹藪中」，又更見縝密精細，幽默詼諧，繁複多變化。

「竹藪中」，是檢察官偵察一件凶殺案的七段口供記錄。樵夫、行腳僧、衙吏、老嫗（女人之母）、強盜、女人、丈夫（藉靈媒之口）等七人，各有敍述角度，前四人的供詞是背景式的烘襯；當事者三人對凶案發生的經過各執一詞，大抵都是從有利於己的立場設說。「冶金者」則以搬運工檳榔仔爲主角，描繪他在磚場勸架，因「金子」的糾葛而用磚頭誤傷人命，他挖走躺着的阿塗嘴裏的戒指，又移動兩人的身體，慌亂報喊之後，催促司機老狗仔速速離開現場，臨走時，聽說阿螺已經醒轉。由這個「楔子」（筆者爲便於理解所加），牽引出三種可能的後果。

從「楔子」裏檳榔仔的舉動，深深映現人性的卑劣、貪婪、與矛盾。如果沒扯上「金子」，也許他的善意：「只怕要出事」，會有冷靜妥善的處理辦法；他丟擲磚頭也是對準斗笠的方向，初意在嚇阻兩人打架。但是他的貪婪，使他事後挖走戒指（這是「冶金」之一義），又意圖逃避，一走了之，這是人性中怯弱的層面。究竟檳榔仔闖了多大的禍？他眞能逍遙法外？那金戒指又有多重？朱西甯毫不費辭，假設了三個可能後果，提供給讀者去思索。若是傳統小說，可能就用明言設問，再進一步具體說明結果；現代小說講究含蓄，卻必須三段看過，才能揣測作者命意所在。或許，我們可以這麼理解，那是檳榔仔作各種遐想，以求自我安慰。很顯然的，「冶金者」是由一個「楔子」所拓展出來的三種可能狀況；「竹藪中」則是由一個結論——既成事實的凶殺案，逆推可能發生的三種因由。形式上既完全相反，刻畫人性的深淺廣窄也並不盡同。而敍述觀點方面，「冶金者」採用第三人稱全知觀點，詳寫檳榔仔的動作與心理；「竹藪中」只能用幾段不同角色的第一人稱敍述觀點，對於湮沒的部分，由人性的私心，以自利的立場「撒謊」的部分，似是而非，似幻疑眞。除了以𥡴吏的話證合多襄丸的口供，以老嫗的話，去揣度那對夫妻的個性與情感，仍然留有許多的疑竇，也許這是「竹藪中」迷人的地方，但就個性的刻畫而言，「冶金者」顯然靈活周到得多。

「或然之一」，阿塗擦傷，阿螺住院，頭纏繃帶，檳榔仔探病，得悉阿塗曾經來要脅交出金戒指，否則要告他謀財害命，檳榔仔掏出戒指給他，再度贏得感激。作者沒有明言檳榔仔何以慷慨，後段再行交代；由二人對話，可見檳榔仔探病目的在於探聽阿螺是否有不利於自己的口供，阿螺既心虛，言語支吾，因而被疑爲腦震盪，檳榔仔放心回去。「或然之二」，阿塗重傷死亡，檳榔仔夜裏去祭拜，意外發現阿螺正用螺絲起子撬阿塗的金牙（「楔子」裏曾提及躺着的阿塗口張得很傻，露出一排黃亮亮的金牙），這是「冶金」的第二義，芥川龍之介的「羅生門」，老嫗拔死人頭髮一幕，森冷之氣，差堪比擬。檳榔仔直安慰自己，「磚頭怎麼會打死人」，他要看看阿塗脖上的勒痕，證實是阿螺「鉗子似的手」招死他的；而阿螺自辯：「他是吞金死的，不能怪我。」恨不能剖開死者的肚子。檳榔仔交出金子，並且血口噴人：「明明是你把他勒死的。」逗阿螺「驗屍這一關哪……」作者把檳榔仔的自欺欺人以及內心的惶懼、表面的義氣，寫得淋漓盡致。此中也不曾交代金子何以還給阿螺，而「驗屍」才是他關心的事，知道死亡證書已簽了，便放心回去。「或然之三」，檳榔仔承老板之命送一打毛巾給負傷的阿螺、阿塗，若非毛巾上頭有營造廠的招牌，他眞想換過賣個價錢。他套出金戒指的來歷，是阿塗以三十元由一個儍老頭那兒「買」來；「為着要出出金利銀樓的店員們羞辱他賣假戒指的那一口寃氣，為着還有另外一些理由，諸如委屈之類，」檳榔仔把戒指還給姓賈的（阿塗），挑逗的遞給阿螺一個眼色，於是兩個搬運工又打了起來。作者很簡潔地交代金戒指是假的，檳榔仔之所以慷慨，不據為己有，即因其假；為了戒指，牽引出好多事端，所以「委屈」；而他並不挑明，只是惡意地玩弄着那兩個儍瓜。人性有很多難以解說的劣根性，朱西甯藉「冶金者」一一向讀者展現了出來。當然，或許還有其他的可能，那是「或然之四」了？且讓讀者續下去吧！

朱西甯寫於民國五十九年的「約克夏與盤克夏」，在「冶金者」創作一年多以後，諷諭性極其強烈，直把江僉齋的鄙劣、貪婪、自私、刻薄，聯想到豬種的差異；然而作者不再以江僉齋為重心，採行的是第一人稱的旁知觀點，畫家之「我」，終究足智多謀，遏止了江僉齋肆無忌憚的卑鄙撒賴。畫家向江僉齋提問了不少問題，不但讓江僉齋細加省思，也讓讀者領悟到人生境界的提升是多麼重要。

在朱西甯的小說轉趨成熟的時期，民國四十六年十二月，他寫了「在騾車上」，以幼童第一人稱敍述觀點，描敍馬絕後的撿小便宜、玩小心眼、損人肥己、縮頭怕事、自私自利還理直氣壯。老舅好管閒事（其實是熱情），硬是讓他褡褳火燒上身，逗他「你的事別人管是不管？」，終於讓他答應，出面說話，免得車家賤賣土地給無賴。這篇作品由同情出發，以老舅與馬絕後做對比。老舅寧願負責幫助車家渡過春荒，這是馬絕後不肯幹的花錢事宜，仍不能說服馬絕後，其癥結主要在於馬絕後有八十畝地租給車家，車家賣地，會更賣勁地為他種地，對他有利無害。最後總算他貪便宜，猛吸別人的烟絲，褡褳後底著火，讓老舅逮了機會，使他願意屈就條件。馬絕後這種不自覺的自私愚昧，屬於小奸小壞一型，世上多的是，而「朱西甯承認那種阻礙的破除，不在於說服、敎誨、或對立的剷除，而在於當那自囚的觀念反撞其本身時，自我痛楚會觸其甦醒❻。」提撕人們面對自己的缺陷，能警醒而省悟猛改，作者挖掘人性的缺陷，充滿了悲憫的情

❻ 司馬中原「試論朱西甯」，收入皇冠出版社「狼」頁一三。

懷。

三、關懷婚姻情愛的維繫

朱西甯的「小翠與大黑牛」，寫於民國四十九年八月，是描繪一位青年掙脫心靈桎梏，與現實取得調適的溫馨作品。一對各有所戀，憑「父母之命，媒妁之言」勉強結合的年輕夫婦，由於眷戀婚前的戀人，而擯斥眼前的配偶。小說以第三人稱全知觀點敍述，絕大部分是以新郎的見事角度著眼，深入刻畫一個多情的男士，顧全對寡母盡孝道，委屈成婚，私底下卻對被母親召喚來籌備婚禮及幫忙家務的昔日戀人——表姐仍不死心，發誓一輩子不動那「木木的新娘」。事實上，「表姐不比新娘好看」，而且已經嫁了人，只爲了表姐曾經應過他，答允過他。媳婦是母親選的，婆婆比丈夫疼新娘，她讓內姪女做粗活，爬大樹採桑葉。兩段新郎在桑樹下的綺想，寫得流利暢快。表姐竭力掙脫，從此盡量逃避他，要不就與新娘一齊工作，兩人身形相似，高矮胖瘦，約略難分。這表示女方已經不認舊情，但痴情男士仍不死心。終於在東廂房他摟緊了「又是穿的那件不合身的竹布衫」的表姐，事後發現是新娘，他摑了她一掌，但兩人已遂魚水之歡，僵局業已突破。最後是一場急猛強烈的春雷春雨，新娘幫忙收拾院子裏堆放的準備給蠶上苫的樺樹枝，被婆婆趕回房間，婆婆一直自以爲是認定新娘已經身懷六甲。新娘更換濕衣，燃起了新郎的慾情，作者以對春雷春雨的鋪寫，象徵兩人熱烈的激情。新郎內心呼喚着「小翠」，那是表姐的小名；新娘也一樣地在內心呼喚着「大黑牛」，那並不是新郎的名字。顯然兩人都在現實裏尋覓夢寐中的情人，而如今那份渺遠不可企及的情愛，已經可以在現實中落實。

小說中的兩口子，由於執着於舊情，因而在現實中歷嘗掙扎的苦楚。當以往的理想已經被現實碾碎，過分地執迷於不著邊際的情感，便將帶來永無止境的苦惱。婚姻原是一種契約，一種義務，一種責任，當然，應該也是一番深情大義。新郎是知識分子，爲堅持對表姐的情愛，本擬拒婚，卻又不忍拂逆寡母的苦心，勉強成婚。小說的筆調明潔輕快，新郎賴床閒想，惹得寡母一廂情願的臆測竊喜。癥結所在是，知識分子既然顧全孝道，如果只是表面屈從，而任性自恣，謀職他去，讓新娘守一輩子活寡，在夫妻名分上豈不有虧？過去多少鄉下姑娘，成了舊式強迫婚姻的犧牲品，試問鄉下姑娘何辜？新郎若不能愛新娘，履行婚姻的責任義務，便不能虛假地矇騙母親，冒孝子之名，行虐待妻子之實，成了不義之人。陳若曦在時報人間副刊連載的「二胡」，老人胡爲恆對元配梅玖便是一個典型。

小說起筆，新郎醒來想的是得和一個陌生女人過一輩子，如今才過了一天一夜。「不知有多稱心的還是守了半輩子寡的新婆婆。」她相信兒子戀纏著新娘，才晏起賴床，新郎騙表姐要採桑椹，婆婆直以爲必定是媳婦有喜了，作者沒有明示新娘穿的那件魚白竹布衫，是否表姐有意贈予，並且製造機會撮合小兩口，而無疑新郎與新娘由此才突破兩人內心的窒礙，能設法去接納對方。作者的智慧性諧謔，在於最後點出新娘也有舊情人，這使得雙方的僵持冷淡與寡母的熱切期盼，互相映襯，更見戲劇性。小說絕大部分是透過新郎的見事角度刻畫新郎的心理；但是假全知敍述觀點的便利，也在必要時，深入新娘的內心來推展情節。因爲她也有舊情人（雖然文末才點明），所以她覺得新郎蒼白得有些惡（噁）心，也不主動表示婉媚討好，只是給新郎「木木的」形象。婆婆眼裏的她「新娘走路的架勢……不是閨女那樣的溜活了。」一則可能婆婆自以爲是，一則可能新娘本身行動就紓緩，也有可能她與大黑牛早有親密關係。像這樣四角關係的戀愛故事，很可以作多方面的情節安排，而作者的著力處，不放在小兩口可能有的發現第三者的妒嫉之情，而放在虛渺情愛的掙脫與現實眞愛的培養上。舊的悲哀憤懣可以推開，新的喜悅幸福可以尋求，人們只要闢除自錮的成見，淨化個人無理的惡念，善意接納周遭的親人，和諧喜樂，自然可得。一場春雨，可以洗淨大地的汚垢，也可以蕩滌人心，心靈中的桎梏旣除，靈明自現，朱西甯展示的有情世界，多麼溫馨感人。

朱西甯另一篇以男人眼光探討男女情愛問題的傑作是「偶」。「偶」寫於民國四十七年十一月，選擇了對比的雙線式結構。以裁縫店老闆中年喪偶，渴望情愛爲主線；一對顧客夫婦貌合神離的婚姻倦怠關係和老裁縫的渴望性與愛情，反襯對照，採取第三人稱全知客觀的敍述觀點寫成。人物方面，以老裁縫爲主體，有時透過他的意識，深入做心理描繪。生意人的應酬門面話與深夜被磨蹭的不滿心理，在作者的筆底適切的呈現。經由人物回溯，交代裁縫的景況：卅四年的老鰥夫，是個不拈花惹草的正經人，爲著自己還不衰老而內愧。從碰觸女顧客海綿義乳，聞到才燙的頭髮上衝鼻的藥味，口紅的香氣和胃火造成的口臭，感覺女人要求重新量身時，「小簿子擎在頭頂，等著人抱他一傢伙似的」，直到木質女模特兒扒光衣服的赤裸模樣，女顧客更衣時簾幕裏輪廓鮮明的圓臀，作者細膩地逐步暗示出刺激老裁縫情愛渴望的點點滴滴。而那對夫婦的婚姻倦怠關係，也藉由先生看報的專注與對太太漫應的附和看出來。「這一對夫婦不管那一天光顧，總是伉儷連袂而來。不過先生可沒有在這裏訂做過一件衣服。」此中便透著玄機，出雙入對是表象，貌合神離是事實，太太的衣著考究，而先生的中山裝穿得窩囊邋遢，這是外形上可見的疏離。也許爲了太太的衣著開銷，先生許多購買欲望常被壓抑，丈夫看廣告，提話頭總是某些東西價錢多貴，太太一個勁兒的澆冷水，說「衣裳都穿不周全了」；太太問先生衣服修短形式如何，他是無好無不好，儘是追認，還可以編出許多理由。因著雙線式的比照，小說便顯現相當的嘲諷與濃厚的悲憫。有夫妻關係的，因爲冷淡敷衍，失去「偶」的意義，而早已喪偶的又渴望著情愛，摟著木偶——木質模特兒自慰。朱西甯在此表達了他對現代婚姻的關心。

「現在幾點鐘」是另一篇探討年輕男女關係的小說，有人問過作者，寫這篇作品，是否受沙特、海明威的影響？作者的答覆是否定的❼。這篇小說三萬五千多字，以男主角第一人稱自知觀

❼ 李昂「朱西甯訪問記」。

點，用疏緩的筆調寫成。一對男女沒有愛情，彼此了解不可能結婚，結婚也不可能相愛，卻理性地維持著情慾的關係。「我」叨絮著表妹玉瑾的怪性情、怪穿著，他們彼此並不互相欣賞。「我」三次聯考落第，幾回找工作，都因堅持理想而「完蛋」。「我」尙有情義，回憶裏，高中時代，表兄妹的成績正與現在相反，「我」，還得到姑媽的奬勵，手裏的那支手錶，小說裏男主角望著它問過好幾次：「現在幾點鐘」的，正是奬勵品，他做表妹的家教老師。兩人單獨在一起，發生了性關係，軟弱的男主角自覺愈來愈脆弱，於心難安，惶惑恐懼；而玉瑾只除了第一次怕生孩子，以後卻能毫不在乎，服用母親給的避孕藥，照樣「不易分心」的做事。如今她是夜間部大三的學生了，詞鋒銳利，常能專心得把男主角擱置一旁，就如沒人在房裏似的。「吃喝是營養，做愛也是營養。」完全剔除情愛的肉慾滿足，是令人憂慮的男女關係。朱西甯針對西方純知性教育可以引致的後果，預作警示，提出了令人深省的影象，如果男女的結合不包含情義關愛，人類又如何提升靈性境界？也因此，「我」最後一次問：「現在幾點鐘」，玉瑾的答覆是：「二十世紀七十年代。」原來作者關注的正是現在新時代的新問題呢！

民國六十一年起，朱西甯開始寫一連串的「系列小說」，六十三年八月左右，每篇以「春城無處不飛花」爲副題的小說，卽是以同一主題貫串，意在表現年輕人的浪漫精神。他認爲現代青年常因種種社會因素，迫使他們講現實、條件、價値，他希望能提醒青年朋友留意靑年期的精神生活❽。「現在幾點鐘」的命意，應該近似。小說的語調，流露一種消沈的疏懶、隨便，男主角原本重情感，自我檢省，終究流變爲苟且偸安，沒有遠景，沒有理想。以男士殘存的一些情感，反襯前進少女的「無情」，作者對現代人的婚姻觀，表露了沈痛的憂慮。

四、提示靈性維護之重要

發表在現代文學第九期（民國五十年七月二十日出刊）的「鐵漿」，是朱西甯的精心傑作，作者對於小說人物的無知與愚昧，帶著莫可如何的悲憫之心。在人們嗟嘘之餘，差不多的同情，都被敗家子——孟憲貴的沒出息給榨乾之後，作者仍不忘安排一隻靈異的白狗，向死者表達一份眞誠的愛戀之情。事實上，生命自有其尊嚴，任何一個人都有其靈明的心性，只是有的因緣顯發，有的掩翳不露罷了。早在民國四十七年七月，朱西甯寫了「生活線下」，短短八千四百字，藉一個三輪車夫拾金不昧的故事，作者簡潔表明了人類靈性維護之重要。

窮苦的丁長發，家口負累很大，他向莊五頂了蹬三輪車的地盤，每月額外負擔一千元（當年公教人員未必有這麼高的月薪）。他拾到一千一百五十元，很想先交了頂金，留些給卽將臨盆的

❽ 李昂「朱西甯訪問記」。

妻子買兩隻雞進補。相對於丁長發的窮苦的，是莊五的「靠運氣生活」，他坐收頂金，做不合法營生，吃喝嫖賭度日。丁長發看著賭桌上的莊五，抽著遞來的不花錢的香烟，想著失主如果也這樣得錢容易，自己儘可以放心用它。但是，錢畢竟是彎個腰就撿來的，「錢有花完的時候，恐懼可就沒完了。」他怕自己做了虧心事，要侷促地睡臺灣的小棺材，要是渡海返鄉，也會海上翻船。他終於克制了貪婪的心思，掙脫了私娼的誘引，回到明亮的太陽光下，他相信：只有靠他的一雙腳，錢才可能落到他手裏。小說以第三人稱全知觀點，深入丁長發的意識，向讀者展露他的心性。爲了加強繁複的蘊義，增進戲劇性的比襯效果，在丁長發拾金不昧的報導之下，附帶了一條鳴謝「醫我陽萎」的廣告，鳴謝人包括身分證字號、地址，竟然就是丁長發。丁長發向來是不看這些廣告的，他認得幾個大字，但「報紙對於他，只有兩種用場，包大餅，或者糊牆壁。」明眼讀者，自然知道是莊五另一筆歪點子的進款。前文提到丁長發去看莊五，內心交戰，又把錢帶走，莊五向他借用身分證，說是頂讓地盤要辦手續。照小說的文義，丁長發不可能知道那則廣告，他也許也不關心有關自己拾金不昧的報導，因爲他只是訴之於良心，不愧不怍而已。丁長發的守窮拾金不昧，與莊五的歛財不擇手段，成了鮮明的對比。前者是人類靈明心性的顯揚，與人的知識水準無干，純粹是求得良心的安適喜樂；後者則是知性的墮落，沈溺物慾享受，毫無道德觀念。相形之下，永恆的幸福感，顯然就在平凡的「生活線下」求取得來。人生原來就是如此，唯有付出勞力，才能心安理得地過日子。

民國五十五年，朱西甯出版了長達卅四萬四千餘字長篇小說「貓」，運用特殊的結構與技巧❾，表達了作者對青少年問題至深的關注。書中以海陵少女蔡麗麗與寡母之間的隔閡、衝突為主線。蔡麗麗景仰抗日成仁的亡父，不能原諒當年留在上海享樂的母親，她常以違拗、觸怒母親為能事，甚至假裝見到亡父的靈魂，假裝昏厥、生病。她逃學，與小太保鬼混。挽救麗麗的是東鄰藍大夫家的老四藍德傑。麗麗跟著他去姐姐家，她得到尊重與關懷，感受到那私奔的藍家大小姐——德美「眞是陽光」，那「十字架、畫架和書架」給她猛烈的撞擊。麗麗的刁蠻在藍大夫、藍德傑、藍德美與畫家夫婿之前都消匿無踪，理由就在於她面對的是眞誠的關懷與尊重，尤其是藍德傑的坦蕩磊落，「不光是阻擋她的擁抱，而是阻擋她所有的那些矯情、胡鬧、任性和胡言亂語。」麗麗因此能尋獲靈明的自我，逐漸拋棄由於母親的錯愛而產生的意氣性反抗。

有關探討親子教育的小說，「玫瑰剪枝」是另一篇值得揣玩的作品。這篇收錄在時報文化出版公司六十四年編選的「當代中國小說大展」中。一個單薄孤寂怪僻的富貴子弟「桂羣」和他家庭院裏高得不合情理、長葉不開花的玫瑰，同樣是被不恰當的培育方法給耽誤了。作者用第一人稱旁知敍述觀點，鋪寫鄰家的獨生子與名種玫瑰。由日常飲食起居、動作、功課、升學各項，把

❾ 林柏燕稱其結構為「三重奏」，見幼獅文藝一八七期「評介朱西甯的貓」。有關技巧與主題命意，參見大華晚報七十二年五月十九日副刊，張素貞「『貓』——親情的刼難」。

兩家孩子略作比較，寫來生動自然。敍述者與桂先生從玫瑰的栽培談到插枝、壓條等方法，顯現桂先生的固執拘泥，他對孩子的教育方法有所偏差，當亦如是。桂家搬離之後，康家女兒升學順利，桂氏夫婦總是贈禮致賀，康氏夫婦暗示桂羣的教育「也許有些什麼地方不得法」，桂氏夫婦仍怪桂羣怨父母：「壞在只我一個獨子。」建議讓他住校，卻又認定他不能照顧自己。小說的轉捩點，在桂先生腦溢血暴卒，康氏夫婦前往弔唁，意外發現桂羣應對得體，昂昂然不再彎腰縮背，說話侃侃而談，料理事務條理井然。對父親的股票生意，自承有三分之一的才情，直怪父母不能早日放手讓他獨立發展，點明父親剛愎自用的個性，慶幸母親逐漸「信任」自己，計畫讀夜間部，白天跑股票市場……。經過痛苦的掙扎，付出莫大的代價，桂羣找到了自我，這也是靈性的維護吧！

五、期盼靈明心性之提升

寫於民國四十二年，五十二年再度潤刪的「蛇屋」，長達五萬三千多字，朱西甯顯露了「不輕易正面顯露的高熱的感情」⑩。主角蕭旋自動請調深入山村，把自己對國家的熱愛，發揮在山

⑩ 司馬中原「試論朱西甯」頁三一。

地的建設、山民的教育上。他教山地同胞認識自己的國家，教他們做自己的主人。他把「一切榮耀歸於民族的羣體，歸給他所愛的祖國⓫。」「祖父農莊」完成於民國四十七年二月，小說裏的祖父，趕在政府實施「耕者有其田」之前，把農莊贈送給租佃的佃農。他經過多日不眠的思慮，克制了自己對私有財產的擁有慾。他祈求天主引領，遵照國家的政策，做了出人意表的慷慨饋贈，最後在孫輩們口中的「伊甸園」，找到了合理的解說，於是心安平釋的快樂起來。「蛇屋」與「祖父農莊」，都在闡發小我提升自己，大愛無私，對國家、對同胞積極奉獻的精神。

朱西甯的傑出代表作品「狼」，完成於民國五十年七月，發表在中央日報副刊，五十二年選入中央日報副刊選集以後，先後有魏子雲、蔡丹冶諸先生批評爭論，焦點在於「狼」內涵的多面性。據朱西甯自己說，最初寫「狼」只寫了結尾獵狼的一段，約三千字左右；兩三年後，改寫到兩萬字。足見一個題材孕育得久，內涵也滋榮了起來⓬。「狼」在思想的內在蘊蓄與表達的圓熟凝鍊上是成功的。「狼」的結構精密，情節的鋪展採多線式，交織出複雜的義蘊。「狡獪的狼」與「偷漢子的婦人」有許多相似之處，作者實寫狼的狡詐，虛寫婦人的淫蕩。小說圓熟巧妙地運用了幼童第一人稱的旁知觀點，時有朦朧的認知，似是而非的論斷，卻又能以虛顯實，讓讀者藉

⓫「試論朱西甯」頁三〇。

⓬蘇玄玄「朱西甯——精誠的文學開墾者」頁一〇三。

以探尋其中隱含的寓意。孤兒畏怯、遲疑的心態、早熟的操慮、委屈的討好，都表露得恰如其分。情節懸疑延宕，而逐步呈現，「人」「狼」交織展示，漸趨明朗，布局之謹嚴，極耐推敲揣玩。

篇中除了以純潔的幼童觀點來貫穿全文，另有一個裁定是非的人物——大轂轆，佔去大半的篇幅。那是一個正直、粗豪、寬厚、智慧的獵狼能手。他恨狼，與狼周旋到底，除惡務盡，爲的是狼性狡猾，從不與人正面爭鋒，而又沒有感化的餘地。他寬恕偷漢子的婦人，不計較婦人惡意的詆毀，只要求婦人善待孤兒；因爲人卽使自我偏執，陷於罪孽，若能施展愛心，自然就遠離罪惡，値得寬恕。作者藉大轂轆這個人物，呈現了對人世間的大愛，無怪司馬中原讚譽「狼」是朱西甯宗教精神、內在蘊蓄表露最深的一篇作品⑬。原來人類掩蓋心性的蔽障一旦揭除，能虔誠愛人，靈明心性展露，過往的罪孽便可以蕩滌淨化，二嬸摟抱孤兒，愛的世界已經出現，淫婦卽成了聖母。

朱西甯的「將軍與我」，寫活了將軍HAPPY王，那眞是佛斯特所形容的立體人物⑭。小

⑬ 「試論朱西甯」頁廿三。

⑭ 佛斯特「小說面面觀」頁六一，稱圓形人物(round character)，筆者以爲侯健先生譯「立體人物」，意義更佳。見「朱西甯的『破曉時分』」，中外文學第一卷第九期，聯經出版事業公司「中國現代作家論」頁三三三。

說完成於民國六十二年三月十四日。其中有一段感人的情節：將軍的長子，一個「愛讀書、愛運動、非常健全的優秀青年」，在打獵露營時，意外被同學用獵槍打死。兇嫌是長子要好得不得了的同學，他爸爸又正是將軍的部下。父子倆登門，兇嫌跪地直哭，將軍反過來安慰他：「我看你比我還難過。」「只希望你能信教，可以心裏得到平安。」雖然遺體入殮時，將軍長久的克制力，一時再也無法撐持，狂風暴雨般地發作過；但開庭時，他交代秘書——敍述者「我」代表出庭，主動放棄一切賠償要求權利，要求庭上體恤被告悔恨無及的心情，量刑從輕，並請緩刑，以免耽誤學業。在處理技巧方面有不少優點。第一，將軍如果自始至終全理智平靜，儘管可以歸之於信仰天主的宗教力量，總不如在小說中，在蓋棺時一番情緒化的悲號與掙扎來得眞切自然。聖人也是人，寫人物固然可以誇飾，能兼顧人性與靈性才是鮮活的呈現。將軍的長子，安排在三個姐姐之後，又是智能品德兼備，另外一個小弟，體質孱弱，不及長兄遠甚，如此一來，格外陪襯出他在老父心中地位之重要。再則，青年死於可以避免的意外事件，實在太不值得，因而在衆人抱持之下，他發狂般地責罵兒子不孝，處理得近情近理。但是事情過了之後，將軍的靈明之心，平抑了個人的哀慟，只在兇嫌身上著慮，他要竭盡力量，保護一個大有前途的青年，這不僅是理智的決斷，且是靈性的提升。藉由小說人物「幼吾幼以及人之幼」的包容與寬諒，一個新生命得以繼續發榮滋長，作者傳達了個人對生命的虔敬，對人生的熱愛，以及對人類靈明心性提升的期盼。

寫於七十三年十二月原刊「文風」第四十五期七十四年五月

李喬短篇小說集「共舞」

李喬從事小說創作已歷經二十餘年，他關懷現實的深心，使他的題材與技巧不斷求新求變。在七十四年十一月學英文化公司出版的短篇小說集「共舞」中，已看不到作者童年的悲苦、少壯時期的坎坷。李喬跳脫了自我的省視，把關懷投注到廣大的人羣，對現代科技文明多元化社會結構的實存陰影，做了一番詳密而深刻的透視。

天地間的至情，在親子之倫應是表現得最自然最深刻的，事實又不盡然。因為父親不能守常，年輕時代忽視家庭，對兒女未盡教養照護之責；做子女的悵恨父緣淡薄，由於純潔的孺慕心思，又恨不得也恨不來。「爸爸的新棉被」中，充塞著無可奈何的悲愴之感。透過返鄉途中少女秀美的思緒，呈現了親子的糾葛、衝突，她努力把對亡母的敬愛思念轉為對老父的寬諒關懷，但童年的創傷卻仍然翳蔽了她接受愛情的和悅心境，這些新舊回憶，烘襯出一個「不慈」之父的惡劣輪廓，作者的巧筆在末段父女相見之後，意外展現一副卑屈自咎的殘病老人形象。老人有病拖磨，近乎自虐的自贖行為，揭示了晚年深自檢省、深愛兒女的一分誠心，新棉被要完好的留存，爲的也是要留給兒女一些新的美好的記憶吧！

「太太的兒子」是沒有血緣關係的兒子，「張路生」的存在，不是妻子道德的淪喪，而是偶然的社會強暴事件的惡果。小說用緊迫的節奏，採取張又德的見事觀點限制，在高昂的憤恨中逐步推展情節。「太太的兒子」很像自己深愛著而又被意氣地冷落過的亡妻，也比親生的兒子高挺俊秀，這種取材，便於醞釀「恨」意之中不自覺「愛」的微妙交織情感，除了年輕人當面辯解的對白略嫌明露，不免破壞小說的含蓄之美，可也確實傳達了作者博大的胸襟。當他倒下去時，「有兩隻不知誰的強力手臂扶撐住他。」「他又看到好多熟悉的，和陌生的臉孔向他靠近……。」簡潔的收尾義蘊豐富，極有餘味。作者暗示：張路生扶住了他，也暗示親生兒子們對異父弟弟的容納，趕了來排解糾紛，作者的筆鋒流露了無比的溫馨。

另一篇表現「博愛」的作品「病情」，是本集中寫成較早的一篇。對於萍水相逢的小病婦「涂惜香」，敍述者「我」與病友老楊付出了超凡的愛心。「惜香」之名也許就隱含「憐香惜玉」的意義。複雜不正常的家庭壓力，過早的不正常的婚姻摧殘，使惜香染患絕症，卻得不到妥善的治療。「我」在她垂危的時刻，把她送醫治療，陪伴她，爲她送終。作者有意傳達人間的溫情，可惜通篇的筆調傾向理想主義，缺乏更深廣的「眞愛」背景；平淡的順敍法，幸好是便於製造懸疑的旁知觀點，層層逼出眞相，倒還能收到出人意表的驚愕效果。

採用做書名的短篇「共舞」，探討了現代婚姻潛存的困結。就外在的實質看，是丈夫有了外遇，使女主角參加土風舞研習會有了苦惱。她猶豫是否要與情敵一起學習下去？克服了消極退出的意念，好強爭競心理使她力求舞步的完美；卻又面臨另一個瓶頸，對方也是舞技優異者，教練指定兩人在發表會上共舞「詩情畫意」，須得「手心相握，親蜜起舞」。

經由回溯，讀者訝然聳動的是，「痛苦」的源頭，竟是少婦執意墮胎。而主角由嫉恨轉爲曲諒，是得悉丈夫已經生命垂危，了悟到過往的滔天大罪該被寬有。憑著這個意念，她破除了「執著」，那曾因我執而引起的業障，有可能就此化消了的。小說第三人稱主角觀點在心理剖析上頗能見功；只是看透生命的一段解說過於哲理化，作者的立意揭露太過明顯了。

李喬的小說曾經肯定人生免不了痛苦，「孟婆湯」裏的劉惜青在輪廻之前並沒有喝下「孟婆湯」，顯然連痛苦的記憶都捨不得完全忘去❶。但在「共舞」與「太太的兒子」兩篇八〇年代的作品中，李喬一再表現了消除「執著」、化解矛盾的可能性，把小說人物提升到較高層次的精神世界，也許這是作者多年研讀佛經獲得了某些啓示吧！

以工廠經營爲探討對象的「經營者」，主題意識並不單一，它也探討了夫妻之倫的相處之道。一心想做個經營者的領班，拼命工作，無形中冷落了妻子，妻子也故意冷落他。當他沉迷在自創天下的憧憬，上完大夜班，躊躇滿志的回家，亢奮的慾情卻被妻子冷凍了，這是第一回合的

❶「孟婆湯」收入林柏燕編「六十二年短篇小說選」，爾雅出版社出版。

挫敗，他意氣上豪華旅館指定一個女孩，又被戳破「經營者」的惡形惡狀，在那工廠女工兼職的應召女郎面前，他再度挫敗了。「經營」賅括了愛情與事業，也包含征服應召女郎而言的多面義涵，黃有金滿盤皆輸，其中的癥結，很值得深思。

贏得一九八四年坎城影展「特別審查獎」等多項殊榮的澳洲影片「花癡」❷，觀賞之餘，難免要爲主角的特殊癖好感動莫名，悵然久之。「花癡」主角童年的各類挫折轉向昇華行爲，性需要轉爲觀看模特兒脫衣表演；李喬「支離列傳之三」的「火」，離婚後的何卑南喜歡在密室裏觀賞精製的美女裸照日曆，神遊意淫，自得其樂❸。何卑南的「支離」病因，近似「經營者」黃有金的，是爲了事業奔忙煩惱，夫妻性關係不諧調，往煙花巷去自證（「恍惚的世界」也有類似的迹象，「經營者」找應召女郎亦是同樣心態），徒勞往返，愛妻憤而離去。這因果，有虛有實，小說中是有脈絡可尋的。但是「共舞」集中的「恐男症」，透過女主角獨白的方式呈現，精神分裂的癥結，既否定像「花癡」那樣種因於不幸的童年，也不似「火」中那樣是夫妻情感的疏離，相反的，女角的「恐男症」還破壞了婚姻的和諧，那麼作者所要控陳的該是外來的壓力了。在勞基法毫無保障的情形之下，有許多在金融機構服務的女職員，一旦結婚，必得依約「自動辭職」。

❷ 參閱「一九八五金馬獎國際電影展」。

❸ 收入「李喬自選集」，六十四年五月黎明文化圖書公司初版。

這個條例是否合理？有沒有後遺症？「恐男症」這篇小說逼迫讀者正視這個不合理條例所造成的重大斲傷！小說中的女角，在退無可退的刹那間，突然患了奇怪的幻覺，這種幻覺追迫著她，不斷擴大，無所不至；而那幻覺又猥褻得令人難以啓齒。顯然這寓言式的小說，象徵著男性主義社會對女性非人道的迫害，摧殘力量之大無所不至，而且無從投訴！單就藉著性凌虐的大膽想像，隱諷現行制度上衆人所忽略的殘酷事實，作者的識見與手法便有過人之處。

和「經營者」相似的，「阿扁悲歌」也以工廠爲場景，並且直截刻畫了一些工人角色。臨時工阿扁與工人羣「和而不同」，註定了他的悲哀。作者塑造一個專志寫作的小說創作者，「隱」於工廠，卻不能順性自在過活。同事細故找碴，他被揍，逼出一句「王八蛋」。這粗話招來一陣拳腳，而且留存決鬪的殘局；卻是經由潛意識裏乍然湧現的關鍵語句。藉由主角的憶想，讀者了解阿扁原來是個教員，作者揭露了教育界的汚點：學生用粗話罵老師，學店曲袒學生，阿扁反而離了職。此刻阿扁痛心於自已竟然不自覺地用同樣的粗話罵人。小說客觀的筆調非常成功地暗示了許多問題：高級知識分子是否眞的不見容於工人階層？相對於流行女作家取材於浮濫的愛情浪漫綺想，純文藝小說是否就沒有出路？教育界果然爲了金錢昧殺良知，非得縱容輕師犯上的刁頑學生不可？一句粗話，是否就可以使文人過渡爲工人？是否文人就此認同於工人？自已所棄絕的粗鄙詞語，代表了惡德，爲何在緊要關頭，自己也「報復」般地用來對付人？作者敏銳的觀照，圓熟的技巧，使「阿扁悲歌」蘊含了耐人推尋的弦外餘音。

「退休前後」鋪寫了教育界灰黯的景況，作者嘲諷人性趨炎附勢，隨波逐流的惡劣傾向，也揭露了潛存的官僚作風。黃校長是個亦正亦譎的人物，在退休前，他憑多年的關係獲准延期半年，權謀式地達到威嚇下屬的目的，又能及時抽身，避去有關戀棧的譏議。這篇小說也附帶探討了老年人的退休問題。由於醫學發達，很多老年人精神矍鑠，身體健康，退休之後該做些什麼？是否都像黃校長一樣幸運，兒媳順心承意，有可愛的孫兒女讓他「教育」，有從事建築業的外甥，提供監工的職位，讓他「強烈地感到生命的充實與可貴」？文末「這雙朦朧老眼，有時候在意識恍惚的瞬間，竟然會把朝陽和夕日弄錯。」老而不老，自以爲不老而實際已不能不服老，點明了「退休前後」的旨意，含蓄而寫實，堪稱精采的結筆。

「休閒活動」，乍看題目很輕鬆，實則作者寫作時可能負荷最大，心情最沉重，李喬探索的是青少年心理均衡發展的問題。國內升學壓力的嚴重性究竟到了什麼程度？學校的體罰，教師的超授，家長的緊迫盯人，使得初三學生在歸途珍貴的休閒時間，要尋求刺激，好獲得暫時的鬆弛。幾番延宕之後，讀者才明瞭，這些好班優等生，居然在書店扒竊，不全是爲了炫耀，而是那份興奮刺激。而最令人擔憂的是：兩個初中生互相掩護，手法高明，毫無愧咎；被書店老闆識破行徑之後，卑屈懇求，不送警，不通知學校。在不得不通知家長的條件下，兩人又開始計議，如何編謊圓謊……。教育對於人格最根本的陶冶，做人最基本的德操，完全落空，錯誤還有可能延續下去，究竟是誰的過錯？

綜觀「共舞」集中的九個短篇，取材廣泛，探索深入。技巧方面，作者常用小說人物的有限觀點，以參差錯綜的布局，兼做心理剖析，在短短時距內，把長遠廣大的時空壓縮在小小的篇幅中，因而張力具足，引人入勝。作者以嚴肅的創作態度，繁複的主題意識，描摹了現代的浮世繪，雖然線條有時難免誇張，卻都是有稜有角，活神活現。無可置疑的，李喬在這九篇近作中，苦心孤詣，揭露了許多常人所忽視的問題，這些問題輕重不一，有大有小，很值得有心的讀者細加省思。

原載「文訊」第二十二期七十五年二月

第二輯

葉紹鈞的「孤獨」

——衰病孤寂的老人

中國現代小說離不開寫眞傳統，小說家把他對社會的關注，通過藝術的手法，讓讀者逼視一些現實問題。「孤獨」正是提醒人們關切老人問題的一篇寫實小說。

作者聖陶—葉紹鈞，是文學研究會的重要成員之一，在現代小說創作初期，他是作品數量最多，創作時間最長的作家。文學研究會標榜「爲人生而藝術」，秉持的是寫實主義、人道主義。葉紹鈞的六個小說集——「隔膜」、「火災」、「線下」、「城中」、「未厭集」、「四三集」，以簡潔寫實見長，大抵展現了穩健的技巧，充滿敦厚的感性。他敎過十幾年小學，又在中學、大學裏敎過國文，編過「婦女雜誌」、「小說月報」與「中學生」，是個紮實的文化人，他「空想的東西寫不出來」，寫的多半是熟悉的知識份子與小市民。有別於「倪煥之」與「英文敎授」、「飯」等以知識份子（敎師）爲主人翁的取材；「孤獨」中的老人年輕時是有名的酒客，雖也「隨便看幾行書」，它揭示的不是知識份子的苦悶，而是孤寂多病的老人的孤絕感。這是民國十二年一月廿八日刊載於商務版「線下」的短篇小說，大約八千字，除了具備作者固定的水準之外，心理分析方面頗見功力，精微細緻，鞭辟入裏，很有觀賞的價值。此文收入郁達夫編選的中國新文藝大系中，大漢出版社曾予重印。

一、錯綜的筆法

這篇小說採有限全知觀點，以參差錯綜的結構經營，如果就現實的時間來說，事件的發展，不過是入夜之後到就寢的時光；但老人的心思活動卻包含了全日的情景以及一生的梗概。這全憑藉作者在細膩的動作描寫之中，多次運用往事的閃現手法，深入心理的分析，來展示主角的心思與情緒。

文中實際與老人有直接交關的人物，只有四個人：房東太太和她年幼無知的孩子，他的表姪女與丈夫——中學教員華綏之。華綏之是小說中唯一具名的人物，另一個丁裁縫，有姓，卻與老人只是寒暄的交誼；其他茶館的小二與茶客，和老人的關係，似近而實遠，既沒有交接的動作與對白，在他的心中也沒留下特殊的形象。

開場是房東太太與孩子在光線昏暗的中堂，年輕的母親正結算一天的伙食帳，孩子軟軟酥酥地想睡覺。老人帶個福橘回來，想逗引孩子喚自已一聲，結果橘子被搶去了，孩子並沒把老人放在眼裏，除了動作刻畫，更進而深入剖析老人的感受。外表動作與內心思索交互迭現，是這篇小說的特色之一。他與表姪女之間，有較多的對白，因爲彼此並非很親暱的關係，兩人都客套地敷衍，內心卻別有所思。他聽着表姪女解說午後將赴約的「消寒會」，如何有遊戲，有歌有舞，如何有趣味；勾引自己傷悼之心，憤憤地想：「少年人眞多事。」一邊卻隨口答應道：「哦，有這麼一個會。」老人內心的思慮，有時是往事的閃現，於是現實的動作便與倒敍筆墨錯綜運用，場景迭換，在這方面，作者表現了高超的技巧，因此把簡單的故事，鋪排成八千字的小說，也才能就老人問題作深入的探討，卽使和當代意識流小說相比，也毫不遜色。

老人在房間裏喝白開水，權當晚餐，回想起年輕時喝酒的豪興，與朋友猜拳行令，與夫人聊天閒談；後來夫人去世，老友凋零，自己患了哮喘，又有嘔吐的毛病，弄到後來，酒也嚥不下，茶也變味了，只有喝白開水。由此文筆轉回現實，描寫他如何掙扎就寢，勉強躺下之後，又閃現日間往訪表姪女的情景。而在表姪女家的一段描繪中，年輕夫婦的言談動作固然細緻傳神，他的表面話語和心理轉念也是錯綜互現。足見這是回憶中有回憶，最後仍然轉回現實中睡榻上的感受。如此，他的思緒起伏，在時間隧道中，或長程或短程，隨意奔波，作者組織起來，卻是有條不紊，每個場景都有固定的作用，其間的更換也都妥貼自然，這就不能不令人敬佩了。

二、衰病的殘軀

幾月前，亨利方達與凱薩琳赫本、珍方達三大巨星合演的「金池塘」，以小製作贏得最佳男、女主角金像獎的雙料最高榮譽。觀賞過這部影片的人，泰半都會讚嘆攝影畫面的美麗；劇中人物父女的激烈衝突，終由滿懷愛心的母親滋潤化解，深蘊的哲思，眞有令人動容之處。而對於亨利方達的老人那種衰病的情景，難免也要興起無奈之感。「孤獨」中的老人，在葉紹鈞的筆下，比起來還要更悲苦、悽涼、孤單、寂寞。

房東太太哄着昏昏欲睡的孩子，遠遠就聽到老人的咳聲，「一聲聲連續不歇，到後來沒有力再咳，只賸低微的喘息。」他拉開窗，連咳帶喘，「一手執着窗環，支持着佝僂的軀體；乾皺的面孔泛作深紅色，像個喝醉了酒的；眼眶和上唇的鬍鬚部分有些水光，這是伴着咳喘而至的涕淚了。」他「伸出顫顫的枯瘦的手」，拿着橘子，用「引誘的神情」對着孩子，「很醜地」笑着要求孩子叫他一聲。從起始的幾個段落，我們瞭解到：乾瘦老醜而又呼吸系統有嚴重毛病的老人，咳喘不止，激烈咳喘之餘，往往涕淚交流。病魔對他極盡凌遲般地肆虐，由他開鎖進門，到躺下休息，作者動作刻畫與心理描繪參差錯落，清晰的畫面是：老人每天脫衣躺下與起床穿衣，各得耗費一二個鐘頭，要是能不睡，他願意的，只是時間難排遣！一杯熱開水就是他的晚餐，老人顯然並不缺錢用，而是胃納欠佳，茶酒無分，怕嘔吐起來痛苦不堪。

他曾經是享受人生的福人，每晚酒家樓上喝這麼兩三斤，有些朋友一起猜拳行令，回得家來，夫人還「預備可口的酒菜，斟好了陳年的花雕在那裏等著。」無奈如今妻子死了，酒家也沒熟人了，他喝不下酒，茶也變了味，加上晚間胃裏擱不得東西，只有拿開水當晚餐，撫今思昔，叫人怎不惆悵！這天早上，他勇敢地迫不及待冒險離了床，「穿好衣服，似乎只有呼出的氣了」；「眼睛的周圍隱隱現個淡靑的圈，倘若攬鏡自照，或許要不認識鏡中的人是誰了。」當然，他的鏡子已有長久沒派上用場，找都不容易，他完全把心神放在脫衣、穿衣上頭了。然而，衰病的殘軀，微少的食物，沈重的心事，老人怎能不枯瘦皺醜？

三、孤絕的心境

老人拖著衰病的身軀，內心充滿對人間溫情的渴盼。無奈自夫人逝世，老友凋零殆盡，他孤單一個人，什麼也沒分了。他用鮮紅的福橘，引誘房東太太的孩子，想換取一聲天眞的呼喚，滋潤自己的心靈，但孩子只急著要吃橘子，還牽著母親的衣袖，要進屋裏「睡了喫」；他覺著自討沒趣，感到異樣的空虛，屋主人催他到房裏去，他又爽然自失，「我只配拘囚在那個小天地中。」無疑他有些怨憤，但他能怨誰呢？

白日裏，老人多消磨在茶館，沒有其他的地方可去呀！「世界雖大，彷彿處處拒絕他的進入。」在茶館裏，可憐的老人也「僅僅戀著那椅子」，此外的人物都漠不相關，沒人理他，他也不愛什麼東西。有時茶客們聊得起勁，「這就引起他無限的感慨：他們那樣自得其樂，那樣議論風生，彷彿故意表示一種正當盛時的驕傲，藉以奚落他的孤獨和昏老。」難堪的情感，使他在喘息中漏出長歎，「眼裏雖沒有淚滴，眼光卻悽然了」。可是，他仍然戀棧著那椅子，爲的是，除此他再無選擇。

這天，他臨時起意去探望唯一的親屬——表姪女。每天清晨坐在茶館去，兩杯白開水喝後，茶客稀了，他總躊躇著該去什麼地方。他的表姪女住得遠，他雇了轎子去，直想聽聽她的勸慰，傾訴一下自己的病況。表姪女是個「很適宜的主婦」，善於交際，得人歡心，長得也不壞。老人一到，她請他在軟榻上坐著。「他發出含愁的聲音，卻似乎孩子乍見了母親時的嬌聲，眼裏放出求憐的光。」他是存了厚望來的，而表姪女的世故與體貼，使她心中雖覺可慮，嘴裏仍然平和的說些泛泛的寬解之言，這原也是人情常理，無奈老人似乎相當孤僻，心裏「酸酸的」，「知道引起他的同情是無望了」，便不再辯說。

表姪女向老人說明「消寒會」的趣味。他覺得她的話「含有壓迫的力量，使他傷悼自己的衰老和孤獨」。過去自己也曾經歷過羣居歡會、聽歌起舞的樂事，但現在只是孤單而枯寂，難免怪她近於嘲笑了。其實他與表姪女眞是未曾溝通，以致年輕人的好意徒然成了譏嘲。表姪女由孩子聊到未來只盼與丈夫廝守至老，永相伴隨。她神態柔美，臉上現出似醉的微笑，「老先生彷彿見了鬼魅，身體仰躺著，舉手掩面，眉頭皺得緊緊，更發一聲類乎喘氣的嘆息。」他受創傷了，受傷太久，現在又加一道新痕，表姪女又怎能意想到他此刻的痛苦？他與夫人也是兩心相印，互相質證過永久爲伴的心跡，可是夫人中年就逝世，夢便託空了，想起這一層，眞恨不得飄浮起來，「在空中吹散，化成微至無質的塵點。」表姪女這下子重重刺動他的舊創，又正當身體更見衰病，「簡直連歎息也嫌恨」了。

他的外表顯見精神不佳，表姪女怎麼也猜不中他的心思，夫婦倆飯後擬赴「消寒會」，老人「只恨自己不是」，年輕人抱愧的笑容，他「認作厭棄的傲態」，「果然被人家趕走了。」一懊惱，來時乘轎的長途，竟賭氣步行了回去。此番渴盼得些慰藉，不料反而惹了一肚子憤怒，還是老茶館的椅子和開水特有情味。他避遠茶客的笑語，把不大靈便的聽覺，「又加上個特意的不注意」，迷迷糊糊中，他闔著眼皮，一切都沒有意義了。這樣子，他拖到打烊時候，才離開茶館回到住處。而那孩子，只想喫橘子，卻不肯喚他一聲……。

他外在軀體的衰病，是生理退化，無可如何之事，而心理上人際溫愛的尋求，老人很在乎，計較得太自我中心了些，但一切都落空，心境的孤獨絕望，使他咳得更厲害。難怪房東太太臨進房，不免望著老人的背影皺著眉頭：「他這麼咳喘，原是平常的事，爲什麼今夜特別難抵當（擋）呢？」

作者穩健的手筆，客觀冷靜地剖析，自表至裏，老人的動作與心理，展露無遺。他深夜裏僵僵地蜷在榻上，孤獨的心儘在那兒東奔西逐，「四周圍是無邊的黑暗與沈寂，好像那光明熱鬧的世界把他忘了。」被遺忘的孤絕感，正是作者所要呈現的主題。

四、簡陋的用品

小說中的場景，好的作家都有相當考究的安排。「孤獨」中的老人使用的物品，作者偶然也有特寫鏡頭，由這些物品的描摹，作者藉此便向讀者介紹了老人的起居習性，場景與小說人物的刻畫，正是二而一的文墨。

老人將近二十年是這樣的情形：被袱不整理，「有些時令已過的衣服，不用的汗巾錢袋之類，也隨便堆在床上。這樣可免開箱關箱的麻煩；又可幫助一些被袱的功效。」臥榻是老人自覺比較有念舊之情，還能讓他親近的兩樣物品（另一是茶館的椅子）之一。他讓它這樣「自然」存在，足見主人不是疏懶，就是多病。

他在耐性地解開鈕扣、褪下衣袖，「彷彿磨難中的修道士」，冒險做最困難的「脫衣」功課時，作者介紹他的衣裳：

他的衣裳有許多污跡，也有幾處破裂了毀損了的，自從他夫人死後，他的新衣裳都是向衣店裏買來的。一穿上身，沾了污跡也隨牠（它）去；破了損了也不管，從沒有補綴這回事。直到污穢且破壞得不成樣子，他昏花的老眼也覺察出來了，便再去買一件來換上，那舊的就此作廢了。

這簡便的方式，全是適應他的病體而來的，不洗不縫，他的哮喘，使他顧不得許多。清晨戴上風帽，預備出門，且看它：

那風帽是他的良伴，一年裏大約只有四五個月的暌離。石榴花開的時候，他還沒除掉牠（它）；人家穿著夾衣賞中秋，他早又把牠戴上了。牠是玄緞製成的，緯差不多全毀壞了；積垢過多，放出亮亮的油光。他戴牠時極隨便，一套上，扣一個鈕扣，就算了。有時戴得不正，便露出歪斜的面孔，引得街頭的孩子們拍手大笑。

這段文字不但清新流麗，勾勒細緻，而且點出了小說人物的幾個特徵。老人哮喘，最忌風吹，所以戴風帽的時日特別長，他沒精神打理衣物，也從不照鏡子。由此可見孤獨老人的苦況，他的病體，使他因陋就簡，脫衣穿衣都夠費力了，髒髒破破不整，都順其自然吧！

諸如此類的例子，作者由小處著力，靜態的物品，仍然具備烘襯劇情的重要作用，小說家的文筆，一物一景，都不虛設，讀者又怎能等閒視之？

五、結　論

禮記禮運大同篇提及大同社會的最終理想是：「鰥、寡、孤、獨、廢疾者皆有所養。」孔子也提及「老者安之。」在民國十二年，我們的社會還談不上什麼老人福利，「孤獨」中的老人最大的憾事大約就是沒有子女，因爲那還是個養兒防老的社會，也因此他勸表姪女生養一二個孩子；而就老人的衰病與孤寂而言，如果社會有相當的安老設施，或者他的境況就不那麼悽涼吧！最近臺大李長貴教授調查資料顯示：大學女生一百人中，沒有願意和公婆住在一起的，男生願意與父母同住的也只佔百分之三。隨著社會結構的改變，未來的安老措施顯然更形需要。欣賞「孤獨」，嗟嘆之餘，我們冀望政府多致力老人福利工作，擔當起孝子賢孫的職責；也希望人際關係蛻變過程中，我炎黃子孫能有更合宜的安老措施，不僅是身軀的照顧，重要的是心靈的慰藉；更希望社會中令人敬愛的高齡公民，不自我閉塞，能積極樂觀地安享充實的餘年。

原載民國七十一年二月十三日大華晚報副刊

凌叔華的「楊媽」與林語堂的「陳媽」

——偉大母愛的重現

凌叔華的「楊媽」，是根據眞人實事改寫的小說。凌叔華在民國一二十年間，寫過不少短篇小說，陸續發表在現代評論與新月月刊上。結集的小說集子，有「花之寺」、「女人」、「小哥兒倆」等。在當年，她擁有「中國的曼殊斐兒」的稱號，作品細膩溫婉，幽深精緻，別具一格。蘇雪林認爲她不僅具有東方典型美人的美，小說也富有女性的溫柔的氣質❶；夏志清認爲，當時的女作家，創造才能都比不上凌叔華❷。陳西瀅先生犀利老練的短文與凌叔華溫婉深入的小說，一剛一柔，各具神韻。伉儷二人在五十年前的文壇上堪稱珠璧雙絕；在近代文學史上，他們的作品也各自佔有相當重要的地位。

---

❶ 蘇雪林「凌叔華其人其文」，收入林海音編「中國近代作家與作品」頁七四。純文學出版社六十九年三月初版。

❷ 夏志清「中國現代小說史」頁一○六。傳記文學社六十八年九月一日初版。

「楊媽」雖不是凌叔華最出色的作品，小說的素材，卻是眞實的故事，作者描摹熟悉的人物，也發揮了她的長才，口吻形貌，生動自然，呼之欲出。這短篇發表在新月月刊第二卷第四期❸。根據胡適的短序看來，「楊媽」原是高一涵家中的老媽，胡適轉述她的經歷之後，建議文友們改寫爲戲劇、詩、小說，用牆上一幅達文西的蒙娜麗莎作獎品，預備贈給寫得最好的人。四年之後，凌叔華把小說寄給胡適，這個動人的故事也就因此保存下來，感動了許多人，包括幽默大師林語堂博士。

林語堂在民國廿八年初次於美國出版「京華烟雲」❹，他讓「楊媽」復活爲「陳媽」，前後運用不少篇幅，把人類偉大的母愛，再度勾勒出相當鮮明的輪廓。「京華烟雲」在美國暢銷，先後翻譯成好幾國的文字，「陳媽」想必活在全球多數讀者的心胸，她表露了人間最純摯最完美的母愛。

一、命苦的楊媽

❸ 收入雕龍出版社「新月小說選」，六十七年五月初版，原文胡適按語爲十八年六月三日。「新月月刊」民國十七年三月至二十二年六月刊行，雕龍出版社六十六年十一月初版。

❹ 又譯「瞬息京華」。「京華烟雲」民國廿八年初次於美國出版，六十六年五月遠景出版社初版。

凌叔華的小說，多取材閨閣淑女自我熟悉的一些人與事，人物也許平凡，但平凡人物的行爲思想，卻也映現許多偉大的情操，楊媽便是一個典範。印度詩人泰戈爾曾經說過：「我最後的祝福，是要給那些：明知道我並不完美卻仍愛着我的人。」楊媽很平凡，可也眞够偉大，她之所以難得，就在於愛的是一個日夜掛心，期望甚殷，卻並沒什麼出息的兒子。爲了找尋「可能」被「招兵的招了去」從軍的兒子，她每夜趕工，縫紉大小不同尺寸的棉襖，每個月請一天假，拎個包袱，聽說有兵的地方就去尋找。

楊媽是向來少見的女僕，凌叔華簡扼地描寫着：

她在高家做了一個月，裏裏外外都整齊極了。事情像專安排好等她的一樣，一件件的用不着吩咐，都有條有理的做了。廚房許多事，從前的女僕不肯做的，她不言不語的都攬來做，廚子更是五體投地的佩服她。

過去家裏有人的時候，她出外做事，「也輕易不告假回去走走的」，現在爲了找兒子，一上工，便和高太太商量每個月裏「可不可以讓我出去走一天？」每到那一天，她「大海撈針」似的「回子營所有住兵的地方都去問過。」

楊媽十五歲嫁到婆家，姑太太還沒出閣，教唆婆婆常逼着兒子打老婆。她養了四胎，才活了一個。丈夫出外混事，她整三十那年，丈夫混了一身怪病回來，閒住一年就死了。姑太太出了嫁，把婆婆和家當都搬了去，單賸下楊媽娘兒倆一間破土房子，幸虧娘家大伯父好，替她養孩子，讓她出去當佣人掙幾個錢。姑太太知道她存了錢，常藉口借去，總計四五十塊錢，那是她起碼十五、六、七個月的薪資。楊媽丟了兒子，想出花紅託人找，堂妹替她去要債，卻給推個一乾二淨。

高太太願意加工錢，讓楊媽買衣服給兒子，讓她能早些睡：

「謝太太恩典！」楊媽停了停說：「俗語說的好『無功不受祿』，太太加我工錢，我是心領了，可是，那好意思拿呢？再說你不嫌我晚上多點了燈，就很恩典了。晚上仗着做做活計，散散心，倒還好過些，若是睡得早，就會胡思亂想，有時想到喪氣的事情，心口痛起來，整晚別想合眼。」

「太太，你是天生享福的命，那曉得命苦的人連覺都不會睡！」楊媽苦笑着擰乾了衣服，「剛來那幾天，因爲上頭吩咐就早早睡，可是半夜醒了更加難過，起來吧，怕吵了你哪！躺着把幾十年的心事都會想起來，唉，那才難過呢！」

讀者看過這段活潑生動的對白，眼前該會浮現一個謙和純樸的老媽子（其實楊媽不過四十五歲）的形影。「命苦的人連覺都不會睡」多悲哀的深刻經驗！她在燈下，把無盡的懸念，無窮的愛心，都一針一線縫紉進厚實的棉襖裏去。睡得少，正可以避免愁緒紛至沓來，這話裏含有無限的深義。

二、不成材的兒子

「楊媽」這篇小說裏，人物並不多，楊媽之外，另有主人高先生、高太太，楊媽的堂妹李姓婦人及廚子。而由談話中提及的，則有：楊媽的兒子、丈夫、婆婆、姑太太，以及娘家的伯父。作者巧妙地安排這些人物，做到了相當自然妥貼的地步。

在每一個母親的眼裏，兒子都是可愛的，楊媽不成材的兒子種種缺陷，以及她在婆家所受的委屈，凌叔華藉由楊媽的堂妹敍說出來，既自然又合情理。在組織上，挺費一番經營的匠心，而相對地也烘襯出楊媽隱含不提舊惡的大度。她原是認命的鄉村婦女，因爲認命，也因爲厚道，她表現了高尚的雅量，支撐她的，則是綿綿不絕的至性至愛。

楊媽太「寶貴」她的兒子，大約養了四胎才存活一個也有關係。兒子是她的命根，自己飽嘗辛酸，努力掙錢，無非爲了兒子，想「留着（錢）叫孩子好好的念一念書，知道些聖賢道理，別像他爸那樣下流糊塗。」無奈兒子「不務正業，什麼下流事都肯幹」，離家一二年，也不捎個信回家。這個滿懷慈愛的母親把它歸咎於：「他沒幾歲就離開爹媽」，「沒人教導」，「一塊兒玩

的，都是些又粗又野的孩子」，「也沒念過幾天書」。她不敢期望兒子孝順：「

「祇要兒子還有人心，『鍋裏有飯大家吃』就不錯了。我們孩子，人雖不成器，心還不壞，他若有飯一定讓家裏的人吃個飽的。就是他爹，脾氣雖不好，可是掙了錢倒都交出來給大家吃飯的。」

她對丈夫、對兒子深摯的愛，使她滿懷寬諒之情，「切肉不離皮」，丟是丟不下的，任高太太多大的學問，能說多少道理，也不能勸她看開一些，感情原來是這般無法用理論釐清與淡化的啊！

楊媽的兒子離家時十九歲，該懂事了，但畢竟他不會捎信回家，下落也很難推斷，甚至可說是生死不明。不過，尋找兒子是楊媽活下去的最重要的事情，兒子雖是不成材，她總說：「若是跟到好人，他會很快的改過來。他爹末了跑回家那年，改邪歸正不是很快的嗎？」敢情她是期盼浪子回頭？說她「迂得很」也好，說她「癡心」也好，我們能斷明她不該這樣子嗎？蘇雪林讚美凌叔華寫出了佛家的「恩愛牽纏」❺，楊媽個性的「缺陷」，更顯現她母愛偉大的包容性。

---

❺ 蘇雪林「中國二三十年代作家」頁三六五。純文學出版社六十八年十二月初版。

三、仁厚的主人

在民國十幾、廿年，傳統社會舊家庭習慣用些僕人（佣人）。當時貧窮人家多，勞工便宜，佣人在舊家庭中的地位，是道地的「底下人」，專意跟隨主兒，聽候差遣，從早忙到晚，卻是薪資微薄。做主人的，有的苛刻，有的仁厚，這得看佣人的造化。高先生與高太太無疑是仁厚的主人，楊媽的堂妹說，楊媽時常念道：「上面人是怎樣心痛她，她說跟這樣主兒，比在那裏住着舒服。」

高先生還是個人道主義者，見聞廣博，愛惜勞工。他編寫大學的三班講義，鐘已敲過一點，走過院子，卻「看見楊媽低首縫紉的影子又印在紙窗上。」他連着幾夜都看見楊媽做工，早就有些看不過了，於是責備太太說：

「你們女人用人總不看看時候的，這早晚還叫楊媽做活兒！」

夫妻倆猜測楊媽大約是做自己的活兒，要不，可能是須錢用，延攬街上的活兒回來做，高太太辯稱楊媽老實，「不像會攬街上活兒做的人。」高先生發議論了：

「在外攬活兒做的，不能就說她不老實，都是爲了錢出來勞動，做完了本人該做的工，再做以外的也很光明正大不是？」他像平日一樣對太太發議論，停了一息，又說：「這種人實在也很可憐，一天從早做到晚，十好幾點鐘了，纔掙到一毛錢兩餐飯！」

「有些人一個月還給不到三塊錢呢，像北城住會館的本家老爺太太那裏都劃一的給兩塊。」（高太太回答）

「無論怎樣，三塊錢總是太苦些，你想一個人累一整天，纔得到一毛錢！其實，好的老媽子加兩三塊錢都不算多，就加上三塊，一天也不過掙兩毛錢，在外國叫人提個箱子進車站都不止兩毛呢！」

根據淩叔華另一篇小說「送車」，當時一斤雞四毛五，相當楊媽四天半的工資。高太太準備給楊媽加工錢，她謙虛的婉拒，楊媽的看法，主人對她愛護有加，已經是相當恩典了。

高太太聽楊媽的堂妹敍說楊媽的狀況，明白楊媽的兒子並不一定能如楊媽的願，答應也試着勸勸楊媽。她果然委婉地搬出許多道理，無非要楊媽「看開些」，「好好的調養」。既勸不動，夫婦倆就心楊媽找兒子，萬一遇到壞人被騙，高先生細問楊媽兒子姓名年歲籍貫，與招兵招去的日月，大約誰的部下招去的，設法多方託人查尋，楊媽樂得直念佛，噗咚一聲跪下「謝謝老爺太太。」

這較爲實際的新的希望使得楊媽興奮得直做「兒子歸來的夢」。「若找回來，我任他學什麼多好。」高太太逗她說不定兒子眞的發跡了，也該娶少奶奶了？相信女主人也分享她期盼的快樂。

最後，有人來報消息，楊媽的兒子隸屬的部隊退到甘肅去了，還打過幾次仗。高氏夫婦決定不告訴楊媽，一則兒子生死未卜，再則路途遙遠，交通不便，沿路又不平靖。但是，楊媽偸聽了消息，還是走了，挾着包袱，邁上青年漢子結伴都不易行走的道路。高家爲了方便，另僱女僕，「還是時時念到她」，凌叔華的結筆是：「楊媽到底也沒有回來。」結局究竟如何，讀者諸君自已構思去吧！

四、楊媽復活了

林語堂的「京華烟雲」，是一部相當龐大的小說，人物衆多，媲美紅樓夢，其中陳媽的造型，完全是凌叔華「楊媽」的復現，遭遇近似。不同的是：她的兒子不是逃學，而是被抓兵的抓走；她的兒子不但成材，而且相當有才智，是個愛國的好青年，奇蹟似的，繼陳媽之後，在舞台上活躍。

在文筆上，凌叔華的楊媽，刻畫得細膩周到；但林語堂先生對於陳媽尋找兒子的癡狂，描摹得更爲深刻，他加入一些「對年輕人的端詳」。男主人翁孔立夫由國外回來，她拉着他的手，看了半天，臉上一直微笑。她必定在路上也這樣端詳過好多年輕人，而幾乎被疑爲瘋子。只要有新兵入了北京城，她就想法子請假去尋找。最後，陳媽是打聽了一些新兵消息，告了長假走的，孔立夫事後沒能把她找回來。凌叔華的楊媽，在高家只有幾個月，兒子散失也只近兩年；「京華烟雲」的陳媽，母子分手已有七年。孔立夫把陳媽的眞實故事寫成小說，林語堂先生創造奇蹟，讓陳媽的兒子陳三看到各報轉載的小說，寫信給孔立夫，終於兒子找母親來了。這是個當過警察，動作敏捷，槍法奇準，勤儉樸實，奮發有爲的好青年，不枉陳媽那份賢良的慈母心。他先替孔立夫抄謄稿子，整理花園，後來成了孔立夫的妹婿。其後陳三參加愛國青年演講，進入禁烟局取締私梟；參加鋤奸團，暗殺附日漢奸；輾轉逃亡，加入抗日游擊隊。

林語堂塑造陳三，大致滿足了讀者的希冀，當女主人翁姚木蘭初次聽妹妹莫愁談及陳媽的身世，她說：

「你想想那個兒子，有這麼個好母親，而竟離散，不能見面。我但願知道他長得是個什麼樣子。」

立夫說：「也許他是個傻小子，不過在母親眼裏還是個寶貝兒啊！」

木蘭說：「不會，我覺得他一定是個很英俊的男孩子。因爲他母親的臉看來高雅不俗，人品格又耿介。」這是林語堂先生的功德，讓這個「風度好、心腸好，人品高尚」的老媽子能擁有一個出息的兒子，而且是相貌端正，刻苦向上，做事負責的愛國青年。偉大的母愛應該能夠陶鎔一個可愛可敬的傑出人物，陳媽可以無憾，讀者也可以無憾了。

五、悲哀的境界

民國十四年，眞實事蹟發生的年月，軍閥割據，戰爭連年，人民塗炭，抓兵與拉夫的情形隨處可見，楊媽是個受害者，她雖然擁有偉大的母愛，卻僅僅是個平凡的母親，她尋找兒子，但求兒子能活命，有時候還冒險去求反證，以慰藉自己：「至少死的不是他，他還有希望活着。」胡適記述說：「高一涵曾經說起，這個老媽子每走過殺人的地方，她必定擠進去望一望！」多麼殘忍的事實，想想老媽子內心多麼激動矛盾？她是如何鼓起勇氣來的？凌叔華是雅致的淑女，她不曾把這份悲情鋪敍出來，大約是不願意描摹自己不熟悉的場面，或者她覺着難以消受這種悲哀的境界。胡適說的沒錯，這段情節「很有文學上發揮的可能」。美國女作家瑪格麗。密契爾的名著「飄」，便有一段：當南北戰爭最激烈的時候，南軍傷亡慘重，梅蘭妮與郝思嘉搶閱前線送達的傷亡名單，看看沒有艾希禮的名字，「他還活着！」她們便由恐懼中尋回希望，由悲苦化爲歡喜！密契爾生長在優良的家庭，過着安定的生活，卻能深刻地描繪小說人物悲苦的心境與欣慰的神采，眞是想像力豐富，文才斐然。我們慶幸，透過淩叔華細緻的文筆與林語堂深刻的描摹，中國軍閥割據的混亂局面，以及百姓在紛擾中捱受的磨難，已由楊媽與陳媽尋找兒子的小說故事，呈露一些影象；有心的讀者，原不僅僅能從這相關的兩篇小說裏探尋到偉大的母愛而已！

原載民國七十一年二月二十六日大華晚報副刊

凌叔華的「送車」

——閒話牽引出煩愁

凌叔華，這個擁有「中國的曼殊斐兒」稱號的女作家，在新月月刊裏曾經發表過許多篇小說。細膩溫婉、幽深精緻是她作品的特色。陳西瀅先生犀利老辣的短文與凌叔華女士溫婉深入的小說，一剛一柔，各具神韻。伉儷二人在五十年前的文壇上堪稱珠璧雙絕；在近代文學史上，他們的作品也各自佔有相當重要的地位。

有人說，凌叔華的作品，只是取材閨閣淑女自我嫻熟的一些人與事，所描繪的，不過是自已生活的平靜世界，沒有當代社會變遷的影子，沒有血淚，沒有飢餓與失業，這是她的不足之處。然而任何蛻變的時代，除了尖峰人物與特異思潮，必須大書特書，仍得留讓許多地位給一些平凡的小人物。畢竟社會的構成份子還是以平凡小人物居絕大多數，這些人在變遷的社會裏，或多或少感受到時代的衝擊，而有他們各種不同的反應。因此，卽使作家的取材只是個人周遭熟悉的事物，倘若他是個忠於創作的寫實作家，他的作品仍然會映現當代的社會環境與時代潮流的。在凌叔華的作品裏，讀者不難藉由細緻的刻畫，品味出二十年代種種人物的思想以及一些當時潛藏的社會問題。如果認定凌叔華的作品範圍狹窄，於是等閒小視，對讀者而言，難免要有滄海遺珠之憾！

刊載於新月月刊第二卷第三期的凌叔華小說「送車」，是一篇耐人深玩的作品。它絕非小姑娘的一些憧憬與夢囈，她以兩位太太（在二十年代，「太太」一詞並不普遍，只用來狹義地指一些有錢有地位的「大戶人家」女主人）相約爲闊老爺的官太太送車爲主脈，透過細膩的文筆，輕快地映現她們周遭的許多大大小小的問題，諸如婚姻、佣人等。倘若由作品本身去細加推敲，便可以發現：它不僅寫活了當代一些小小的平凡人物，而且蘊含了非常深刻的諷世諧趣。

凌叔華的小說，一貫採取素描的手法，其中深含的意義，有待讀者去剖析。「送車」一文的人物很簡單：白先生、白太太、周太太、王小姐，再穿插兩個男佣人——廚子與王升，還有兩個小孩——白太太的阿才及周太太的二小姐，一個老媽子——李媽。活動範圍不過是白家的客廳、後院與房間。時間方面大致是送車時刻前後的三、四十分鐘。照故事發展看，白、周兩位太太原約定送徐太太（此人不曾出場）的車，卻因爲更衣、閒聊以及無謂固執，誤了時刻，最後僅僅是白太太送客而已。小說的著眼點，不在車站前歡送場面如何盛大，而在於送車者預行前閒話家常牽引出來的許多問題。凌叔華女士向我們展示了當代人最眞實的形象，巧妙地透過自己熟悉的人與事，提供給後人許多當代社會的狀況，她莊嚴地肩負起歷史的使命！

一、傭　人

白太太在小說中的角色很重要，她稱得上精明，卻不一定賢淑。她有一套嚴格的佣人駕馭術，可是不能讓底下人心悅誠服；她自以爲很稱職，算得是個賢妻良母，卻不能舒展丈夫的愁眉，也不能約束孩子的驕縱。她對待下人的態度是利析錙銖，計較分毫，完全不信任。凌叔華不愧是個「出身於傳統社會舊家庭中的新女性寫實作家」❶，她塑造白太太這個角色，精緻巧妙、纖察入微，純粹得自於她對自己所處傳統社會舊家庭的深刻觀察。佣人的問題佔滿白太太的整個腦子。佣人在當時舊家庭中的地位，是道地的「底下人」，專意跟隨主兒，聽候差遣，從早忙到晚，卻是薪資微薄（凌叔華另文「楊媽」，提及「三塊大洋」已是寬厚主婦對待忠實老媽的絕大恩典。當時的物價一斤鷄四毛五，每天卻只賺一毛錢。），沒有什麼人權、平等的。推究因由，一方面是晚清「貴賤有別」的觀念仍然存在，許多女主人慣於差遣下人，頤指氣使，不能親操井臼，自理家務；一方面是社會經濟狀況不均衡，貧富懸殊，許多鄉間窮苦人家認爲能出外跟著主

---

❶ 葉公超「新月小說選」序，六十七年五月雕龍出版社初版。「新月月刊」，雕龍出版社六十六年十一月初版。

子，吃飽穿暖已是大幸，若有零花，便是額外的收穫。因爲這些關係，中上人家雇用幾個佣人，花費有限，卻是便利很多，佣人便成了中上家庭裏必須的成員。白家就用了厨子、聽差、老媽子（未出場的還可能有），如何支使他們，預防他們揩油水、佔便宜，成爲白太太操慮的大事。她和周太太一樣認定佣人「過水都要溫一溫手」，「多個下人多個賊」。既防厨子買鷄多報一毛錢，打米多打兩三碗；又疑心王升拿了汽車行多少底子錢。凌女士不嫌細碎，芝麻小事都有精緻的描繪，倒很適合家居太太的碎嘴子，也更能恰如其分地雕琢出二十年代許許多多這類型的婦女形象。

我們相信，舊社會裏「底下人」難免有白太太所疑慮的許多壞處。清末的諷刺小說「官場現形記」敍述趙孝廉進京趕考，拜見老師吳贊善，包了二兩贄見，不及老師預估的十至十五分之一，吳贊善大怒，嚷着：「退還給他！」書中說：「老家人無奈，只得出來回覆趙溫，替主人說道乏，今天不見客。說完了這句，就把手本向桌上一撩，卻把那二兩擱了去了。」二兩銀子入了僕人的腰包，似乎很自然的樣子。（第二回）又如：同書記周老爺勾搭訟棍魏竹岡敲詐胡統領三萬兩不得，惱怒之餘，授意單太爺請魏竹岡送信給做御史的表弟彈參胡統領。魏竹岡要價五百，單太爺傳話一千，周老爺只肯出六百，單太爺卻拿了三百給魏竹岡，魏竹岡修了書，只封得五十銀子給表弟，託他奏參出去。（第十七回）此其間，銀兩出入驚人，眞所謂「過水都要溫一溫手。」

白太太的厨子果眞賺幾毛錢，比起這諷刺小說的誇大數字雖嫌微不足道，但以底下人每日所得一毛錢計，積久累進，也是夠可觀的，在白太太的心眼裏便到了難以忍受的地步，所以她不停地盤繞著這個話題。而在舊社會裏佣人既有他不可或缺的地位，一般中上家庭對於良莠不齊、誠僞不一的「底下人」的管理，要防微杜漸、避免欺詐，倒也眞是一門大學問，而且是日常切身的大問題。因此，白、周兩位太太一經提及佣人，便可以左右逢源，聊個沒完。

在凌叔華客觀鋪述之下，明眼的讀者可以意會到白太太那股虎視眈眈地緊釘著佣人，其實並不是賢明的作法。她儘管作威作福，底下人照樣低聲嘟囔著表示抗議。甚至由許多徵象，讀者可以意會到：僕人比女主人腦筋清楚。廚子曾經答覆白太太購物申報貴一、二毛的問題，說：「太太，頂好自己去買，價錢就不會錯了。」這原是至理，無奈白太太爭的還包括了「廚子該去採購」這項工作呀！那麼解決之道就得由讀者自己去思索了。當時間已經耽擱，汽車行的車子就將到來，白、周兩位太太不情願白花車錢，吩咐回了車子：「叫他回去好了，誰叫他來得這麼慢？」王升低低自語著：「人家來一趟也要費汽油的，那裏肯這樣聽話。」而最後僵持的結果，還是老爺被白太太請出來支使佣人，吩咐王升拿了幾角錢打發了汽車車夫。白太太計較的原就是這麼幾角錢，這是諷刺。白太太的淺薄，經王升與白老爺的映襯，更是個性突出，稜角分明。

二、婚姻

「送車」一文，除了佣人問題，還牽涉到婚姻問題。白先生這個角色，在作者巧妙安排下，和白太太成了對比的作用。無論思想上與觀念上，夫婦二人都有很大的殊異。這個沉默寡言的男主人對於精明小氣的太太似乎無可奈何，夫妻生活領域完全不同，話不投機，他只有看書排遣；遇着太太嘮叨，便習慣性地深鎖起雙眉。

婚姻是人倫關係的初始，是奠定一生憂樂成敗的礎石。在傳統社會裏，舊式婚姻往往是父母之命、媒妁之言。夫妻雙方，初未謀面，更遑論個性上的瞭解；再加上舊日女子教育幾乎是空白，婦人家的氣質、丰儀、見識，都僅僅得自於家庭的薰陶，試問有幾個書香門第，官宦大家？男女雙方的知識水準既相去懸遠，又適逢民初新思潮澎湃，社會遽變，知識份子接受新式教育，略知西方禮俗，對於舊式婚姻撮合的配偶，難免有落落難合的缺憾。若是遇著鄉里間小家子氣，既無知識，又無謙德的，便更有寃哉枉也的感慨了。這就是白先生之所以經常一副抑鬱模樣的原因。凌叔華在「送車」一文裏，經由白、周兩位太太背後對丈夫的批評，烘托出舊式婚姻的陰影，手法相當高妙。她們對於「自由戀愛」一詞，雖然不很能確切地領略，但也使白太太「忽然想起自己男人時常不耐煩的面孔」。白先生「不耐煩」這個線索，在「送車」一文裏有過好幾次重複出現。白太太缺乏時間觀念，他很不以爲然，又不願當著客人的面指責太太（或者是一向懶得和她計較）。早在開車前半小時，他便提醒太太該去了。無奈太太還沒換衣服，更衣時，找鑰匙、找粉盒，再就是打扮兒子，讓白先生給兒子拿傘。老爺嘟嚕著：「車快開了，還送什麼？約了人家來，不是早就預備好的……」此其一。等白太太裝扮停妥，疑心球子（大兒子，沒有登場）好玩，把鐘弄快了，也認爲別人的錶快，硬吩咐王升到隔壁公安局問問朱大爺。白先生再也耐不住了：「若去就快去，還問什麼，愈耽擱愈趕不上了。」說著大踏步走出去，滿面堆了「抑鬱不耐煩」。此其二。他了結太太與汽車行車夫的爭執，很簡捷俐落地「叫王升拿了幾角錢去，這天大不了事便完了。」他的作法，是他看不慣太太的種種作爲，一種「不耐煩」產生出來的徹底解決辦法。凌叔華在此也發揮了緩急輕重揮灑自如的高技巧手筆。這一行戛然收束的文墨，與前邊描摹白太太個性的細碎手法，散聚得宜，詳簡得當，把夫婦二人的殊異也烘襯得格外分明。這是白先生「不耐煩」的第三個線索。汽車開走，客人作別之後，白太太回到房來，還是嘮叨著佣人的問題，「老爺仍緊皺了眉看書，裝不理會」；她受了剛才閒聊的「閒氣」，牽扯地發洩情緒，「老爺仍不開口，又拿起書來看了」；太太再度繞回下人不老實，揩油佔便宜的事，「正欲滔滔發揮下去，老爺拋書止住道：『你換一個題目講好不好？總講他們，不煩膩嗎？』」這是「不耐煩」到最高忍受限度，話雖委婉，卻是威嚴得很，儒雅的書生，發話也很文氣，但已足夠把太太嚇壞了。

白先生的不耐煩，實由於白太太無知與小氣、嘮叨，陰影不僅籠罩白先生的心田，白太太也是滿腹委屈，「不講這個講什麼，反正我不會講那路風花雪月的話，我還看不上那些……」白先生的注意力必然又回到書本上去了，她想起了「自由戀愛」吧？那是她瞧不起的，凌叔華在文末留下了兩句意味深長的結語：「底下的話，祇有太太自己聽見了。」讀者是否也為白太太的孤寂而感動呢？這癥結究竟在那裏？文中有一句點睛之筆，周太太傳述的，徐太太（即被送車的闊太太，沒有登場）說，白老爺「抱怨家裏沒趣味，說這都是舊式結婚害了他。」唯有「婚姻不協」可以解釋白氏夫婦種種絕大殊異的舉止與談吐，作者也藉此提出了當代很値得研究的一大問題，因而我們說淩叔華莊嚴地負起歷史的使命。

三、其他

白氏夫婦不僅在日常行事有不可避免的衝突（雖然白老爺的儒雅，並未使衝突白熱化），在教育上，作者也給我們一些蛛絲馬跡，讓人領略到舊式婚姻撮合的家庭確有很多的難題。白先生對待孩子大約很嚴厲，所以白太太說：「他管起孩子來眞是一分一厘都不肯放鬆，孩子見了他，像是小鬼見閻王。」白太太很後悔把自己孩子比作小鬼，但是它確很能形容白先生的猛厲。如果拿白太太教育孩子的兩個小例子來做個比較，便更能揣測其間的紛歧。白太太由著老大高興就去上鐘，「他常弄快的」，因此鐘雖是對了午砲（我們現代人就是對收音機、電視，或者撥電話一一七了），連她自己也不把它當準了的。她又由著小兒子玩鑰匙，因而急用時，鑰匙可能「就在他口袋裏」，可能就在「地上」，找不着粉盒，也問「阿才，你拿了沒有？」或者她的化妝品也是孩子的玩具吧！孩子撒嬌要跟，她就帶；孩子要打傘，她也依。這是個驕縱兒女的無知的母親。以白先生那樣沉默寡言，重視時間觀念（詳前）的人，必然也是很有紀律感，瞧不慣兒子那般被縱任，對孩子也一定有他另一套嚴格的要求。也有可能白先生並不見得猛厲，卻因白太太寬縱的尺度不同，兩相對比，便有閻王之稱了。由此可見，白氏夫婦婚姻的陰影，還包括了二人在教育孩子方面有著截然相異的態度，這影響家庭的和諧，也影響孩子的心理，擴而大之，這類型的家庭多了，還可能成爲相當不容忽視的社會問題。

凌叔華在「送車」裏，不但寫活了白太太，她把一般婦女喜歡議論長短的缺點也表露無遺。白、周兩位太太，不但在背後談論徐太太的闊綽，講述佣人的「可惡」，甚至互相揭露對方的瘡疤，不怕傳話訛誤，不怕傷害對方。周太太告訴白太太：「她（徐太太）告訴我說，那天你們老爺在她家抱怨家裏沒趣味，說這都是舊式婚姻害了他。」白太太告訴周太太：「我們老爺那天由徐家回來，他說他們說你比你的老爺大七、八歲，樣兒像是他的媽，這話像徐太太口氣，也許就是她說的。」兩人原是以徐太太爲話題閒聊，由於羨慕她的自在、得寵，妒嫉她的年輕、漂亮，慢慢兒地由自我褒誇到自傷自憐；又由徐太太的戀愛結婚，一知半解地拿自己的婚姻做比較，終陷於嫉恨的心理狀態，於是二人傳話傷損對方，都以徐太太爲發話點。這些話語，幾經轉述，也許不見得眞實可靠，但對小說人物卻很帶刺激作用，在小說裏的份量也很大。它影射了老式婚姻的陰影，新舊生活型態的殊異，並且揭露了白、周兩位太太「送車」的微妙心情。她們與徐太太並非興味相投、情誼深厚的熟朋友，僅是爲了徐老爺有勢力，多多巴結，也許對自己丈夫的前程有好處。當代的「送車」，很像現在的機場送迎，每見一些重要人物上下飛機，送迎的場面都很盛大，此其間，不完全是關係密切的親友，有許多是「有所求」的，爲建立良好的關係，預爲鋪路而來送迎，白、周兩位太太正是如此。妙的是：兩人既因隨意閒談，對徐太太由羨而妒而恨，於是自傷自憐；又因爲彼此傳話損毀對方的尊嚴，於是懊惱怨懟；再因爲誤了時刻，原先送車的口的落空，或者竟要誤掉丈夫的前程，不覺又憂慮煩躁。所以「送車」看似鬧劇，其實充滿相當成份的悲劇色彩，因爲太太們內心的負荷加重了，心靈的迷惑只怕是終身難解的了。讀者細細品味之餘，總免不了「黯然神傷」，理由是，作者投遞給我們的許多當代問題，是足夠我們費心思考的。

葉公超先生推許凌叔華的小說，以爲「她的文字有點像英國十九世紀的女小說家珍・奧斯汀(Jane Austen, 1775-1817)，書中人物也和傲慢與偏見（Pride and Prejudice）中的相彷彿。」❷凌叔華與奧斯汀同樣寫的是平常的人，平常的生活，文字細膩深入而動人。與奧斯汀同時的英國歷史小說的開山老祖華德・斯谷脫（Sir Walter Scott, 1771-1832）曾稱揚奧斯汀：

---

❷ 同❶。

「能因描寫和情感的逼眞，而使普通的事物變成有趣。」認爲是神奇而自己所不及的❸。凌叔華的作品也同樣具有這種特色，「送車」便有深刻的人物分析，忠實的寫實手筆，以及寧靜的詼諧諷刺。

——原載幼獅文藝三〇四期六十八年四月

❸見「世界文學名著要覽」頁五一六、五一七。河洛出版社六十六年四月初版。

沈從文的「會明」

——幸福的老火夫

一、沈從文對於兵士的刻畫

中國小說的發展，一般人都知道明清兩代是個盛期；要論蓬勃滋長，深入知識階層，廣受讀書人的重視與歡迎，該是五四以後的事。無數的作家，努力地把自已的時代寫進歷史，若說靠小說維生的第一個中國職業作家，只怕要算沈從文了。他不僅作品豐富，無疑地自有其特殊的造詣，更難得的是，他對整個中華民族的熱愛，對古舊中國確定不移的信心，當代文人，無出其右。由二十年代歷經三十年代，以迄八十年代，被中共送往美國炫示，儘管風潮波湧，他一直保持卓越的特見，冷靜的理性，他冲淡自足的個性，顯見深沈的智慧，「代表着藝術良心和知識份子不能淫不能屈的人格」❶。

❶ 夏志清「中國近代小說史」頁二二四。傳記文學社六十八年九月一日初版。

由於對自己鄉土的眷戀及對廣大民衆的熱愛，沈從文寫過官員，也寫過高等知識階層的教授❷，他的題材遍及荒遠偏陬的苗族青年男女、軍中的兵士、鄉間的農人、野渡的船夫，更有一些娼妓、盜匪。兵士與農人尤其是他著力刻畫的對象，在他溫厚的關愛之下，人物的善惡美醜都適當地顯現它自然而然的存在價值。他自承是鄉下人，他以無比虔誠的心思，描摹周遭熟悉的人物，把鄉下人特別的愛憎與哀樂，深刻隱微地鋪寫出來。透過藝術的處理，這些身價卑微的小人物形象鮮活，特質顯著，讀者看到的是有人性、有人情，中國傳統文化長期薰染出來的永恆不朽的中國人。

沈從文生長湘西苗邊的鳳凰鎮，他的祖父、父親及伯叔輩都列身軍籍，自己十三歲就進「預備兵技術班」，兩年後成了補充兵，隨着部隊輾轉走遍湖南，到過四川、貴州各地，有了這種特殊的因緣，他對於兵士眞是「懷了不可言說的溫愛」❸，他的筆觸自有卓越之處，在這方面，他早期的短篇小說「會明」是最好的代表作。

在沈從文的筆下，「會明」並不是什麼聖賢豪傑，也不是什麼英雄好漢，他只是個軍中長年不升遷的老火夫。「一些鐵鍋，一些大籮筐，一些米袋，一些乾柴，把他的生命消磨了卅年。」

---

❷ 如「八駿圖」。
❸ 沈氏「邊城題記」。

故事的背景，是討袁運動之後的十年，由討袁運動，往上逆推二十年，正是中日甲午戰爭，喪權辱國，割讓臺澎，緊接着戊戌政變，庚子拳亂，八國聯軍，國民革命，討袁護國，軍閥割據，會明由少壯至老的卅年，正是中國有史以來內憂外患，動盪不安，變化最大的時代。在這樣特殊的時代，極其可能有多種發展，多種變化；但是沈從文卻雕塑了前代文人從來不屑留意的小人物形象，一個鮮活的，平凡而又深沈的老兵的形象。且讓我們看看沈從文是怎麼樣刻畫的？

二、生具異相的小人物

會明的生活世界，是沒有精彩的世界，民國前做農夫，國民革命以後，他做了火夫，工作是燒火、擔水、挑擔子走路。這樣不起眼的平凡角色，卻長得一副特殊的相貌：

> 身高四尺八寸。長手，長腳。長臉，臉上那個鼻子分量也比他人爲長大沈重。長臉的下部分，還生了一片鬍子，這個本來長得像野草，因爲剪除，所以不能下垂，卻橫的發展成爲一片了。

傳說裏，聖賢帝王往往都有大異於平常人物的特徵，淮南子脩務訓說：「堯眉八彩，舜二瞳子，禹耳參漏（三個洞），文王四乳。」史記說漢高祖：「隆準（高鼻子）而龍顏，左股有七十二黑子（痣）。」三國志記載劉備「身長七尺五寸，垂手下膝，顧自見其耳。」三國演義說得更簡約：「兩耳垂肩，兩手過膝。」這些異相不一定有科學的論據，甚至在醫學上還可能是一種病徵；但是其說持之有故，信的人也多，作者說：「這品貌，若與身分相稱，他應當是一個將軍。」這話並非沒有根由。但會明顯然是個例外，此期間，必得有充分的理由，好說明何以他永遠做個「點名最後才喊到」的火夫，沈從文用了相當的筆墨：

野心的擴張，若與人本身成正比，則會明有作司令的希望，然而主持這人類生存的，儼然是有一個人，用手來支配一切，而有時因高興的緣故，常常把一個人賦予了能特別誇張的體魄。卻在這峨然巍然的軀幹上安置一顆平庸的心。會明就是如此被處治的一個人了。他一面是發育到使人見來生出近于對神的敬畏，一面卻天眞如狗，馴良如母牛。若有人，想在這人生活上，找出那屯蹇運嗇的根源，這天眞同和善，就是其所以使這個人永遠是火夫的一種極正當理由了。

夏志淸先生曾評論沈從文的「龍朱」，在描摹人物方面，有一種「過於迷戀牧歌境界，與對事實不負責的態度。」會明所謂「天眞如狗，馴良如母牛」，過於浪漫的文藝筆法，也很有類似的色調。會明儘管生具異相（也許還有特殊的禀賦），卻因爲沒有爭競的野心，天眞爛漫，和善馴良，能容忍能寬諒，卽使被招惹，他也不發怒，不動火，這原是可貴的美德，深得道家「謙沖自卑」的道理，會明或者竟是「大智若愚」的人物呢！但是他的拙樸在一般精悍小聰明的人眼裏，卻被認爲可欺，百般加以磨難，他淪爲人人卑視的獃子。

三、「獃子」的憧憬

在會明的連裹，只有他一個人和他纏裹在身上的一面旗子是十年前參加過革命戰爭的。當年在湘黔邊界血戰，他的連曾建立過赫赫戰功，而都督蔡鍔的一次訓話賦予了會明一個遠程的理想，這個理想甚至支撐着他忍辱含垢地把全連百來個好漢的戲弄拋到腦後。「眼前所望所想只是一幅闊大的樹林」，「在中國邊境……一面墾闢荒地，一面生產糧食。」一代英才蔡松坡開邊拓墾屯田的構想確實偉大，平凡的會明因此保有了偉大的理想。他清晰地記得，都督蔡鍔說過：「把你的軍旗插到堡上去！」他把身上的一面軍旗保存下來，「相信有一天用得着這東西。到了那日，他是預備照所說的方法做去的。」

會明珍藏那面軍旗，纏裹在自己的腰間，固執地期盼實現那個理想，這是難能可貴，值得嘉許的愛國表現；但他畢竟只是個無知識的兵士，有關墾邊屯田的理想，他也說得不很明切，加上十年滄桑，人事更易，一個卑微的軍中火夫如何去實現這個理想呢？「聰明人」看了竊笑在心，他的「獃」名，也因這面旗子與這個理想而更被認定了。當然，會明並非眞正的獃子，獃到不能領會旁人的反應，但他卻是個淳厚固執的人，他一直沒有放棄這個理想，他韜光養晦起來了：他不再提起旗子的事情，那偉大的想望，除供自己玩味以外，也不與任何人談起了。

為了打倒軍閥，會明的軍隊開往前線，他的職務還是火夫。受著「攻堡插旗」理念的鼓舞，他興奮地預備「參與這熱鬧事情」。他老早編好三雙草鞋，還有繩子，備好鐵飯碗，成束的草煙，還添置了一個火鐮。興奮的情緒，使他身負重擔卻仍然高聲歌唱。

會明迫切期盼參與戰事，他向連長打聽什麼時候動手，半夜裏總要警覺地醒來，「耳朵就像為什麼槍聲引起了注意才醒的。」去向放哨的衞兵打探消息，報着「火夫會明」的口號。在這份「獃」相後頭，是多麼神聖的愛國家、愛榮譽的情操啊！

沈從文有幾句對於長年老兵心理的刻畫，相當深入耐玩：「戰爭對於他也可以說是有利益的，因為在任何一次行動中，他總得到一些疲倦饑渴，與一些緊張的歡喜。就是逃亡退卻，看到那種毫無秩序的糾紛，可笑的慌張，怕人的沈悶，都彷彿在他是有所得的。」如今他期待前線的接觸，「似乎每打一仗，便是他從前所想的軍人到西北去屯邊救國的事實走近一步。」他逢人就問什麼時候開火？「好像一開火後就可以升營長。」他急切企盼能打起來，又跟天氣漸熱有關係。他想起一年前在湖北西部的戰役，六月酷暑，屍體糜爛發臭得快，熱氣蒸騰，死狀不忍目賭。軍人原是生死置之度外，會明有好軍人的氣魄，他早已豁出性命，但希望死得漂亮，要是能趕在六月酷暑來臨之前開戰，「天氣合宜，人的精神也較好」，想來這又是何等莊嚴的願望！

四、新生命帶來的喜悅

局勢沒有變動，會明盡他的本職與鄰近小村落的村人有了交往，他替弟兄們買東西，找年長鄉下人講幾句話，買些現吸的草煙，喝杯村人由地窖裏取出的陳年老酒。村人被他的異相吸引，探問滿嘴鬍子的來處，「這好人，就很風光的說及十年前的故事。」他把腰間纏裹的三角旗拿來炫示，向村人複述都督蔡鍔的勖勉以及他們十年前曾有過的偉大想望。「若不是因爲怕連長罰在烈日下立正，這個人，爲了使這鄉下人多明白一點，早已在這村落中一個土阜上面把旗子豎起，讓這面旗子當眞在風中撥撥作響了。」

他說得那麼慷慨激昂，贏得了村人的友誼，有個人竟送了一隻生蛋雞給他。時日一久，這隻讓會明「佩服」的母雞爲他孵了一籠小生命，他樂得快瘋了，但仍不忘他屯邊救國的熱望。他考慮到那平時神往的地方，他要把這一籠小雞帶去，「就別無其他人作伴，也將很勤快很高興的一個人在那裏豎旗子地方住下了。」

新生命給會明帶來了多少喜悅，他怡然自足，把雞當人一般看待，連裏的兄弟認領小雞，他毫不慳吝地答應了，條件是一律由他餵養照管。他帶著一籠雞去拜望原來的主人，好像那人是他的親家一樣，得到讚譽之餘，他淳厚地反饋「這完全是雞好，牠太懂事了，牠太乖巧了。」主人笑了，會明感動得噙了淚。幸福，就這樣充塞在會明心中。

他是如此專注在把心神投放在一籠雞上頭，他相信要是打了起來，也得帶牠們上前線去的，他曾經帶過一隻黑貓，「牠像人，到了那裏就不知道怕。」他認爲狗也能打仗，「狗是比人還聰明的。」獃子有獃子的哲學，這種獃勁，很有道家物我混同的意味，讀者切莫追究它的可行性：值得注意的是，會明並沒有挫折了衝鋒陷陣，攻堡插旗的銳氣，他自有一套隨遇而安，自尋幸福的靱性，他是眞正懂得知足常樂的人。

和議達成，會明隨着部隊撤回原防了，他的伙食擔上「一端是還不曾開始用過的三束煙草葉，一端就是那些小兒女。」結筆是這樣的：

在前線，會明是火夫，回到原防會明也仍然是火夫。不打仗，他彷彿覺到去那大樹林涯很遠，插旗子到堡上，望到旗被風吹的日子還無希望。但他餵雞，很細心的料理牠們。多餘的草煙至少能對付四十天，他是很幸福的。六月來了，這一連人沒有一個腐爛，會明望到這些人笑時，那笑的意義，還沒有一個人明白的。

會明很幸福，這幸福之獲致，純粹在於他淳厚的天性，能把高遠的理想與鄙陋的現實協調得安適愜意。他是個小人物，開邊屯田的遠大理想不是他個人努力就能兌現的；在現實環境中，個人既沒有爭競之心，就沒有怨尤之意，他樂天安命，盡他火夫的本分之餘，餵雞吸煙，樂在其中。他宅心仁厚，凡事能退一步着想。仗不打了，雖然自己的企盼落空，插旗屯邊的願望還不能得償，但全連的弟兄毫無傷損，他曾有過的顧慮也化消了，這不也是一樂？這份心思，會明深藏心底，不足為人道，獃子那眞獃呢？他的理想既沒有放棄，小生命又帶給他無窮的希望，這人吸着草煙，望着他喜歡的弟兄們，他怎能不自覺「很幸福」呢！

五、結語

在「會明」這篇小說裏，沈從文始終拿墾邊屯田的理想做骨架，把卑微的火夫支撐得崇高偉大，這是他鋪寫小人物成功的地方。他解析出中國百姓潛存強靭的特質，純樸、善良、寬諒、自足，便是快樂的源泉。沈從文是刻苦自修有成的作家，這篇早期的作品，在文學鍛鍊方面，還沒有達到精潔純粹的境地，起首一段，便有自我矛盾，交代欠明的缺漏。究竟會明當了卅年或十年的火夫？既說他在鐵鍋、籮筐、米袋、乾柴之中消磨卅年，前面說明「排班站第一」，點名最後才喊到一，分明是在軍中；後頭卻補段「他以前是農夫，國民革命後，改業了。改業了，他做的是火夫。」沈從文有修改舊有小說的習慣，有名的「邊城」便經過修飾删正才出單行本，不知「會明」可曾被修正過？如果強調火夫卅年，很可以把甲午之後以迄清朝滅亡的動盪時代寫進去；如果認定民前是個農夫，會明進村子餵養小雞，便可以與以往農夫的經驗繫聯起來。話雖如此，所謂瑕不掩瑜，這篇九千多字的短篇仍不失爲一時之選，有興趣的讀者可以在郁達夫主編的「中國新文藝大系」裏一窺全豹❹。

原載民國七十一年七月二十日大華晚報副刊

❹大漢出版社六十六年六月二十日出版。「會明」原刊於「小說月報」十五卷十二號。

沈從文的「邊城」

——譜出民族的愛憎與哀樂

一、沈從文的代表作品

沈從文（一九〇二年生）可能是我國新文學史上第一個賣文爲生的職業作家。他寫過四十五種小說，六種散文集，三種傳記，五種文學批評，這種創作成果，無疑是豐沛可觀的。一般認爲，八萬字的中篇小說「邊城」是他的代表作，「邊城」也確實是百讀不厭的感人作品。

「邊城」完成於民國二十三年四月，民國二十九年抗戰期間，作者在昆明又重加校改，足見作者對它的珍愛以及寫作的敬謹態度。沈從文至此（廿三年），寫作經驗已超過十年，早期作品在文筆上偶現的一些拖沓駁雜等毛病都消濾淨盡了。「邊城」不僅提供了邊遠地方淳樸風俗與當地人的愛憎哀樂，而且代表了作者的興好所趨。沈從文對於自己生長的鳳凰縣鎭筸以及幼少時代從軍經歷的湘西幾個城鎭，其中的人、事、物，都具有「不可言說的」感情。他常自稱「鄉下人」，並不純粹是土包子鄉巴佬的自謔自貶，而是微妙地帶有相當成分的自信與矜持❶，他寫出迥異於城市人的體驗與感受，他認爲「邊城」的故事，正是以顯現「民族眞正的愛憎與喜樂」❷。由「邊城」，也可以看出他「天生的保守性和對舊中國不移的信心」❸。這篇小說讀來，確能令人對於中國民間匹夫匹婦的淳樸純眞，心生景仰，因而產生自信與自尊，足以彌補都市文明對人類精神的無形摧殘所造成的徬徨與空虛❹。

「邊城」，採用全知觀點，而作者總攬全局的介紹與解說，錯綜穿插了倒敍與人物內心獨白等手法。小說筆調活潑，精鍊明快，洋溢着牧歌的情趣。時距大約由端午至冬天七、八個月，因着倒敍補充與人物臆想，還賅括前兩年的端午，甚至十五、二十年前的往事，以此架構出中篇龐大而不冗贅的格局，自始至終，扣人心弦，作者在布局上很費過一番工夫。小說中的人物，各行各業無所不包，賣肉的，開雜貨舖的，深情的娼妓，浪漫的水手。重要的人物有：船總順順和他

❶ 見叢甦「邊城之外」，聯合報六十九年十一月廿五日副刊。

❷ 見沈從文「邊城題記」，香港新藝出版社。

❸ 見夏志清「中國現代小說史」，傳記文學出版社。

❹ 見沈從文「長河題記」：「『邊城』中人物的正直和熱情，雖然已經成爲過去了，應當還保留些本質在年青人的血裏或夢裏，相宜環境中，即可重新燃起年青人的自尊心和自信心。」文教出版社。

的兩個兒子——大老天保、二老儺送，有楊馬兵、碾坊財主的妻女。主要是以擺渡的老船夫和他的外孫女翠翠爲主脈，把一干人物貫串起來。作者描繪天保、儺送兄弟同時愛上翠翠的糾葛，其間人性的刻畫非常微妙深入。每個人物都有他的可親可敬之處，卻陰錯陽差，交織出無可奈何的悲淒情節。作者的愛心，甚至在動物身上也用心着力，翠翠身邊的那隻黃狗，顯得那般「通靈」，十足人性化。

沈從文把少年時代見過的辰州、常德的河街印象，以及經由茶峒前往川東駐防途中所見的難忘景緻與竹筏，生動地組合重現在「邊城」的景物鋪描上。他不但寫景，還寫當地——茶峒的風俗淳樸之美，人情味之濃烈。動人的是，吃碼頭飯的水手與流落的妓女之間有着情義的約定，渾厚的妓女，癡情地把一分心繫在相熟的水手身上，正在酒樓喝酒唱曲子的妓女，聽到了熟識的吻哨暗號，歌聲便中止了下來。

沈從文在「邊城題記」裏，說自己「對於農人與兵士，懷了不可言說的溫愛」。他寫盡了他們的誠實、熱情、正直。尤其是軍人，在「邊城」的男角方面，佔了絕大的比例。順順是軍人，他代表湘西軍人轉業成功的實例，退伍之後經營水運，成家立業，做了地方上排難解紛、仗義豪情的船總，並且有兩個極爲出色的兒子，在父親嚴厲的陶鍊之下，一身本事，能吃苦，有擔當，兩人秉承乃父粗豪的軍人本色，而又另有船家公子的自矜自負。造成儺送二老與翠翠情分的紛擾因素之一，是碾坊財主以碾坊陪嫁女兒，那財主是王團總，也是軍人。翠翠的生父，更是俊秀愛榮譽甚於生命的軍人。老船夫過世以後，那爲死者盡義，陪伴翠翠的楊馬兵，是現役軍職。楊馬兵曾爲天保去翠翠家提親，現在他照顧翠翠，老船夫的心事他全明白，他允諾翠翠要做最好的安排。作者在最末一節才點明：楊馬兵曾經熱戀過翠翠的母親，他那分情義如今轉移到孤女身上，雖然自覺可笑，讀者對這個角色不免另生一分崇敬之思。

二、盡責順天的老船夫

擺渡的老人，工作了五十年，渡口是湘西茶峒人往川東去的必經孔道，老船夫閱人多矣，卻忠實勤勉地過日子。滿足於三斗米、七百錢的公糧公款，不拘過渡多少人次，他絕不肯接受搭客額外的賞錢，實在推卸不了，爲求心安理得，便託人買了上好茶葉，上等草煙，隨時奉送給過往的客人。沈從文活靈活現地刻畫了中國平民最地道的本質，誠懇、正直、熱情、不貪欲。

端午節，老船夫上河街採購物品，河街上的人藉機會表示「對這個忠於職守的划船人一點敬意」，許多商人送他粽子和其他東西，水手們抓給他一把紅棗，賣肉的不接錢不成，便切了上好的分量加多的肉給他。他逢人祝福，遇到熟悉的兵士，就遞酒壺，以至於酒壺被順順善意扣留：「請我全喝了吧！」翠翠懂得那種婉轉的善意，預言酒壺會被送回來。而老船夫在河街上的一切舉動，作者全用意識流的筆法呈現，也許沈從文未必在西方技巧上有所研習揣摩，但他不採全知廣角度的描繪，而透過翠翠在渡船上的臆想，「翠翠知道」、「翠翠且知道」、「翠翠還知道」，憑她和爺爺相處之久，感情之深，熟習這番情景，以內心獨白的筆法，寫腦裏的意識活動，達到穿揷與調節的妙用。這段文字把翠翠的臆想與現實中老船夫的舉動貫串起來，讀者藉此瞭解到老船夫的個性：喜樂可親，人緣極佳❺。

夏天來臨時，老船夫自製放茶缸的三腳架與圓蓋子，用竹筒做了舀茶的器具，祖孫倆備好茶水，供過往客人飲用。老船夫還準備了「發痧肚痛治疱瘡瘍子的草根木皮」，必要時就逼迫過路人使用，這些救急丹方都是他從軍醫或巫師那學來的。這些事實都表明老人熱情愛人的美德。二老儺送在端午送回順順故意扣留的酒壺，老船夫與二老有一段互相讚許的對白：

「我們有聰明、正直、勇敢、耐勞的青年，就夠了。像你們父子兄弟，爲本地方增光彩已經很多很多。」

「地方不出壞人出好人，如伯伯那麼樣子，人雖老了，還硬朗得同顆（棵）楠木樹一樣，穩穩當當的活到這塊地面，又正經，又大方，難得的咧。」

❺ 胡菊人認爲這段是寫「意識活動」的好例子，「城中爺爺的動靜與翠翠的動靜，交相錯疊成一畫面。」由此看出：「翠翠和祖父的感情很深，老祖父的個性可親，翠翠情竇初開，對順順家的老二已有印象。她這次對祖父城中活動如此著心，因爲知道祖父必到順順家去。」見「小說技巧」頁五七、五八。

「我是老骨頭了，……你們小夥子……應當好好的幹，日頭不辜負你們，你們也莫辜負日頭。」

「伯伯，看你那麼勤快，我們年輕人不敢辜負日頭。」

沈從文的文筆清麗簡勁，含蓄有致。卑微的七十歲老船夫有他偉大的地方，藉二老之口讚揚之外，他對年輕人的鼓勵，也儼然是年高德劭的前輩風範！

當年，翠翠的生母私戀一位兵士而未婚懷孕，依湘西的風習，做了本地人當話柄的事，有被「沈潭」或「遠嫁」的，如沈氏另一短篇「蕭蕭」所提及的，也有服藥打胎或產後故意喝生冷水求得自然性死亡的❻。翠翠母親捨不得肚中骨肉，選了後一着。老船夫自始便沒有責怪之意，在他看來，「誰也無罪過，只應『天』去負責。」但他「口中不怨天，心中卻不能完全同意這種不幸的安排」。老船夫是敬天順天的，但他既能不計較女兒的一切，難道女兒不能有更好的選擇？試看妓女與水手的浪漫情義都可以得到尊重，「蕭蕭」中的小姑娘後來不也自然而然被衆人承認而且鍾愛着？這悲劇的陰影，深深地刺傷他，使他對翠翠的婚事格外在意。原本豁達的人，在這上頭卻顯得過分拘謹操慮，這矛盾的心態，正是「邊城」的愛情故事由喜樂衍化爲悲苦的肇因。

❻ 沈從文「長河」首章「人與地」曾敍及這個問題。

然而老船夫的可敬之處，還在於他的誠篤進取，他告誡翠翠：「不許哭，做一個大人，不管有什麼事都不許哭，要硬扎一點，結實一點，方配活到這塊土地上！」這個老人，極盡心力去爲外孫女謀求幸福，最後一夜仍堅定地勸導翠翠：「一切要來的都得來，不必怕！」人生於天地之間，便有活存的意義，面對現實，硬朗地生活下去，正是老人順天的觀念落實得來的人生哲學，這不僅對翠翠，對所有「邊城」的讀者自當有所激勵才是。

三、情竇初開的少女

「邊城」中擺渡的老船夫是飽經風霜、通曉世故，仍然喜樂愛人、順天負責的老人，翠翠則是天眞浪漫、情竇初開的少女。作者描摹翠翠：「眸子清明如水晶」，她不發愁，不動氣，自然生成長養。十四歲的小姑娘，對於兩年前的端午，已有特殊的感受，並且每每憶起，主要是牽扯到使自己動心的男人❼。

小說以倒敍法，描寫兩年前端午翠翠初遇二老儺送。茶峒人賽船還比賽水中捉鴨子，儺送捉了五隻鴨子，上岸來正好看到與祖父失散的翠翠，因爲誤會「到我家裏去」的意思，翠翠破例罵了人；但黃狗追逐，翠翠斥罵：「狗，狗，你叫也看人叫！」倒讓儺送以爲是好意。儺送捉到最

❼同❺。

後一隻狡猾的鴨子，長年說：「你這時捉鴨子，將來捉女人，一定有同樣的本領。」一則是自然的恭維，一則在鋪展情節上，有預伏線索的暗示效果。事後二老派人送翠翠回家，翠翠才知道那人就是頂頂大名的岳雲——茶峒最俊美的男子。因着某種微妙的情愫被觸動了，翠翠「沈默了一個夜晚」。作者以蘊蓄的筆法，點到爲止，讀者卻能從中品味餘波盪漾的情思。

沈氏描寫情竇初開的翠翠，處處隱伏了脈絡，在經營上極具匠心。茶峒的中秋與年節給翠翠的印象，「不知爲什麼原因，總不如那個端午所經過的事情甜而美」。作者故作癡傻，也爲了襯映少女朦朧的情愫，然而讀者卻很清楚那個原因。翠翠忘不了那件事，所以上年端午又同祖父到河街看了半天船，」她有所期待吧？聽說二老在下游六百里外的青浪灘過端午，回程聽着爺爺唱起搖櫓人駛船下灘催櫓的歌聲，竟問爺爺：「你的船是不是正在下青浪灘呢？」說作者巧合的安排也好，這分布局的精緻，確是情景交融，意識與現實疊合，天衣無縫，可讓人意會在心，餘味無窮。這年翠翠見到順順與大老天保，她的心思還在二老身上，顯然大老與她無緣，似是莫可如何的事了。

翠翠長大了，愛看新嫁娘，歡喜述說新嫁娘的故事，把野花戴到頭上去，聽人唱歌。她遐想，「想的很遠，很多。可是我不知想些什麼！」而月事的來臨，也讓她多了些思索。端午那天，爺爺上河街，翠翠在船上臆想着老人的各種動作，她熟知老人的習性與交際，也深知鄉人對老渡人的尊重，更重要的，她「還知道祖父必到河街上順順家去」。作者不着痕跡地展現情竇初開的少女那種微妙的情思，乍看平淡的句子，其實正是關鍵所在。她快樂地溫習兩個端午的情景，「好像目前有一個東西，同早間在床上閉了眼睛所看到那種捉摸不定的黃葵花一樣，這東西彷彿很明朗的在眼前，卻看不準，抓不住」。作者細膩深婉的比喻解說，把少女初戀的情懷，矇矓的情思，妙肖地傳達了出來。

二老送回酒壺，翠翠只覺眼熟，這分深摯執着的情義說來也奇，少男少女都在成長之中，翠翠當面幾乎認不得儺送，又像兩年前一樣，不懂對方請她到「家中去看船」的好意。翠翠的嬌憨與矜持，即令對祖父也是一樣，二老派人來替手，讓祖孫倆去看熱鬧，翠翠對爺爺說：「我本來也不想去，但我願意陪你去。」老船夫也並不點破，讀者卻是明眼心亮，這種小地方，都見出作者傳神烘托的工夫。

翠翠看著二老賽船，心中細想初見二老的情景，由記憶中黃狗當年的追逐，發現到眼前黃狗不在身邊。離座找狗途中，她聽到有人議論財主碾坊陪嫁屬意二老，二老卻不要碾坊，有心要渡船，她臉紅了。二老碰著翠翠，詢問得不到回應；分手後，翠翠「小小心腔中充滿了一種說不分明的東西」，是煩惱？憂愁？快樂？生氣？發現黃狗，她出聲招喚，黃狗撲進水，泅了過來，翠翠說：「得了，狗，裝什麼瘋？你又不翻船，誰要你落水呢？」在這裏，沈從文寓含雙關，適才二老翻船落水，此刻翠翠把聽到二老與碾坊有關的莫名「怒氣」，沒來由發洩在訓斥黃狗上，眞是痛快淋漓；至於二老何以翻船落水，他告訴翠翠，已經吩咐給留了好位子，也許他見不著翠翠的緣故吧？言外傳神，細心的讀者總能探尋到如詩般的不盡餘味，這是「邊城」的長處之一。

順順果眞請了媒人來提親，翠翠避開，等弄清對象是大老，她不作聲，「心中只想笑，可是也無理由可笑。」翠翠不說好不好，祖父也不敢答應或拒絕。祖父向翠翠述說二十年前本城人唱歌示愛求偶的風氣，談到翠翠的父母唱出了翠翠，當晚翠翠夢中靈魂便被一種美妙的歌聲飄浮了起來。作者藉歌聲把今昔聯繫起來，也增添了牧歌的諧趣與浪漫的情韻。❼

老船夫知道唱歌的是二老以後，便用笑話試探翠翠，翠翠顧左右而言他，心裏卻期待再聽到歌聲。二老過渡，老船夫找不着翠翠，原來她上山採筍去了，回來竹籃一倒，「除了十來根小小鞭筍之外，只是一大把虎耳草」。寫實的兩句，再度暗示了少女美麗的綺思。虎耳草是翠翠夢中爲歌聲飄浮時所摘的植物，此刻呈現眼前的一大把。正顯示她花多少心思在憶念二老。爺爺一望，她的心事便被揭穿，所以她「兩頰緋紅跑了」。二老回程，她看清是儺送與長年，便吃驚地向山林跑掉了。她的羞怯，正因爲自己對二老有情，也因爲純潔愛嬌，知道對方於己有情，因而不僅不敢露面，還故意躲藏。她分毫沒有時髦女子炫耀美麗，婉媚示好，以攫取男人的心理，沈從文掌握村姑的心態，描繪來靈動自然。

在那個雨滂成災的雷雨夜，爺爺死了，翠翠哭得好不傷心。一九八〇年十一月七日，沈從文在美國哥倫比亞大學演講，曾說及寫「邊城」的緣由。他曾在青島嶗山廟看到一個小姑娘懷抱靈位爲死者招祭，靈感大發，因而推衍出了「邊城」❽。翠翠之哭，作者描繪起來，大約融進不少那

❽ 同❶。

位青島小姑娘的形影吧！船總順順要接翠翠家裏去住，後來又與楊馬兵商量接翠翠去做二老的媳婦。楊馬兵建議翠翠留在碧溪岨等候，他以爲二老很快就會回來。

冬天到了，坍圮的白塔重修好了，「那個在月下唱歌，使翠翠在睡夢裏爲歌聲把靈魂輕輕浮起的青年人還不曾回到茶峒來。」小說的結筆是這樣子：

這個人也許永遠不回來了，也許「明天」回來！

如果說小說含不盡之意像詩，著墨的精潔像散文，「邊城」的煞尾可以當之無愧，看過「亂世佳人」電影的觀衆，必然記得落幕前，郝思嘉對著蒼茫暮色期待白瑞德歸來的動人畫面，「邊城」中翠翠的等待有異曲同工之妙。作者故意留存最大的餘地讓讀者去揣摩想像。翠翠的等待說不定要落空，也說不定很快就有結果，唯一能確定的是：癡情的少女，必定會執著地等待下去……。

四、繁複糾葛的情節

沈從文刻畫船總順順父子，介紹簡要，兩三筆就勾勒了人物的形貌，兩兄弟同中有異，雖沒有照顧周全，大老與二老的個性，透過言語動作，仍約略可辨。大老心直口快，向老船夫直抒愛慕翠翠之意；二老則只讚翠翠美，像個大人了。兄弟倆互相坦白愛情，也由豪爽的哥哥先向弟弟紋說心事與計畫，二老則委婉繞彎表明「打量要那隻渡船」，他帶了自負的口氣：「你信不信這女子心上早已有了個人？」

試問他何以知道翠翠心中有他？也許是他的「聰明」，他「富於感情」的心電感應。但既然兩心相許，他爲何不主動找人說媒提親？是大老未成親嗎？碾坊直接指定要二老做女婿，也沒見順順以此爲由推辭。大致是二老很有自信，而且爲人比較內斂的緣故。大老的資稟條件很不錯，原可以車路（託媒提親）失敗再走馬路（唱歌述情），現在知道弟弟也愛翠翠，又知道弟弟善於唱歌，具有鄉人讚揚的俊美，他的內心著實懊惱。全茶峒的年輕男子，除了儺送，誰能與他競爭？偏偏對手就是儺送。二老唱了一夜的歌，老船夫立刻欣喜地向大老致意，情歌的效果越顯著，大老的挫折感越強烈。他憤憤難平，以至行船失事，弟弟的感受想必非常複雜。人的自私心理卻使得順順與二老歸咎於老船夫。

老船夫與翠翠祖孫相依爲命，情感深厚，但兩人都太含蓄，老船夫多慮，翠翠嬌憨，彼此有很深的隔閡存在。老船夫保護翠翠，珍愛她，唯恐她不樂，唯恐她憂愁。對於翠翠的婚姻與幸福，他鄭重其事。正因爲太鄭重了，才要求天保大老非正式託媒不可；媒人來了，他又非翠翠願意不敢答應，「自然長養教育」的翠翠羞於直接否認，事情便給拖宕下去。問題是，大老豪爽自負，受不了老人的含糊其詞。若是老船夫早些表明態度，事情是否就有轉機？

平心而論，一直到大老遠行之前，老船夫還沒有完全排斥大老成爲孫女婿的可能性，他還以為那又軟又綿的情歌是大老唱的呢！等到弄清是二老唱歌示情，老船夫委婉的試探翠翠，才大體摸清了翠翠的心意。偏偏高潮突起，大老出事了，善於泅水的人被水冲走，屍骸無存，船總父子怨怪老船夫，老船夫卻急於要向二老披露翠翠的情意。由於心緒低劣，順順與二老的富貴人家優越感浮現了，他們自負自是，對於卑微的擺渡人，不能真心平等善待。老船夫的謙卑，在他們看來是做作；老船夫對二老婚姻的關切，他們看來簡直是好管閒事。

老船夫與翠翠各有性情，彼此對二老並沒有「統一的爭取戰略」，老船夫一味「要安排得對一點」，翠翠根本只知道羞赧。儺送渡河，翠翠逃入竹林，勤快的老船夫又故意不露面，想讓翠翠撐渡，增加二人的情誼，於是唱出空城，惹惱二老；老船夫又求好過甚，言詞閃爍，二老的誤會更深。碾坊財主派人來探口風，二老表明：「我命裏或只許我撐個渡船！」讀者很能引起快慰的感想，為的是翠翠的情緣或者不至落空。然而船夫擺渡時向那人探詢，那人陰險假意強調二老已經答應了。老船夫不敢告訴翠翠，「只為一個祕密痛苦著」，躺了三天以後，他進城去找順順，順順故意粗略地回應：「莫再只想替兒女唱歌。」到此，老船夫完全絕望，他憂慮成疾，竟在暴風雨之夜逝去。

老船夫死後，楊馬兵細訴因果，翠翠才瞭解了爺爺的苦心。船總順順說：「一切有我」，並商量接翠翠去做二老的媳婦，看來他已前嫌盡釋，餘下的癥結就待二老去克服了。大哥之死，二老的怨懟能否因時間而冲淡？老船夫之死，能否洗去二老心中的齟齬？翠翠的美麗是否有足够的魅力把他召喚回來？小說中的翠翠，除了美麗，還看得出善良、天眞、貼心，二老曾讚許：「難為你」，大約不致像大老挑剔：「翠翠太嬌了。」沈從文在這些對白中，也約略呈現了兄弟倆不同的個性，及對翠翠情義的淺深。

大體而言，「邊城」中人物刻畫，以翠翠最為成功，老船夫的多面性前後也統一貫串。其他人物不免有些類似平面人物的單一效果，幾句話概定一個人物的個性。但是，許多單純人物交關往來，卻譜出繁複糾葛的情節來。作者對於人性複雜的層面、人際關係的微妙，鞭辟入裏，深刻耐玩。主要是沈氏對於人性存懷寬諒之心，因而能深刻體會人們的偉大與平凡。

「邊城」中的角色無一不可愛，即令間接致老船夫於死亡的中寨傳話人，也有他的智慧與諧謔。大老二老發現親密的兄弟竟是勢不兩立的情敵以後，二老願意天天唱歌，一天算哥哥的，一天算自己的，讓老天爺去安排，大老雖料定逃不過挫敗的命運，仍堅持自己唱歌，並且要二老先開始，因為走車路自己已經佔了先。人性這些「危急關頭」所顯現的美德，讓讀者感動之餘，自然引發蕩滌人心的作用。沈從文期盼「邊城」能讓年輕人因此保留住一些正直與熱情的本質❾，是不無道理的，因為躍動於其間的愛憎哀樂，在在都是中華民族性的呈現。

原載民國七十四年二月二十四日、二十五日大華晚報副刊

❾ 同❹。

張愛玲的「半生緣」

——只是當時已惘然

張愛玲於民國卅七年完成的第一部長篇小說「十八春」，在上海亦報連載，用的是筆名梁京。次年改為「十四春」。民國五十七年二月改寫為「惘然記」，在「皇冠雜誌」連載，出單行本復改名為「半生緣」。這篇小說在辭采上可說是作者創作歷程的分野，由短篇集「傳奇」的絢爛穠麗轉趨於「秧歌」的白描樸實。書中探討了青春男女的婚姻態度，小說中高潮迭現，高潮之後，總呈現着無奈與悵惘之感。沈世鈞與顧曼楨十四年後相見惘然，張豫瑾之於顧曼璐、顧曼楨姐妹，石翠芝之於許叔惠，許叔惠之於石翠芝，都有一份無可奈何的感傷。這些青年男女，單方或雙方擁有深摯的情愛，卻沒能步上紅氈，若說戀愛也是一種情緣，那也只能算是「半生緣」了。

一、自主的女人

張愛玲在短篇小說集「傳奇」裏所表現的婚姻觀，女性大多居於被動地位，她描摹的三、四十年代上海與香港的舊家族中不幸的婚姻關係，女性常是無辜的犧牲者。這種情形並不能全怪張女士選材的偏狹，而是與當代女性深府內院的處境有密切的關係。張女士曾有一幅「夫主與奴家」的漫畫：男人雙手抱胸，有所派令；女人婉順地伸着長長的脖子，一副謙卑的模樣。這幅畫最能代表這一類女性聽天由命、任人擺布的悲哀。然而「半生緣」裏的幾個女角——顧曼楨、石翠芝、竇文嫻，對於婚姻卻是堅持「操之在我」的態度。曼楨爲了兒子，翠芝因爲顏面，都自己選擇了不如意的婚姻，他們至多嗔怪命運的播弄，卻怪不得別人。她們選擇婚姻的舉動，實際上是人物個性的一種反映。至於竇文嫻，可說是最成功的狩獵者，迅速而又俐落。當石翠芝在嫁妝都置辦得差不多了的時候，突然解除婚約，未婚夫方一鵬登門向翠芝最好的朋友竇文嫻請教個中因由。竇文嫻幾次談話，就讓方一鵬確信自己愛的並不是翠芝而是文嫻，不久就和竇文嫻結婚了。張愛玲在方、竇二人身上沒有花太多的文墨，大抵而言，方一鵬不如許叔惠、沈世鈞聰明能幹，但家世不壞，也頗有資財，竇文嫻是時髦小姐，方一鵬不失爲值得一釣的金龜婿。這雖也不脫「傳奇」中女性爲生活與金錢而結婚的舊套，但竇文嫻的主動卻是罕有其匹的。

值得探討的是：顧曼楨與石翠芝都是有「理想」，相當執著的女性，這份堅毅，是短篇各小說的一些女子所欠缺的，當然，這也是長篇比短篇更便利於鋪寫人物個性的緣故。

二、溫呑的男士

小說是由沈世鈞的憶述起筆的，人物刻畫也着力在沈世鈞與顧曼楨這一對情侶身上。顧曼楨堪稱「堅貞」穎慧而美麗，她勸母親脫離姐姐的金錢供應，自己兼工作維持家計，絲毫不覺委屈，永遠那般爽朗愉快。她沒有足夠的餘款可以妝扮，因而難免顯得寒傖，當她到南京沈家露相的時候，硬是被石翠芝、竇文嫻遠遠撇在後頭，但這顆亮麗的紅寶石，沈世鈞是知道珍惜的。只是沈的個性有些怯弱。如果許叔惠對曼楨有意，或是曼楨不是開朗地對他表示好感，大約他是不會追求曼楨的，而當張豫瑾來到顧家，他便有退縮的傾向，很受曼楨的責備。一旦父親憶起某舞女的臉龐與曼楨酷肖，疑慮她的家庭環境，沈世鈞的反應便是否認，他介紹曼楨還說是許叔惠的女友呢！他更進一步要求曼楨搬家遠避，蓮花般聖潔的曼楨拒絕了，她有理由失望、生氣。緊接着是張豫瑾結婚，曼楨在姐姐安排下，被姐夫玷辱懷孕，她抵死抗拒，被幽禁了近一年，幾乎送了命。沈世鈞卻被誑騙，以爲曼楨已嫁豫瑾，顧太太被大女兒逼着搬了家，沈世鈞便死了心。曼楨在垂死掙扎中，不斷地以沈世鈞的情愛來鼓舞自己，沈世鈞卻未能細想曼楨的爲人與突發事件的疑竇所在，轉而對「脾氣不合適」的翠芝示愛，終於結婚。曼楨堅貞的愛情被汚衊了。

沈世鈞生性退縮，一半可能由於厚道與謙卑。張愛玲藉曼楨與翠芝的口，都爲他抗議過：「爲何自認爲不如叔惠？」他的厚道，使他對親密好友許叔惠與妻子之間的情感毫無所覺；他對待妻子相當優容，翠芝重見許叔惠的很多微妙反應他都懵然無知，只認爲是慣常的嬌嗔。如果要挑毛病，大概就少了些對待曼楨的一些激情，所以翠芝罵他「溫吞」了。

三、少女的青睞

張愛玲在「半生緣」裏，對於情感的描繪，有正筆、有側筆，很費一番心思。有關石翠芝鍾情於許叔惠，始終是輕描淡寫，一直是藉由外在的形貌與動作來呈現，並未作深入的心理刻畫，這筆法與顧曼楨形象的雕塑不同。但儘管只用虛筆，卻是脈絡分明，很耐玩味，使人對四十年代女性的矜持與含蓄能有進一層的瞭解。石翠芝家境優裕，好妝扮，時髦美麗、矜持而又倔強；沈世鈞的家人原有意撮合他倆，但彼此並沒有什麼特殊的好感。許叔惠活潑能幹又漂亮，沈世鈞攜好友回南京，翠芝初見叔惠，聽他答話，便「無故把臉飛紅了」；兩人送她回家，她特意仰頭向與車夫並坐的叔惠道別。三人去看電影，沈世鈞為了替翠芝拿鞋子，錯過重要情節，賭氣再看一場，讓叔惠送她，她竟然提議去玄武湖泛舟，兩人還在外頭吃了飯。這些動作都連貫性地顯示石翠芝對叔惠極具深心，不惜拋卻往常的驕慢，相對地還相當遷就示好。叔惠送她回家，石太太勢利，很不給顏面，翠芝在女傭監督下送叔惠出門，分手之後，叔惠又喊她請問世鈞家的住址，意外發現她「臉上竟是淚痕狼藉」。後來她藉故寫信給叔惠，打聽上海考大學的狀況，叔惠顧慮多，反應很冷淡；隔了許久，她仍然去信，提及家裏要自己訂婚，似乎希望他有點什麼表示。張愛玲只以實際的行為來烘托這富家女郎對叔惠的垂青，她已經表白得夠明朗了，這之中含有多少鼓勵的意味？一切盡在不言中。

許叔惠陪顧曼楨到南京沈家，翠芝來購置嫁妝，意外見到叔惠，幾個年輕男女上清涼山，她與叔惠又有一段獨處的時光，事後才主動提出解除婚約，未婚夫方一鵬丈二金剛摸不着頭腦，乍看似乎無稽，作者其實已暗示了因由。她還一度留書離家出走，打算去上海找事做，她腦海裏想的，張愛玲並不交代，明眼的讀者卻不難探索得到。當顧曼楨「失蹤」之後，沈世鈞與她同病相憐，進一步交往，終於準備結婚，當世鈞提及叔惠要邀約他做伴郎，翠芝很憤激地說：「其實你比他好得多，你比他好一萬倍。」她擁抱着他，把臉埋在他肩上。忠厚的沈世鈞爲翠芝的熱情而慚愧，其實作者很成功地烘托了翠芝微妙的感情，她想的何嘗是世鈞？擁抱的也只是叔惠的替代品而已！

沈世鈞與許叔惠是好朋友，但並非莫逆知己，他告訴叔惠要與翠芝結婚，叔惠有些愕然，也有些敵意。在婚禮上，叔惠是伴郎，爲了解除鬧酒僵持的場面，他攙起新娘的手，預備放到新郎的手裏，「但是翠芝這時候忽然抬起頭來，向叔惠呆呆的望着。叔惠一定是喝醉了，他也不知怎麼的，儘拉着她的手不放。」這樸實的動作描摹，把兩人內心的掙扎都刻畫畢露了。

四、淒涼的勝利

許叔惠對於石翠芝，不比對顧曼楨，他是有情感的，只是他顧慮兩家環境殊異，翠芝的家庭與本人的習慣，自己又有意出國，因而不置可否。自認爲無緣，想起她來只覺悵惘。他理智上不許自己接近翠芝，私情上卻又不願意別人佔有她，因而沈世鈞提及要與翠芝結婚，他很氣惱，礙於情誼，又做伴郎，只有喝得醉醺醺的。

十年之後，沈家少奶奶已育有一子一女，仍然漂亮；叔惠回國，夫妻倆去接飛機。翠芝對叔惠的情意依舊沒有消褪。她想好好請叔惠吃一頓，特別把狗栓起來，打點各種高級的吃食，世鈞平日要求的，她無暇搭理，此刻爲了叔惠全想到了，她自己都心虛，「熱心得太過分了。」沈世鈞鬧肚子，吩咐翠芝陪叔惠出去吃館子，冷眼看太太妝扮，覺得她「倒是眞不顯老，尤其今天好像比哪一天都年輕，連她的眼睛都特別亮，彷彿很興奮，像一個少女去赴什麼約會似的。」作者技巧地透過沈世鈞的眼睛，透露石翠芝內心的激動；她與叔惠會面的情景，作者又藉着沈世鈞的嫂子——石翠芝的表姐上門，憤憤不平地說「衝着人家淌眼淚」，成何體統？讀者能領略個中大有文章。石翠芝的固執與不甘，令人想起李白的怨情：「但見淚痕濕，不知心恨誰！」而她的任性與大膽，美麗與誘惑，也確實讓許叔惠招架不住，因爲他還是看重沈世鈞的情誼的。這些情狀作者都不肯明白地說破，只告訴我們：於是他不但不肯搬來同住，還連着推託忙碌，避不見面。

世鈞約了叔惠來家裏吃飯，叔惠由外頭直赴沈家，世鈞卻在叔惠住處見到了曼楨。爲了與曼楨敍舊，沈世鈞打電話交代翠芝招呼客人。張愛玲運用了電影同時間分鏡頭的手法：沈世鈞與顧曼楨重逢依依，有生離死別的痛苦；「那頭他家裏也正難捨難分。」由此直到文末的兩頁，是作者在小說中僅有的正面描寫石翠芝與許叔惠的纏綿之情，藉此把前頭零星的幾處側寫的虛筆都貫串在一起，頗有畫龍點睛之妙，我認爲張愛玲在布局上是很花用一番心思去安排的。

翠芝與叔惠坦白地互訴衷曲，叔惠終於說出自己的太太與婚姻，談如何結婚又離了婚，話自然仍有保留，翠芝卻想像得到，那是一個「比她闊，比她出風頭的小姐」，兩人「都若有所失，有此生虛度之感」。後來翠芝談及叔惠未來的再婚妻子必然年輕、漂亮，叔惠自己接上一句「有錢」。於是他們笑了，「在一片笑聲中，翠芝卻感到一絲淒涼的勝利與滿足。」張愛玲的「半生緣」以此句結筆，確實蘊含不盡之意。可不是嗎?許叔惠的話顯示自己胸中留着翠芝的影子，不僅過去十年，而且是此後也將受到影響，翠芝是勝利了，也該滿足了，奈何總是缺憾哪！

五、錯誤的婚姻

前面說過，石翠芝與顧曼楨在婚姻方面堪稱自主的女人，而事實上他們的婚姻選擇都出於無奈。美麗的人生，青年男女因相愛而結合，組織幸福美滿的家庭，好似天經地義；但人間並不完全盡如人意，能擁有美滿婚姻的畢竟有限。

顧曼楨產後得到一對工人夫妻的協助，由醫院逃離姐姐與祝鴻才的手掌，仗着年輕，原本身體底子也好，總算恢復了健康。她到叔惠家，得悉沈世鈞前天才結了婚。託人找了份教書工作，住到宿舍去，媽媽來找，她不肯遷就；姐姐抱了孩子來，又以自己病重爲由，她也不願搭理。她寧願自己吃虧，絕不答應嫁給祝鴻才做小。爲了逃避姐姐的糾纏，她改換了會計的工作，在偶然間碰到姐姐的侍女阿寶，聽說姐姐去世，祝鴻才生意失敗，已遷居到附近不遠處。她路經祝家遷住的里弄，不免格外留意孩童，終於看到兒子與異母姐姐。當夜她做了噩夢，趕去察看時，發現祝家小女兒已死，猩紅熱又傳染給小男孩。鴻才環境差，她只好自己細心照顧。見到祝鴻才，看他自怨自艾，竟然於憎恨中生出憐憫。由於沈世鈞的愛情並不能持久，直覺得一切都是渺茫，「倒是她的孩子是唯一眞實的東西。」爲了孩子，她決定嫁給祝鴻才。

曼楨的決定明明與當初的意願相反，既有今日，何必當初？當她徘徊在婚姻陷阱邊緣時，張愛玲特意安排了戲劇化的情節，她邂逅張豫瑾太太，向來訪的張豫瑾泣訴人生的大變。作者經由豫瑾的見事眼睛，說明曼楨已由過去的「朝氣」「沈毅」「閒靜」，變得「神情蕭索」「恍恍惚惚」。豫瑾還贊同她拒絕母親與姐姐的提議，說：「勉強的結合，豈不是把一生都葬送了？」然而曼楨最後還是嫁給了祝鴻才。沒有情感的婚姻，使婚後的曼楨無意修飾，臉色帶着幾分病容，眼睛裏常有一種呆笨的神情，在祝鴻才的眼裏，曼楨是「變了個人了」。經濟環境改善了，他卻憤恨地跟曼楨胡鬧，曼楨覺得「整個一個人都躺在泥塘裏了。」張愛玲描繪顧太太由淪陷區逃到上海，在祝家的一段時間所見所聞，把曼楨的委屈求全，爲了母子天倫之情犧牲的情狀充分表露。該抱怨的人毫無怨尤地忍受折磨，甚至容忍祝鴻才的外遇。終究曼楨上進與追求自我的心志，不願再過「對不起她自己」的日子，她領悟到這個婚姻錯了，毅然決心離婚，只求擁有兒子的監護權。

她打贏了官司，得力於過去家教的學生，卻負了大筆債務。如果沈世鈞的母親在晚年重新贏得丈夫的愛心，全憑有個好兒子；作者是否也能把曼楨的婚姻寫得完滿些呢？祝鴻才始終是個奸壞的小人物，曼楨的犧牲又只爲了兒子，她必須費力去壓抑自己的憎恨，他們的婚姻以仳離告終，足見曼楨沒有改變自己的遷就意願，這倒成就了小說人物的統一性，畢竟曼楨是個沈毅的女性，終於能照自己的意思生活着，她還擁有了自己的骨肉。她重見阿寶與張豫瑾的情節，看來都嫌過於巧合，可是運用來牽引出孩子，也藉張豫瑾的見事眼睛，把曼楨的形貌做個今昔之比，並且推動出人意表的幾個高潮，這便顯得作者極具匠意了。

沈世鈞與石翠芝在洞房花燭夜便彼此都有「來不及了」的感慨。翠芝考慮過多少回，若不是已經鬧過一次，怕別人笑話，她可能會提議退婚，因爲他們其實性情不合，彼此並不喜歡對方，否則不早就被撮合成爲佳偶了？在沈世鈞來說，曼楨的倩影還盤踞心中，所以訂婚之後，還去找叔惠「商量」。這樣意氣用事，把婚姻當兒戲，怎不令人擔心？張愛玲在第十三章末尾說：「他（沈世鈞）覺得他們像兩個闖了禍的小孩。」

沈、石的婚姻卻意外的堪稱美滿，這得推功於世鈞的溫厚與翠芝的濶綽，他們維持平和而寬裕的生活，翠芝把情感上的秘密保藏得很好，精神上也沒什麼苦惱，因此十年之後，她依舊漂亮，而且更見豐腴的成熟之美。顧曼楨是用心思過生活的人，姐姐算計她，母親錯愛她，沈世鈞辜負她，祝鴻才折磨她，愛情的抽離，使她憔悴。石翠芝則是未能盡如己意地佔有漂亮而能幹的許叔惠，心有未甘而已！叔惠並不曾負她，因爲他們沒有任何允諾，在婚姻生活上，沈世鈞不過是「溫呑」一點，仍不失爲好丈夫。當然，嬌生慣養又自恃美貌的千金小姐，自主意願極強，卻又未能遂心，是難免要有悵憾之感的。

六、其他

「半生緣」除去小說人物感情的錯綜糾紛，作者能巧妙地照應周全之外，個性刻畫也極有深度，蘊含耐人深思的許多道理。書中爲了因應長篇情節的推展，白描的筆法佔了絕大的篇幅，難得的是幾個句子，往往便映現人物的心境與性情。譬如描敍石翠芝衣著考究，學校裏的藍布料制服每洗必染，「她家裏洗衣裳的老媽子，兩隻手伸出來都是藍的。」而短篇集裏慣用的象徵手法，也還多處出現，譬如曼楨七歲的小弟傑民形容祝鴻才「笑起來像貓，不笑像老鼠」，便在人物登場之前，先刻畫了虛僞、猥瑣的個性，顧曼璐心懷「惡毒」，打電話時，「那電話線圓滾滾的像小蛇似的被匝在手腕上。」她年長色衰，又不能生育，爲報復妹妹搶奪少女時代的情侶張豫瑾（並非事實），並達到借腹生子，鞏固婚姻，繫住丈夫的私心，她竟然出賣嫡親的同胞妹妹。曼楨摑她一巴掌時，她的慚悔盡去，恨透妹妹一副貞烈面孔，「我那時候要是個烈女，我們一家子全餓死了。」墮落的曼璐原也是環境逼迫的，作者細膩的文筆後頭，含藏着何等悲天憫人的胸襟！

作者全知的敍事觀點，爲求變化，主體人物常有變換，有時深入內心，有時徘徊人物外形，有時穿揷某個人物的見聞，有時透過某個人物的觀點，作者的巧思，無非要用各種技巧，使長篇的推展生動引人。而在結構上，它堪稱嚴謹，情節發展相當緊湊，各章的結尾也都意味深長，往往是戞然而止，餘味無窮。

而最重要的是：作者塑造了一個沈毅、執著、有道理、有原則的獨立自主的女性——顧曼楨。不論環境如何汚濁、命運如何乖違，她仍然要求對得住自己。而作者揭示的道德儆醒力量也是值得重視的。幾個人物的婚姻，不論出於嚴肅或意氣，幸福與不幸，都有婚姻神聖的意念，肯擔當起道德的責任。最後，沈世鈞與石翠芝都不曾悔婚；許叔惠也堅守禮法，對得住朋友；顧曼楨嗟傷「回不去了」，重逢再度分手，就算永別了。

原載民國七十二年三月三十一日大華晚報副刊

王藍的抗戰小說

——「藍與黑」與「長夜」

「藍與黑」是暢銷的抗戰小說之一，無疑是王藍的一部重要著作；「長夜」卻是王藍最喜歡的小說。四十二萬字的「藍與黑」於民國四十三年秋脫稿，近十五萬字的「長夜」動筆在前，完成卻在「藍與黑」之後，四十四年初稿，四十八年修訂❶。兩篇時地背景相同，選材與技巧也有近似而又殊異之處，從它們的比較可以略見王藍作品的風格及五〇年代一般小說創作的特色。

一、兩女一男的戀愛故事

兩部都是愛情小說，而且都是兩女一男的關係。「藍與黑」第一章便是這麼兩行：

❶ 「藍與黑」，四十七年二月紅藍出版社初版，卅九版以後，於七十一年九月交純文學出版社印行。「長夜」，四十九年出版，於七十三年交純文學出版社印行。

一個人，一生只戀愛一次，是幸福的。

不幸，我剛剛比一次多了一次。

以俏皮的筆調起始，應該是以愛情爲主題的小說。作者雖不曾明言，大抵唐琪與鄭美莊各代表藍與黑。唐琪特愛藍色，認爲：「藍色最能代表自由、光明、坦白、誠實，也最能代表愛情。」（七八頁，純文學版，下同）作者也意圖以這些「德操」來涵括唐琪的爲人行事及對醒亞眞摯熱烈的深愛。她不假虛矯，不顧物議，擇善固執，爲愛而奮鬪掙扎，出汚泥而不染，犧牲自己，成全別人，最後深入滇西做醫護工作，無一不在「藍」的光彩之內。作者把唐琪安排在敎會學校學護理，賦予她絕美的姿容，加上一些大膽的，敎會學校慣見而在當時保守社會未能認可的行爲：如穿著時髦的短旗袍、高跟鞋，熱情摟抱，率性哭笑等。她爲愛而求職被玷汚，不惜拋頭露面，上法院控訴，得罪龐大私人財團，被逼得走投無路，只有憑著才貌做舞女，當戲子（演員），她被人唾棄，但活得光明高貴。愛撐持著她，承受醒亞的誤解與怨恨；她用盡心力，援救抗日英雄賀力，一則爲國家，一則爲了醒亞。王藍的筆下，唐琪是歷盡滄桑的美人，能涵容「黑」，化「黑」爲「藍」的天使。相對的，鄭美莊嬌貴恣縱，奢靡成性，最後屈從物慾，背離愛情，遺棄醒亞，以她象徵「黑」，因她棄明投暗。事實上作者也並不曾把鄭美莊完全定位在「黑」。她對醒亞的愛曾經相當眞切，一個人受幼小環境熏染，很難苛求一下子完全更改陋習。鄭美莊再三承認自己的缺點，足見本性不壞；她待朋友慷慨，也足證好義，作者對人性的關照頗廣，沒有把人性類型化是對的，但題目卻有類型化的傾向，必須能辨析此中繁複的意義才好。

唐與鄭對待張醒亞的愛，比較說來，唐眞愛醒亞，爲他不顧一切犧牲，爲求去重慶見他，她攢錢，當舞女，做演員都是爲這目的，醒亞敬愛賀力，她便要設法救賀力，醒亞訂婚，她便忍痛「退出」。比起唐琪無條件的付出，鄭美莊起始便自私自大，她攫取醒亞，帶有征服的滿足感。她不懂得尊重醒亞的意願，憑個人的價値觀，小看他的記者工作，勝利後到天津，不願受「姑婆」的約束，最後在四川，仍期望他留下；到臺灣之後，承受不了逆境，因而琵琶別抱。在人物刻畫上，唐琪是相當深刻動人的，鄭的角色略遜一籌。張醒亞被她「俘虜」，固然對唐琪當了舞國皇后的誤解是個刺激，他之同意訂婚，以及一再自許能與鄭美莊「相愛」，情節的鋪展仍欠自然。畢竟兩人個性相差太多，內心的衝突應該可以細加著力的，而愛鄭與愛唐的內心交戰，革命烈士後人與軍閥闊小姐交往的基本對立心態，都可以再深入描摹。

二、一對姐妹的反共接力

在「長夜」裏，作者安排一對姐妹做小說的女角，她們是一種延續傳承的關係，而不是並立敵對的關係。妹妹畢乃馥在姐姐乃馨死後六年，才塡補了康懇心中情愛的地位。乃馨以往對共產黨的誤認，在臨死之前業已覺醒，乃馥不但繼承姐姐反共的志願，而且對時局遽變與共產黨欺詐伎倆，能冷靜客觀的思辨，有超乎年齡的沈穩，甚至令人覺得誇飾地具有先見之明。「長夜」描寫的男女情愛，是以國家之愛做前提的少男少女之純情。小說像大多數五〇年代的作品，不可避免地著重事實的敍述，少做人物的刻畫❷，以致讀者雖然受劇情吸引，畢家姐妹的個性殊異仍不很明顯。依筆者愚見，兩姐妹個性還可以再略作區分，形貌也不一定要完全相仿。乃馨受共產黨宣傳的蠱惑，作者處理得疏淡有致，卻令人不寒而慄，彭愛蓮的遺書喚醒了她的迷夢，她逃過趙崇東的婚禮，卻在與康懇即將南下的前兩天被槍殺。康懇由大後方回來之後，與乃馥情感逐漸轉移深化，倒也寫來自然；乃馥起始待康懇即無微不至，由敬而愛，是意料中事。難得的是她還是諍友，她勸康懇少做無謂的應酬。而她的睿智，諸如懷疑沈崇事件是共產黨幕後導演的戲，不僅超越她的年齡，也超越了康懇，固然姐姐的悲劇是個警鐘，小說裏卻不曾特加強調。試想其父畢教授是留英學者，尚且天眞地受共產黨擺佈，相形之下，乃馥以一個大學女生要跳出共產黨統戰的烟幕，其理由脈絡，眞該細加安排布置，才能深刻縣密動人。

❷司徒衞「五十年代小說論評」頁一〇五：「適當的必須的風景及人物心理描寫的欠缺，減損了她作品藝術性的完美。」（謝冰瑩的「聖潔的靈魂」）。頁一六〇：「既看不清他（主角蕭子陽）的心理活動，也認不出時代如何影響他的情與智。」（南宮博的「江南的憂鬱」）又頁一七一：「作者過於重視事實……作者對人物心理描寫的相當忽略……」（郭衣洞的「辨證的天花」）。六十八年七月成文出版社印行。

大陸淪陷後，乃馥獻身敎會，傳播福音，做間接反共的工作，她追隨美籍牧師到廣州，終於以間諜罪被捕。這些情節，礙於第一人稱觀點，是透過鄉親口述及香港報紙，由康懇告訴「我」（敍述者）。經過漫長的折磨與等待，乃馥被捕的噩耗，幾乎使得康懇一病不起。不同於「藍與黑」的希望緲渺，作者安排了奇蹟，一個月後，在朋友家的「家庭禮拜」，康懇聽到了福音：美籍牧師被驅逐出境，由香港來臺，他轉述乃馥已被敎友救出，正在香港，兩人的「長夜」已過……。

三、愛國意識的充分表露

「藍與黑」和「長夜」雖以愛情故事爲主題，同樣都寫抗戰前後，男主角都住在天津英租界，那是作者熟悉的時地背景。「藍與黑」以前往大後方念書劃界，讓前後兩個女角登場；也鋪寫賀力的地下工作，醒亞和賀蒙隨他去太行山打游擊，被八路突襲中了流彈，因而認清共產黨的包藏禍心，在重慶大學裏，他現身說法，當衆揭破共產黨職業學生的詭計。賀蒙後來參加印緬作戰，勝利後並轉戰東北，在瀋陽保衛戰中陣亡。「長夜」中的康懇，兼有「藍與黑」中賀力、賀蒙、醒亞三人愛國的資歷——抗日地下工作，從軍，在西南聯大與共產黨及其同路人周旋，駐留東北。他與乃馨的愛情開始於「九一八」事變後的愛國運動，愛情衝突則在於各爲其黨的「抗日」戰績爭執上，這種混合民族大愛與兒女私情的戀愛故事，是「長夜」的特色之一。

作者關懷時局的憂患意識，在兩篇小說裏也表現得很明顯。共產黨的文藝攻勢，在當年是政府與民間所忽視的。「藍與黑」裏說：「學校當局……從未干涉過同學閱讀共產黨的書刊報章，而那些書報上的歪曲宣傳，着實在無形中把不少純潔青年的思想，帶到歧途上去。」（三一二頁）「長夜」裏說：「共產黨吸引年青人，確有它的一套特殊本領。」（一四四頁，純文學版，下同）又說：「共產黨卻悶聲不響地忙著辦書店，辦出版社，藉文藝作媒介在各個大中學校裏播種扎根。」（二七五頁）就藝術技巧上說，這些表達略嫌直率刻板，但作者的苦心卻是可以領會得到的。

為了加強時代眞實感，作者還運用史實作點線來貫串情節，「長夜」提及的抗日殺奸團事跡，××電影院爆炸案、××漢奸被刺案，都是實有可指之事。都在文末附註說明。

兩篇小說的男主角都隨同政府東渡，「藍與黑」的女主角唐琪既搭救賀力在先，最後轉往滇緬積極參與反共抗暴的醫療工作。「長夜」裏的畢乃馥則虔誠奉獻，為天主佈道，她相信：「傳揚福音，就是傳播反共思想。」（二八八頁）她因此被捕，也因此被救，得以逃亡至香港。基本上，作者安排這些大時代兒女的行徑，仍不脫五〇年代文藝主要思潮——反共抗暴的影響。

四、延宕與懸疑的技巧

「藍與黑」與「長夜」同樣採取第一人稱敍述觀點，「藍與黑」始終是男主角自知觀點，而「長夜」則是兩個人交互採行雙線疏密互補的筆法，一是主角康懇的自知觀點，一是作家「我」的旁知觀點。「長夜」運用這種活潑手法給予作者更多的方便，因爲「我」的觀察，主角康懇的外在形貌可以傳達給讀者，像起首的描摹，以及回憶中初見康懇的印象，都遠比「藍與黑」刻畫的張醒亞清晰得多。

在人物描繪上，唐琪是最生動的一個。作者運用延宕的筆法，先敍十五歲時聽人提及唐琪，她是未婚表嫂的表妹。由表姊慧亞、表哥震亞先談及她的「漂亮」，姑媽複雜的論斷，未婚表嫂高小姐親切的敍述，讀者了解唐琪有悲慘的身世，獨立的個性，好打扮，太活潑，哭笑順性，偶而洋派擁抱高老太太；父親曾是軍閥幕僚，她在醫院實習，曾被病人熱烈求婚，卻絕不肯聽從高老太太之意嫁了那男人……。有這些伏筆，張醒亞由憧憬到厭惡、輕視，見了面仍不能自抑地崇拜敬愛。在高老太太的壽筵上，唐琪登場了，張醒亞遠遠望見，拿心中的影象比擬猜測，終於由表姊證實果然是唐琪。在前此多段虛筆的烘襯之下，幾經延宕，主角的形貌動作便格外醒目。

在「長夜」中，康懇來臺一二十年，條件優越，品貌不差，偏偏不接納女性，毫無結婚的意願。經由好友多方刺探，總不肯吐露心事，偶然被發現保有一張放大的少女照片，被迫掛上牆壁，雖牽扯姐妹戀愛一端，多數朋友的「圍剿」，至友的「激將」也無效，反而察覺到他深刻的痛苦，再也不敢逼問。意外地臨別前夕，康懇主動敍說了以往的難忘故事。這些迂曲的延宕筆法，使女主角出場之前，先勾引起讀者熱烈探尋的濃厚興趣。

「藍與黑」中，張醒亞最感痛心的，不在於唐琪的失身，做舞女，當演員（這也是夠令人痛惜的事），而是輾轉找到唐琪，約好一起隨賀力去大後方，臨開車時唐琪卻變卦失約。小說裏只提示：「深夜一時半，賀大哥突然要出去」，還安排醒亞臆想，自己解說賀力有某種任務上的需要；在重慶，醒亞接到尙先生轉交的錢，並聽說唐琪做了舞國之后，與漢奸交往，他的情愛瞬間轉化冷卻，以致毅然接納鄭美莊的情感。這些疑點，小說的第一人稱觀點保留得極其自然。勝利後，醒亞接到賀力致謝援助救他出獄，醒亞疑惑賀力神智不正常，敏慧的讀者心中想必比男主角清楚一些，至少要疑慮到是否唐琪之力？但這些故作癡傻的筆意，正是小說懸疑的好處，讓讀者也去運思，也去懷疑，而不像舊式小說反覆叮嚀，一語道破。謎底要到醒亞回天津，幾經周折，才由表姊說明唐琪援救賀力的曲折與苦心，而前此到達姑媽家，衆親友對唐琪的態度從反對到讚佩也是一個小懸疑。唐琪爲了愛醒亞，想再見醒亞，不能不解決生活問題、旅費問題，於是當舞女，做演員，爲了救賀力，放棄隨尙先生南下的機會，並不惜被親友誤解，與日本人套交情，與漢奸打交道，做了舞國之后。獲悉眞相，充滿愧咎的醒亞，仍找到一個自我安慰的理由：唐琪不該負約不去大後方。這個疑竇，好不容易在天津陷匪前一天，唐琪冒險轉贈機票，附信苦苦要求醒亞離開，賀力感動之餘，親口招認八年前是自己要求唐琪不去南方的（五四五頁），情節發展到這裏，唐琪人格上的瑕疵完全滌去，她是光明磊落的完美天使！這番布局是頗具巧心，也極具震盪效果的。

「長夜」一書中，康懇被日本憲兵隊緝捕，因爲東北翻譯官的提醒，堅不承認「抗日」，終於獲釋。釋放前，執行槍決，竟然未被射擊；又命令自裁，被讚美不曾反抗，步步奇詭，令人驚心動魄。出獄後，乃馨說是趙崇東所搭救，提及翻譯官，更令人如墜五里霧中。後來由東北翻譯官證實，根本不認得趙某人，純粹是康懇擺放帽子的動作與幫會暗語熟悉，基於義氣而施援手的。進一步，再藉彭愛蓮的遺書，交代趙某陷害康懇，寫匿名信告發，又說與矮個子翻譯官一起販賣鴉片。至此，獄中譯官實所指不同，康懇應訊時，矮個子譯官多做不利的譯詞，用意也就昭然若揭！經這番玩索，讀者了解到，不僅康懇獄中的驚險遭遇奇詭有趣，令人崇敬，而且作者安排情節的匠心，懸疑技巧的運用，也是值得擊節讚賞的。

五、重複與鬆緩的缺失

作者敍筆常帶濃厚的感情，家國之痛，常不自覺流露。以第一人稱敍述觀點而言，熱烈的情感顯現敍述者的個性含藏感時憂國的意識；但就現代小說的表達技巧來說，冷靜客觀的剖析與呈現，毋寧更能提升藝術品質。讀者自有其聯想能力，作者很可以多作暗示。重複的筆調，不僅不能如傳統戲曲得到觀衆喝采，反而會使得小說架構鬆弛。「藍與黑」與「長夜」都有這方面的缺失，實在可惜，尤其是「藍與黑」，該在精省原則下，多做刪節。

張醒亞初見唐琪，內心澎湃，無法對表姊直說，便回臥房向母親的遺像喃喃傾訴。布局是好的，但那段話實在太冗長，重複太多。又如敍述唐琪尋職，被醫生玷汚一事，先寫：

不幸的事情果然發生了。

這眞是我做夢也想不到的一樁意外的、巨大的、殘酷的不幸。這樁不幸，直接受到傷害的是唐琪；然而，我間接受到的傷害一點不比唐琪小。（一五九頁）

然後再詳記報紙的新聞報導，渲染歪曲，以及親友的反應。若依精簡的原則，這兩段「開場白」大可省略。在重慶，張醒亞不顧學潮中羣情激昂，上台揭露共產黨徒的謊言，布局也是精彩的，可惜那段演說全文卻萬萬比不上凱撒一劇中的安東尼演講，時時能出奇制勝。那顯然冗長了一點，因爲眞實的故事，前文敍述過，讀者已經知道了，再報導一次，錄音機重複放錄，便嫌多餘。又如，張醒亞去鄭美莊家，先說：

我終於去她家了。唉，我不該去的。我遲遲不肯去，似乎是有「先見之明」——她的家會帶給我失望。果然，我沒有想錯，我去了，我失望回來。

在她家裏，我看到了太多的奢侈、糜爛與黑暗。唉，她竟是這麼一個家庭出身的女孩子！

第一段根本是拖宕之言，不說絲毫不影響情節發展，第二段一些「奢侈、糜爛、黑暗」等抽象概念，可以從後文實際的鋪描展現給讀者；醒亞的感慨，也儘可以隨時配合景物的描繪穿揷抒發，因爲第一人稱的自知觀點，本來就最適合於心理描寫。

就全篇的結構來說，第八章如果删去，也許反而能爲讀者多留一些涵泳不盡的餘味，也就是說，唐琪的信交代得夠了，何不就此打住呢？那些親友勸慰的言語，大同小異，何必多費篇幅？而第二章，依筆者愚見，敍說的語調很値得商榷，旣是以今憶昔的感慨，題目的對比性及事實上唐、鄭二女的殊異性不能不顧及。好的起筆，常能先爲讀者顯示某些重要的線索，但是「藍與黑」的第二章，唐、鄭二女是聯帶並提，輕描淡寫就交代了的，好似兩人相契相合，有罪都在醒亞一般。給予讀者這種錯覺，是非常可惜的。

「長夜」的架構，以「我」和「康懇」輪流敍述，前一段的結尾往往是後一段的開頭，很類似修辭學上的「頂眞」格。但作者運用它，實際上並不完全一致，大抵是要藉「我」的回憶來補充某些細密的情節。在一〇節，由「我」的內心思緒，進而客觀描寫冷風、雷吼、驟雨，接著記敍乃馨欲嫁趙崇東，康懇內心的「風雨」，情景交融，頗能加深劇情的震撼力。但第「一一」節

「雨仍在下」及「二三」節「雨終於停了」，很顯然只爲了交代那場雨的結果，而傳棒似的由「我」接著補上二句，對於情節的鋪展毫無意義，反而把讀者由過去的感動中硬拉回現實，產生阻隔的感覺。

「長夜」的敍筆大體比「藍與黑」來得精潔，但是仍看到反覆敍說的筆調。如寫乃馨逃婚，康懇先向「我」透露「新娘反倒沒有去」，敍述中，又先說明如何定計，可以說是二度洩底，減輕後文的吸引性。此外，乃馨由迷途中徹悟，全憑彭愛蓮的遺書與日記，時間在她與趙擬訂結婚的前一天晚上；她死，在卽將與康同赴大後方的前兩天夜晚，時間的迫促，足以導致意外的驚喜與深刻的哀悼，雖嫌巧合，作者的設意仍有可取之處。而彭愛蓮以一個被騙女共產黨員身分，揭發趙崇東的負情，陰謀賣國，爲牽合題旨，作者用心良苦，但賅涵實在太廣，日記記敍翔實，倒不像女子口吻，幾乎是書生論政的筆調了。

當然，筆者一些粗淺的看法，是從高角度較爲細密地談論小說技巧，也許這些建議，足以反映出五〇年代小說寫作畢竟與往後二三十年的小說有些不同的特色吧！

原載民國七十四年七月十五、十六日大華晚報副刊

徐文水的「寺院之戰」

——外蒙的宗敎守衛戰

在五〇年代的自由中國小說界，徐文水佔有相當獨特的地位。他慣寫衝鋒陷陣，短兵相接的肉搏廝殺，作品以反共抗俄的聖戰爲目標，多以東北爲背景，「血鬪」、「東門野蠻及其夥件們」都是精心傑作。「寺院之戰」獨以蒙古爲背景，寫外蒙赤化，蒙古同胞爲宗敎與自由而奮戰犧牲的事跡。「寺院之戰」脫稿於民國四十四年（一九五五年）三月廿五日，全文約五萬二千餘字，獲得中華文藝獎金委員會的獎勵，發表在「文藝創作」上。作者以錘鍊的文筆，龐大的布局，寓含磅礴正氣，顯現蒙古同胞絕高的智慧與堅忍的戰鬪精神，是一篇精心擘畫，反應時代的偉大巨構。

一、氣勢磅礴的悲壯故事

小說計分十二章，每章附有小標題，採取第三人稱全知觀點寫成。書中除了外蒙紅軍兵士、指揮官，俄國新式裝備部隊及顧問，寺院喇嘛，普通百姓之外，主要人物是活佛臺爾瓦爾與烏蘭柯姆的英雄哲別，隨行的年輕喇嘛拉摩，克察科林大寺的主持喇嘛艾蘭格登與達克巴。當赤色蒙古與蘇俄聯軍以濃密的炮火，窒息性的瓦斯，制服了殘餘的寺院武力時，艾蘭格登打發哲別保護活佛逃亡。因爲活佛維繫着萬千蒙古人的心，在宗主國——中華民國有廣泛的友人，可以肩負起恢復外蒙未來自由的重大責任。克察拜林大寺在活佛精神領導之下，一直是維護宗教尊嚴的中心。共黨紅色政權運用優越的戰備征服了它，喇嘛們死傷狼藉，被俘擄的也準備從容殉教，幸而活佛安全的逃開了。活佛、哲別、拉摩三人逃亡八晝夜之後，面臨了一望無垠的沙漠，哲別轉投布雷肯鎭，想冒險找些水糧馬匹，沒想到原本繁榮的小鎭已被紅軍佔領，哲別得到一個老人的救助，飽食一頓，倉皇取了水糧，奪了馬匹逃開紅軍騎兵的視線。他們勇敢地踏入沙漠。「別想它，走我們的吧。」活佛想起「曾經滄海難爲水」的語句，開導他的護行人：「對於不能猜度的未來，你們不是白傷了自已的心嗎?」後來他們意外碰到押運軍火的三個蒙古騎兵，哲別冒險攔截了下來，卻負了傷，而其中一個被逃走了。當他清醒過來以後，便毅然決定假冒活佛留在沙漠阻擋追索的敵人，希望替活佛殉道，能使關卡放鬆戒備，活佛與拉摩才好冒充商人混過盤查，安全抵達內蒙。一陣颺風過後，疲憊的哲別果然「等」到了搜索的紅軍騎兵，他射殺多人，壯烈地倚在駱駝身上死去。蒙古紅軍守候到第二天才一陣亂槍，把僵立的屍體打倒下去。假活佛的頭顱被裝在盒子押送到烏倫巴都爾（卽「庫倫」，共軍改名，取義是「紅色的英雄之城」，以示炫耀）；

而大審判也同時舉行，艾蘭格登與達克巴及另外三十六個喇嘛教徒被判處槍決，艾蘭格登確信解脫的時機到了，與達克巴做最後的祈禱，祈禱蒙胞能脫離紅色的孽障。他們相信死的不是活佛，而是英雄哲別，這種默契，表示他們彼此相知相諒，也顯見彼此對宗教、對蒙古的誠摯熱愛。這年年尾，內蒙降了少見的三尺厚的大雪，也許上蒼也寓含悼念之意。活佛臺爾瓦爾由一個廣大的集會上演講歸來，拒絕拉摩奉上的素湯，用袖口撲滅了佛燈，要陪着失去宗教自由的苦難的人民，置身黑暗，共同祈求一個新來的拂曉。

二、高度技巧的人物刻畫

這篇小說，雖以活佛的逃亡爲經緯，少年英雄哲別卻是主角。作者刻畫這個傳奇性質的人物，運用了各種表現技巧。在俄蒙聯軍攻入寺院的時候，作者先讓讀者意外地看到一個面孔黧黑，頭裹黃巾曳弓大漢，用箭射擊進擊的軍官；在第三章，利用倒敍，往事閃現（Flashback）的筆法，藉被擄的寺院主持艾蘭格登的回憶，透過他的意識，交代了臨危時高度機密的決策，他讓烏蘭柯姆的英雄哲別誓盟保護活佛逃亡，由於人物出現時的服飾，讀者自然與上文提及的頭裹黃巾大漢繫聯起來。這段挿筆，只是人物內心的思維，現實世界裏身體的屈辱，耳聞活佛失蹤，眼見紅軍兵士慌張情狀，都與它交錯呈現。這段文墨，補足了一些人物的特性與使命，此後的情節發展，順着這特性與使命，敍述起來就自然方便，讀者也容易領會那種神聖的使命感與嚴肅的氣氛，沈痛的心情。

逃亡的第一個夜晚，活佛臺爾瓦爾靜坐着研究一條快捷而又安全的逃亡途徑，作者又透過活佛的憶想，重複艾蘭格登多次敍說的故事，轉述有關少年英雄哲別的事跡，補足了彎弓大漠的形象。他曾經用他的弓箭懲戒射殺俄軍的姦淫之徒。被抓之後，毫無懼色，以俄語辯說，軍官命令他用弓箭與俄軍槍手決鬪，結果哲別勝利了，贏得了「烏蘭柯姆的英雄」頭銜。這段描寫帶有相當濃厚的傳奇性質，令人緬想成吉思汗彎弓射大鵰的雄偉英姿。而當哲別截獲紅軍補給的三匹駱駝，負傷躺在駝包裏的時候，搖晃的溫暖與舒適，使他重溫兒時依偎在母親懷裏的溫馨，作者藉此交代了哲別的身世。一個強壯剛烈的英雄人物，抽繹最柔韌鮮活的記憶之網，這是何等感人肺腑的純眞情懷。那曾是美滿幸福的家，因着俄國馬隊的經過而殘破了，母親放羊一去不回，父親擦拭箭鏃，把六歲半的兒子交託給鄰居，也一去不回。這段悲痛的記憶，點明了前文「懲戒姦淫」行徑的潛意識基礎。十二歲時，鄰居遵從他亡父的囑託，把他送到庫倫跟隨主持喇嘛艾蘭格登。艾蘭格登敎育他，讓他隨着四出講學募化。由於他是獨子，不能剃度出家，「艾蘭格登始終愛惜他那一頭黑髮，在頂心給他紮一條黃綢兒」，哲別的那一條黃綢兒一方面表示他與宗敎的密切關係，另一方面也成了他的標幟。他殉道之後，拉摩於除夕夜悼念他，浮現的形貌中，「他頭上裹的那幅黃綢巾，像翩飛的黃鳥」，它或者也蘊涵羽化登仙的餘味吧！哲別的形象到此（第四十四頁），總算分三大重點，陸續穿插補足，交代明晰，作者的才華與匠心，令人折服。

小說的情節至此，也推展向高潮。前頭經歷原已是一波三折，哲別負傷獲救，補給充裕，是否可能化險為夷呢？如是這般處理，很可能成了歡悅大喜的結局，然而小說的震撼性自然要削弱許多。事實上，哲別逐漸恢復知覺之後，他溫馨的兒時舊夢已經淡去，他又回復現實世界裏剛強果敢的英雄角色了。顧慮到有個騎兵負傷逃遁，他理智地要求活佛允准自己照計畫進行。歷史上，楚漢相爭，在滎陽、成皋對峙，漢軍一度食物斷絕，將軍紀信乘了漢王的車駕，在東門假冒漢王誑騙楚軍，劉邦才能夠由西城門脫身。哲別的計畫如出一轍，他收拾好活佛的度牒（官府發給出家人的證明文憑），說服活佛與拉摩兼程趕路，自己則準備守候攔阻追索的敵人。為了烘襯哲別的堅忍，使小說波瀾迭起，作者特意安排一陣沙漠颶風，負傷枯守靜候敵騎的哲別因此飽受折騰。個人生死不足掛慮，但他必須支撐着讓敵人看到自己假扮的活佛，還得竭力殲殺敵人。颶風使他迷了路徑，衰弱不支的身軀，由駝背上栽了下來：「悲哀與絕望，夾雜着裂破肚腹的焦渴」，刺激得他拉着駱駝在沙上狂奔，最後他靜下來，伏在駝背上任由駱駝遊走。為維護宗教而成仁的決心，使他石頭似的臉上浮現了「像出家人圓寂的微笑」，他終於勇敢地圓滿達成了任務。

除了哲別，活佛也是作者精心刻劃的重要人物。他接受哲別效死的建議，向哲別盟誓，必「盡此餘生，從事恢復蒙古宗教自由的鬪爭」，兩人不禁淒涼地擁抱，在擁抱中「將胸內抽吸了許久的眼淚，一下子都流出來——多麼珍貴的發澀的眼淚！」而大人物的背後，小喇嘛的盡心服侍也功不可沒。哲別交代拉摩保護活佛，要是不能達成任務，「你就自殺好了。」拉摩的苦行與毅力，事實上不遜於活佛，也不比殉道的主持喇嘛艾蘭格登輕鬆。在除夕夜，他想念哲別，他的淚珠不斷，反共的長遠任務，只怕與活佛一樣，他必然要沈毅地負荷下去。

三、雄闊真切的場景鋪寫

「寺院之戰」，包羅嚴肅的歷史背景，雄闊的地理環境，作者的文筆凝鍊流暢，書中場景的描繪眞是美不勝收，卽使是恐怖的場面，緊張的氛圍，徐文水的筆仍是燦麗的。且看寺院淪陷的景況：

寺院裏所有的鐘鼓，以及宗教上的香火擺設，被摔爛和推倒了；所有門扇的銅鎖、佛座、氈墊，被翻動扭碎了；土著紅軍好奇的用刺刀撥弄懸在佛殿上多角的宮燈，爬着帶銅欄桿的石梯，掠取古舊的磁器和掛在粉壁上的字畫；來自西伯利亞的哥薩克，成排的坐在紫檀木的太師椅上，摩撫着富麗的雕滿花紋的紅木家具，有的伏在花壇的紫苑花下，用鋼盔撈着池中的金魚，有的則用馬刀砍開緊扃的佛堂，使所有踏過皮靴的房間，像捲入大風暴裏那樣喧響着。

爲了讓讀者瞭解蒙胞反共的歷史背景，交代「寺院之戰」的起因，作者客觀地解說紅色政權早先的謊言，後來又如何違反「政教合作協議條文」上「不課寺院賦稅」的承諾，公開攻訐喇嘛教義對外蒙封建統制的罪惡，以及紅軍槍殺喇嘛的事件一再發生，終於引致五個多月的反抗。哲別等人最初逃亡，是經過「莽莽蒼蒼的草原」，作者的形容往往得自於深刻的體驗，「很肥的，五色繽紛的草莽，有時雖高出騎者的腰際，卻不能替人馬遮出一點蔭涼。」又如：

> 他們往往在十惡不赦的太陽底下，弄得人困馬乏，又往往三兩天碰不到牧羣、居民和水源。四週彷彿是一種鮮亮的青色的死海，沒有一點動物弄出的音籟，要是有，只有一種使聽覺煩躁的野兎子的尖叫聲，那叫聲，使人想到疲乏和乾渴，假如你聽出了神，由馬鞍摔下來，可能就會在自已的馬腳下酣睡了。

這絕非泛泛之筆，而是細膩的、精緻的視覺與聽覺的展現。徐文水還有詩樣的好筆墨：「他們傻勁的背着落日，把壯觀的黃昏踏盡了。」耐心的賞讀，文字之美兼融實際人生的歷鍊，令人如置身其境，自然有深刻的感受。

對於蒙古的地理環境，除了自然呈現特有的動植物，也有客觀的實景描繪，譬如：當活佛等人面臨沙漠時，作者介紹沙漠橫渡須要那些條件，必須耗費多少時光，也細寫沙漠的成分，以見深入的困難。他描繪東戈壁的屯兵所，「土黃色帳蓬上端，一角黝藍的天空，綴滿淡淡的小星，一陣緊似一陣的風想吹掉它們，它們卻固執的一閃一閃，像不肯散落在沙漠上的珠花。」這卽將掀動暴力的地點，作者是如此細緻地先引導讀者欣賞它的美景，這不是暴風雨之前的寧靜嗎？正因爲這靜態的描摹，其後卽將發動的恐怖圍殺，更能凸顯它緊張懾人的氣氛。

四、喻託深刻的凝鍊文筆

徐文水寫小說，在文筆的錘鍊上，做到了簡潔而又生動耐玩的地步。哲別攔截三個騎兵押運的補給，負傷昏死之後醒來，看到的是「駝包上伸過拉摩的臉，一朵枯了仍然開放的花朵那樣的臉」，年輕喇嘛爲宗教付出一切，他的美德與苦行，全然表現在這張臉上，一張全靠精神力量支撐，永不屈服的臉。活佛等人最初逃亡時，夜半在一處野林子停住，作者這樣描寫：「哲別抬頭望望天空，月色鬼氣的照在沙原上。這兒的風好像很得勢，銳利而殘酷的吹着濕了衣服的逃亡者，熱汗馬上變成冷汗。」把主觀的辨識，融入譬喻，別有一層深義。作者精鍊的文筆，確能兼顧外在有形的景致與內在無窮的義涵，常有揣玩不盡的餘味。少年英雄哲別停留在沙漠守候追索的敵騎，在颶風肆虐之後，衰弱不支，悲哀而又絕望，作者這樣描繪：

> 但他的手仍緊緊的握着弓背，臉孔上顯出一些希望與絕望交織的枯槁的皺紋。……像出家人圓寂的微笑，浮在石頭似的臉上。他閉着的眼睛裏，彷彿閃出了延綿在古中國邊境上的高峯，積雪的，發出珍珠的光彩的山峯。他很安慰的看到臺爾瓦爾走入這山峯底下，他苦澀的笑醒了。

哲別壯烈的胸懷，準備為宗教而犧牲，理想終於化為希望的幻影，在他體力衰竭與神志迷糊的緊要時刻，支撐着讓他完成了神聖的使命。這段文字烘托出小說人物的心緒，寫來細膩優美，悽愴動人。作者描摹這個英雄人物以弓箭對付數十個眞槍實彈的蒙共騎兵，射傷多人之後中彈成仁，「靠在駱駝不動的背腹上僵了，光亮在眼睛中消失……」他的氣勢使敵人不敢輕易靠近，直到第二天清晨才發現被愚弄了。這段文字悲壯而又凝鍊，氣氛的營造也很成功。

大審判之後，克察拜林大寺的主持喇嘛艾蘭格登由汚濁的監獄裏被押解出來，他「初次吸到這樣橫衝豎撞的，沒遭過任何阻攔的風，多麼自在的白色的風啊！……他已盤算到這是解脫痛苦的最佳捷徑，使他走上偉大的圓寂的捷徑啊！他自已感到惘然的怪異，像他這樣一個『四大皆空』的人，在紅色的制度下，也分到了政治性的流血的權利。」風的自在與人之失去自由正好互相對照，與世無爭的出家人，竟然與政治牽扯，問題癥結在那裏？這是作者無言的指斥。紅色政權對宗教與人權的迫害，是殘忍的血淋淋的，所以，紅軍高壓控制之下反抗的剩餘武力都被肅清之後，他們開慶祝會，作者說：「紅色的蒙古首都，充滿了天堂似的，血淋淋的快樂。」在這種委婉展現的曲筆之後，作者懷藏着如何悲憫沈痛的心境？當「爆竹炸去了一九三〇年陳舊而難捱的歲月」，但願藉着「寺院之戰」的披露，讀者能正視這段悲痛的歷史教訓。

原載民國七十三年六月四日大華晚報副刊

徐文水的「狼」

——兩個獵人與一匹狼的三角關係

在中國現代短篇小說中，朱西甯的「狼」曾引起熱烈的討論，頗具聲譽。那是一篇富含義蘊、結構深密的精心傑作，論者很多，不再贅述。人們也許忽略了，五〇年代自由中國數一數二的小說好手徐文水，也有一篇「狼」，收在天視出版事業有限公司出版的魏子雲編「當代中國新文學大系」小說一集中。在五〇年代，徐文水和當代一些作家一樣，爲爭取自由，避開赤色魔掌，隨同政府東渡。挫辱的慘痛記憶，使他沈痛地寫出許多反映時代的作品。當年文化鬪士張道藩先生創辦「文藝創作」，設置中華文藝創作獎，徐文水是重要的得獎人之一，「文藝創作」刊載過許多篇徐文水獲獎的作品，大多數是對抗俄共的反共小說。如「血鬪」、「東門野蠻及其夥伴們」是以東北爲背景，「寺院之戰」是以外蒙古爲背景，都是短兵厮殺、驚心動魄的「前線」創作。這篇「狼」卻是另闢蹊徑，是懷鄉式的描寫鄉土人物、蘊藏人生哲理的雋永短篇。他以東北布倫山爲場景，藉兩個狩獵的獵戶對一匹狡猾窺伺的野狼種種不同的思想與態度，探討人性某些問題，也揭示宇宙萬物生存的意義，很值得細細品味。

「狼」，共一萬五千多字，採取全知觀點，用順敍法寫成。人物只有年輕的王二交——豹子，和老獵人金噶啦——老金。那匹狼著筆有限，有時是只聞狼嗥不見狼影，卻是貫串前後情節的線索，由於兩個獵人對狼持有完全迥異的看法，暗潮衝擊，便發展出緊張的情節。狼之外，另外豹子有一隻鬈毛獵狗，兩個獵人各有一匹馬。單憑一座布倫山，加上簡單的人與動物，作者便着手鋪展他的故事，此其中，非得具備相當深邃的內涵不可；而他竟然採用了簡單的順敍法，那又得仗恃高超的技巧了。

一、殊異的個性

小說起始全用客觀的鋪描，採取電影運鏡的手法，由遠而近，先交代冬天，雪，布倫山，森林，再介紹狼。由狼的逡巡地點轉而描繪獵屋裏的兩個人物——一個年輕，一個年老，藉着對白與動作，以狼做因子，描寫兩人的反應，逐漸呈現兩個截然差異的個性。此後事件的發展，顯然都肇因於人物的個性及其對人生的觀點，從這裏，作者揭示了若干極耐人深玩的哲理。正因爲這些哲理耐人推敲，兩個人物一匹狼所構成的故事，非但不嫌單調，還能引人入勝，使讀者隨着波瀾起伏，且驚且喜。

作者最初交代人物時，不過以年齡特色約略區分。年輕人沈緬於自我炫耀的談話，老人則一心在烘烤的野味上；年輕人對於淒厲顫抖的狼嗥感到不耐煩，老人則忙着吃烤野兎，悠閒地說出他的哲學：「對於養活我們的森林，以及森林裏所有活着的東西，如果不因爲需要，還是少傷自己的神好。」像畫家在畫布上先勾勒輪廓一樣，這兩個人物的特性在第一部分中已粗具形態了。

大凡順敍法，不免有平板之弊，爲了補救這種缺失，揷敍與人物意識的深入，是最普遍採行的辦法。小說的第二部分，作者便以全知觀點補敍兩人的來歷。老金是藏人，曾爲了誤殺好人，繞行納木蓋錯湖（卽騰格里湖）兩週以贖罪愆。第十天，食物吃盡，飢腹難忍，偷羊被土著追逐，幸而被一個行腳喇嘛所救，做了腳伕，隨着經過青海、新疆、內蒙、張家口，後來就在東北落戶。由此可知，老金的深沈、豁達、寬容多半得自後天的歷鍊。因爲受喇嘛影響，雖是百發百中的獵槍名手，他從來不向自己爲必需生活以外的獵物開槍。

老金在偶然機會裏和年輕的豹子結成搭檔。豹子的驕矜，使他有空閒就要絮聒他不足三十年的閱歷。挖人參，捕貂獵熊，他都是能手；無奈「半掀張對一切輕視和嘲弄的嘴唇，使他淳樸善良的心性，因之減色。」他打獵，除非瞄準差錯，獵物很難倖免。他自負，連東北的山與獵物也是炫耀的憑藉，偏偏老金的家鄉，有着比布倫山高出五倍更爲壯麗的岡底斯山，遠比狼更爲珍貴的犀牛與麝鹿。答案出自毫不炫奇的誠實的老金的嘴巴，作者的選材，確有它本身濃厚的趣味。

二、人狼的對峙

巨狼對獵屋的窺伺，使馬匹煩躁，獵狗又恨又怕，豹子也暴躁不安。他不顧老金的勸說，逞強地冒着風雪出門，獵狗受了主人情緒的感染，「帶着失常的奮勇，直着腿，向前撲去……」獵狗沒有回來，老金強拉回豹子，豹子病了，他想念狗種種好處。作者透過豹子的意識，補充說明獵狗的奮勇可愛，其實是回溯手法的巧妙運用。獵狗曾是主人得力的幫手，對照之下，牠為豹子的意氣任性而犧牲，更顯得無謂而令人惋惜。

豹子為了復仇，深入密林，守候在狼可能隱匿的地點。人狼對峙的緊張局面把情節帶進高潮。狼的飄忽迅捷，使豹子放棄槍擊，而俟機用盡全力，以槍桿橫掃狼腿，結果猛撲之下，誤撞樹幹，昏了過去。收拾殘局的還是老金。作者以豹子恢復知覺接筆，等於是以他為主體，透過他的知覺來敍事。「槍聲從昏迷中把他抓了回來」，老金槍殺狼的理由很單純：「牠死了，當牠想作暴戾掠奪的時候。」豹子強烈地感到挫敗的羞辱感，勝敗得失之心咬嚙着他。「為什麼你不說狼是為勝而死，而我卻因敗……」老金的鍊達，使他能圓滿輕快地結束尷尬場面，留下迴盪不已的餘味：

「咄！這是一個驕傲自恃的青年人說的話呀？」老金打斷對方的話，高興的哈哈大笑：

「這頭狼不過給你一點小小的教訓吧了，幹嘛因爲這——就老氣橫秋了呢？……」

小說這樣的結筆，可說相當委婉含蓄，相當成功的。它如詩樣的弦外之音卻是頗耐推敲：大自然的秩序，原來自有它不可見的偉大運轉力量，狼飾演的角色，狡猾的窺伺，靈巧的反應，凶暴的攻擊，原也是它呈現生命的自然形象。如果狼懂得避開老金的槍口，牠仍然有活命的機會。老金瞭解狼，也嘗試勸說過豹子，不去理會狼的淒厲的長嗥，豹子卻因爲成見，直覺狼嗥帶有挑釁的意味。假如他能平和地不去招惹深藏密林裏的狼，狼縱然窺伺獵屋，並不妨害獵人；豹子進入密林「尋仇」，狼雖蓄勢待發，也並未採取主動攻擊。依照老金的哲學，狼是可以順其自然活動下去的。如今由於豹子生命受到威脅的緣故，狼成了老金槍下的犧牲品，狼之不如人親，不如人尊貴，不如豹子在老金心目中的份量，自是不容置疑的，牠之必須死於森林之民——老金的槍下，也是毫無疑議的。然而，以「衆生平等」「萬物與我齊一」的大境界來說，狼何其不幸，成了豹子內心魔障——成見的犧牲品；猶如獵狗是死於盲目崇拜主人，死於一種失常的奮勇，是爲了豹子的逞強的個性而犧牲的。我們覺得可貴的，是作者不輕落言詮，這些生命的多方面意義，只有賴讀者自己去披尋，小說也因此具有深刻的內涵，經得住反覆展讀。

三、對比的手法

自古紅顏美少年，是令人豔羨的對象，豹子的年輕與多方面的才幹，理該有他吸引讀者的強大魅力，但是年輕人的剛猛銳進，若是表現在意氣逞強上，便只見其膚淺幼稚，而不覺其盛壯之美。在徐文水的筆下，豹子雖是小說主體，有許多觀點全透過這個角色披露，但明顯地，老金是深沈的、動人的英雄人物，而豹子卻被塑造成淺薄的小丑。原因即在於豹子的個性，好勇鬪狠，逞強爭勝，而又不自知，不謙誠。在外型上，作者也有意運用對比的手法，寫出老金的圓熟與豹子的稚拙。「老金騎馬的姿勢非常英武，雖然老了，深色的面孔，寬寬的肩背，和大的臀部，配着拖在馬肋上的名叫『翁得』的毡靴，顯得特別和諧。」他是本領高強，不貪求，卻必有斬獲的快活獵人。相對的，「豹子體軀雖然高大，坐在馬背上卻顯得侷促，騎馬除了趕路程之外，對他的逐獵，並無幫助。」他倚賴獵狗慣了，因而獵狗被狼撕噬之後，他驟然失措，獵物非常少。豹子的年輕剛猛，照一般情形，比老金的皺紋密佈、焦茶色蒼老面龐，應該要動人得多。作者最初介紹人物，也的確讓讀者客觀地先看到老金外在的形象，那是粗獷的，老「醜」的，文筆細膩不待話說，「他的臉因爲浮上了笑，皺紋像一些蜘蛛網，蓬蓬的腮鬚，埋沒了整個臉的下半部，只有從赭色嘴唇齜出的牙是白的。至於皮膚，山猫皮的帽子，和穿着的老羊皮襖，全是銹鐵色。現在，就在這閃爍的火光下，那個大而扁的蒼老面形塗着火焰的焦茶色，像擦火柴似的，閃爍地亮着。」他吃烤兎，「饕餮的用手揩了揩嘴角，連鬍子也不擰」，對於年輕人的吹噓，「厭煩得鬍子都垂直了。」但是這個人物，隨着作者逐步呈現，予人感受是愈覺其可親可敬，也更覺到他樸實之美。以致他那兩度救回豹子的粗大的手，不論是抓着豹子的領口，攢了拳頭拉他，抑或是托在昏沈沈的像要裂開的頭顱下面，都使人覺得厚實可愛，這是因爲人物本身內在的美德煥發於外，徐文水描寫人物可說內外兼顧，圓融剔透的了。人物刻畫的成功，使徐文水這篇「狼」更具玩賞的價值。

原載民國七十三年六月七日大華晚報副刊

林海音的「燭」

——爲夫納妾的悲情

林海音曾經在「婚姻的故事」❶裏，提到十幾個眞實的婚姻事例，其中一位傅姓同學母親的故事特別令人感動，她把它略加潤飾，虛構了部分情節，嘗試經由心理描繪加深人物的刻畫，增強小說的悲愴之感，這就是「燭」。「燭」，共八千字，收入黎明文化事業公司六十四年元月初版的「林海音自選集」。它不僅是一則婚姻的故事，由一樁婚姻的複雜義蘊，我們可以了解晚清、民初的社會風氣，以及不幸的婚姻所潛存、引發的倫理道德問題；而藉由作者的增飾經營，也可以約略窺見小說素材組鍊爲完整藝術精品的門徑。

❶「婚姻的故事」，民國五十二年文星書店、愛眉出版社出版；七十年三月純文學出版社初版。

林海音生於民國七年，她的上一代是晚清出生的人物。當代的社會風習，允許男人家蓄妾。婦人基於子嗣或丈夫情愛轉移的因素，主動為丈夫納妾，不論她是否出於眞情實意，一概會贏得讚美，稱之為賢德、有度量、明事理。至於她內心有些什麼深淺感受，是否因此受到某種程度的傷害，權益可曾因此受損，她快樂嗎？幸福嗎？很少有人去探尋。「燭」正是在這方面傳達深切關懷的作品。

一、容讓與妬恨

「燭」中的老婦，年輕時是韓太太——「太太」一詞，晚淸是官家身分的婦人專用名詞，此刻近七十歲了，她在牀上躺了三十多年，兒子季康、媳婦美珍、孫子鑫鑫對她都不太在意，為吸引兒孫到床邊來，她便喊「我暈，我暈哪！」媳婦看破她的目的，把她當消遣品，說笑話給朋友們聽。當兒子、孫子都不在家的時候，她便點了小蠟燭，在燭光搖曳中回想陳年的人物。印象最深、最刺痛心靈的是秋姑娘，一個乖巧沈默的守墳人的女兒。在她生季康坐月子的時候，秋姑娘第三度來韓家照顧孩子，「竟偸偸的走進了她的丈夫的生活裏，並且佔據了她的位子。」她做得很漂亮，符合當時她那種出身的大家小姐風度，人人都知道韓家大太太疼姨奶奶，秋姑娘也實在沒話說，卑屈盡意，伺候她無微不至。但奪情之恨她不能坦然，歸根究底，秋姑娘來得太早，而且不是完全出於她的選擇。夜晚聽著秋姑娘「在他的房裏吟吟的笑」，想到那笑聲，卽令三十多年後，燭油燙手，她都不覺得疼。

我們領略到作者傳達了弦外之音，妬嫉！妬嫉與容讓，一裏一表，矛盾衝突，煎熬苦撐，中夜徬徨，她形同棄婦了。丈夫啓福無論多晚，總守候著秋姑娘回房，那份耐心與繫念，證明秋姑娘儘管在她面前卑屈，主動承攬針線，不等她「催促」，便一直坐在床邊陪侍；事實上，秋姑娘已經攫走了她的丈夫，她的幸福。她不像「金鯉魚的百襇裙」❷中的許太太，生了五個女兒之後，在老太太爲許老爺置妾的考慮中，主動安排了金鯉魚。金鯉魚由她一手養大，而今爲她生了個兒子，她便瀟洒地把老爺歸了金鯉魚，反正兒子叫她娘，她的名位無損。

「燭」中的韓太太卻沒有充裕的心理準備，她有四個兒子，而且還年輕，她無意要秋姑娘和她共侍一夫，她大方地接納，不過是顧全大體的寬容大量。秋姑娘「撞進來」，雖是爲她做了一切能做的事，她並不感懷，她「恨」，那是妬意啊！理由簡單得很，她受到傷害了。表面上，她擁有名分；實質上，她喪失了原有妻子的權益。她有大家閨秀的矜持，「自此不肯到他的房間去」，她「恨死了秋姑娘在她面前的溫順！恨死了啓福和秋姑娘從來不在她房裏同時出現！恨死

❷林海音另一篇討論姨太太身分名位權益問題的小說，收入齊邦媛編，書評書目出版社出版的「中國現代文學選集」中，六十七年一月三版。

了他們倆從沒留下任何能被人做為口實的舉動！」為此，她經常一夜都不能睡。她的痛苦，不僅是精神上的大潰敗，而且是在於人前人後的表象：啓福的尊重與秋姑娘的卑屈，人們都認為她夠高貴威嚴了，或者說夠幸福了。作者藉老婦的內在意識，披露了大婦為夫納妾的矛盾心理，委婉含蓄，頗見功力。

她的心靈負荷，使她心灰意懶，腿的情況不大好，白天推說頭暈、腿痛，總倚賴在床上。第一回喊「我暈」而昏倒的一段，作者寫來婉轉有致。她醒來時，靠在丈夫的懷裏，想到「很久以來，他都沒有在她的床邊坐一坐了，」大約情愛的渴盼，這麼一靠，竟有久旱逢甘霖的感慨，「她長長的呻吟嘆了一口氣，淚就下來了。」衆人只勸她放心養病，家事都有秋姑娘；又勸丈夫把她放下來，免得「她胸口更窩得難受。」她何嘗有病？枕頭「涼兮兮的」。心中何止是「涼」，寒到了底，她孤寂，她的苦楚是不可能有人理解的了。於是，「她更不肯起來了。」她儘量找機會「詐」秋姑娘著急，讓她發慌地去找來丈夫。

無奈，大勢已去，再怎麼樣，即使是摔倒在地，她只能在啓福扶她、抱她的時候，「兩臂緊緊摟著啓福」，終究，安頓好她之後，啓福與秋姑娘還是雙雙回房去了。「燭」中這樣寫著：

「她覺得胸口裏脹氣，像仲康他們玩的吹鼓了的汽（氣）球，快炸破了。捻滅了燈，在無邊黑暗中，捶打著自己的胸口，抓撕著衣襟，『我暈，我暈，』她輕輕的叫著，嚶嚶的哭了。她不敢放大了聲音，唯有這一回，她不是喊給別人聽的。」

有感於自己只是個「名存實亡」的太太，強度的悲傷吞噬著「棄婦」的心靈，深沈的痛苦，在最尖銳的時刻，是無法希望求取別人同情的，更何況，她的妒火中焚一直是潛藏內心的秘密呵！這段文字的「沈寂」與後文女角彌留時的「靜默」遙相呼應，都是眞實面的呈現，再不是虛矯或愚弄。

二、壓抑與折磨

民國二十五年，天津大公報副刊「文藝」刊載了女作家凌叔華的「一件喜事」❸，以女童鳳兒的見事觀點，描寫六姨娘進門的當天，五姨姨的種種反應。她穿得很美，「臉相可沒有平日可愛，狠狠的閉著嘴」，顯然她不高興，聽說她昨日哭了一天，在花廳又不肯給爸爸研墨，夜裏留下鳳兒，經不住好奇的發問，她告訴鳳兒：「我只想死。」五姨娘是得寵的姬人，新姨娘進門，

❸收入「古歌集」，在英國出版。民國七十二年三月十二日聯副曾加以轉載，收入「凌叔華小說集」，洪範書店七十三年十一月初版。

此後自己身分降低，日子不好過，她的悲苦，不言而喻。但是她表現出來了。那種即將受忽視、冷落的預感，惶恐與憂慮，因爲不便發作，形成了鬱悶。不過，鬱悶既經適度宣洩，悲苦雖深，有望逐漸減輕，情緒能趨於平穩。「燭」的女角，外表寬讓大方，卻常陷入「難以忍受的酸楚和憤恨交織的情緒」，不斷地克制壓抑，變成長時期的斲傷。出於自暴自棄，也爲了折磨秋姑娘，她賴在床上，久而久之，竟成了眞正的癱子！賢德夫人難爲，代價可眞夠大呀！

在「婚姻的故事」裏，林海音敍及婆婆——夏家老太太對姨娘的醋溜勁兒，極爲生動傳神：夏老太太對姨太太沒有正式的稱呼，對兒子、媳婦們談到她，「總是那樣不屑的、調皮的翹了她的小指頭說：『喏！這個人！』」老先生找她要吃的，她會奚落一下：「我也沒什麼吃的了。」「這才叫三個和尚沒水吃哪！」等大媳婦忙著要做的時候，她可又端出了她的私菜。中秋節分月餅，怎麼分也不得她的意，最後才摸清團圓餅「應當爹和娘合吃一塊，單給姨娘一塊。」把老先生請過來，張媽「在婆婆的那塊餅上切了一點給公公嘗嘗，合吃一塊的意思就算達到了……夠多麼的阿Q呀！」❹在老太太的觀念上，爭的原就是這麼一點點「精神的勝利」❺。她畢竟是一家主婦，名分上勝了一著。可憐「燭」中的女角，並沒有夏家老太太的處世幽默，沒有顯豁

❹ 頁二七、二八、四六。

❺ 「阿Q正傳」有所謂「精神勝利法」。

的個性，儘管擁有虛名，卻吃了暗虧。她的矜持與寬容，贏得丈夫的尊重，姨太太的服侍；在精神的王國，竟是滿盤皆輸，輸掉健康，輸掉丈夫，輸掉幸福，在兒孫面前，甚至還輸掉了尊嚴。

小說裏的啓福，大體上對太太是敬重呵護的，心靈上的距離卻是極爲遙遠。他沒能意會到她的眷戀之情，也疏忽了對待太太的一些義務。他看中秋姑娘在先，刺傷了太太專一的情感，與秋姑娘深情燕好，更刺激太太孤寂、淒苦的感慨。這樣的男人，在當代風習之中，沒有什麼罪過，大約也不致內省自咎的了。甚而，他能始終尊重太太，便足夠顯現他盡了夫妻之義。至於秋姑娘的卑屈婉順，純粹是上一代鄉間貧寒女子認命認分的造型。她幸福地得到老爺的愛，雖苦而樂，老爺的愛情，正是她晚睡早起，照顧孩子，操持家務，毫無怨尤的精神支柱。作者不曾深入刻畫兩人的心理，但跡象顯示：兩人始終對太太敬重有加，大異於兒媳孫子的不耐與煩厭，也許兩人內心對她充滿了感激，或者還帶有些許的歉咎。

由啓福和秋姑娘對待韓太太的態度，正好可以提出負面的質疑：韓太太的悲劇，是否泰半肇因於個性上的過分固執？她應該擔負大半的責任？因爲她既不能逃避當代環境與社會傳統，接納了秋姑娘，在彼此調適中，她很可以過著不挺完美，也還不算太差的日子，啓福生病時，她多麼想移步過去他的房間探望；他嘔氣時，她聽到對面房裏揚起了哭聲，又悔又恨，眞是何必當初呢？

三、喊暈只為召喚

小說中老婦人的蚊帳長時間沒有換洗，變成了黑炭的顏色。在葉聖陶的「孤獨」❻裏，我們見到那孤寂的老頭有著不潔的牀被與臥房，因爲他年老衰病，沒有子女，讀者們承受這個事實，並且泛生同情之心。「燭」中的老婦人住在兒子家裏，常年的臥病，也使兒子媳婦厭煩了。她的床帳竟然也是那麼可怖的髒汚，足見兒媳對她的忽視，她的淒苦實不亞於「孤獨」中無兒無女的老頭。

「奶奶又在喊頭暈了：『我暈——，我暈哪！』」這樣的起筆，確是令人驚惶悸動，而鑫鑫向小朋友解釋說：「她喊了幾十年了。」媳婦美珍對朋友們講笑話似的說明，老婦人喊頭暈，不過是向兒孫撒賴。她的頭暈是有時候的，兒子下班，孩子下課，她便喊暈。媳婦甚而當著她的面說，老婦人聽到了，只是面朝裏不加反應。她的容忍，顯見多少倚賴兒媳生活的無奈。作者藉老婦的內心獨白交代了她的看法：她很高興有了孫子，「希望鑫鑫也常常到她床前來玩玩，如果鑫

---

❻「孤獨」寫於民國十二年一月二十八日，原載「綫下」，商務版。收入郁達夫編「中國新文藝大系小說三集」，六十六年六月二十日大漢出版社出版。

鑫不來，她爲什麼不可以喊頭暈呢！」如此看來，她喊暈已成了一種召喚的方式了。

兒媳們認爲：她刻意找機會吸引他們到床邊來，是一種「折磨」，美珍覺得季康比幾個哥哥更能忍受母親的折磨，而那也只有「有時安慰安慰她，餵她喝兩口湯，床邊兒坐一會兒什麼的。」她讚美這樣是「夠孝順的」，「不愧爲大家出身」。其實人是否能盡孝道，不見得大家出身就遠較貧賤人家表現優良。因爲久病癱瘓，人子的孝道便因此淪喪，這是常見的悲劇。季康要等傳喚——喊暈，才克制「被喊得煩，不理她」的作法，「有時」去聊盡心意，如果這樣就稱之爲「孝」，美珍是太寬諒自已，也太吹捧丈夫了。

照小說的陳述，奶奶喊暈是有時候的，若僅僅是孫子放學，兒子下班希求他們過床邊來，依照晨昏定省的家庭儀節，兒孫出門，回家去道別、報到，其實也不算苛求。筆者以爲：情節安排上，不妨再求繁複。依照原素材，女兒帶了同學到家裏，便去看她；女兒和同學要上街去，她也喊暈。也許可以加強「愛熱鬧」、「巴望有人成天守著」等類似的想像，使她不甘寂寞的喊暈，構成令人不得不厭煩的意象。有些癱瘓病人在床上待久了，一有親友來，便拉住不放，絮絮叨叨談些自已的病苦，即使再清醒的病人，說到末了，也不免帶有怨懟子孫照護欠周的意味，這樣的情況，也足以引致兒媳的不滿。「燭」中兒媳不敬的因素，如能費心求其深化，「無可奈何」的感受，反而更能收到悲劇撼人的效果。

老婦人眞的病了，頭暈噁心，苦在心裏，她反而「不肯叫喊」了。和年輕時那次深夜目送啓福與秋姑娘雙雙回房的深切悲痛一樣，她自己承受下來。作者暗示：老婦人是個極有定見的人，她對自己的堅持，往往出乎常情，令人捉摸不透。細細推想，倒也不難理解：喊暈既只是個呼喚的方式，清醒的時候，樂於把兒孫「喚」到床邊來；如今眞的不自在了，沒有意與，何必麻煩他們呢？季康雖然不「重視」母親的喊暈，畢竟是關懷，發現異常，主動去探望，老婦已進入彌留狀態。人子的天性引發季康一陣懺悔，由他的記憶，對老婦癱瘓的背景再做掃描，白天癱瘓，夜裏起來爲兒子蓋被的形象，與前文老婦的憶想呼應，在補充情節上，有再度提撕震盪的作用。

四、細節上的推敲

「燭」的結構，採取倒敍法，以CADBE的次序進行。起始「我暈——我暈哪」震人心魂的呼喊，是引人入勝的妙筆。「不在意」的鑫鑫「無可奈何」地給奶奶拿來小蠟燭，她點亮了，讀者看到床頭油汚的一角和年輕時「一定有著幾分姿色」的禿了頭、皮膚很白的老婦。作者以全知觀點交代她「不生不死」的情況，以及兒子、媳婦的態度。更換場景與時序，是以老婦在燭影中回溯三十年前「韓家大太太」時代的內在意識來鋪陳，讀者們了解到一般三角戀愛的悲劇。她尊嚴、高貴、大方、寬容，也心灰意懶，一敗塗地，失去健康，徒留悵恨。回到現實的思緒，是老婦固執毫不悔悟，喊暈卽是召喚，有何不妥？情況緊急突變，是她眞的不舒服了，反而靜寂無聲地進入彌留狀態。兒子季康的一段回溯，點明了她確曾以自己的健康做賭注，純粹為了「折磨」丈夫和小妾。最後，媳婦請來了醫生，卻只有搖頭的分了。鑫鑫對爸爸說：

「爸，我知道奶奶得的是什麼病，是不是小兒痳痺症？」

小說至此戛然而止，眞是神來之筆。幼兒的天眞想法，是可以引人遠離人間的悲苦，那些陳年的愁怨，就隨著死者埋葬了吧！

「燭」為讀者「照亮」老婦蝸居的角落，引領讀者追溯主角的過去，更在三十多年癱瘓的歲月裏，為她照明，陪她回憶，而彌留時，「一根新燭放在小几上，但她已不需要光亮。」「燭」的意象前後串接，至此綰合，結構堪稱完美，「她已不需要光亮」具有豐富的義涵。燭光帶給她的，包含了光亮與溫暖，髒汚黑暗的一隅須要光亮，她孤寂冷漠的心靈須要溫暖。向來兒媳所遺忽的，即使此刻有所頓悟而冀求彌補，她已靜靜離去了，此後不知愁苦，無所謂黑暗。眞正須要光亮引領的，或者竟是兒媳孫子了。

「燭」的素材是眞實的故事❼，從傅家伯母常面向裏把玩燒軟的燭油所留下的深刻印象，作

❼見林海音「婚姻的故事」頁三十一迄頁四十。

者憑藉想像經驗，嘗試探索自古以來寃屈的大婦心理，是這篇小說成功的地方。素材中的蘭娘，黑黑瘦瘦，看來苦命相，遠不如傅母標緻，「女無美惡，居宮見妬」❽，小說中的秋姑娘如果也具這種特色，想必可更加深女主角的委屈不甘，憑添莫可如何的慨嘆。其次，傅母好客的情形，在小說中刪除了，其實若是運用得當，也可以烘襯她的寂寞之深，由此牽引而出的，連帶使得兒孫不耐煩，對情節的鋪展很有發揮的餘地。眞實故事裏的大婦，死在姨太太之前，小說把秋姑娘處理爲先一步「睡進韓家的祖墳裏」，早隨丈夫而去，似乎又成爲她妬恨的理由之一，構意上調配得相當淒美。不過，她的癱瘓由十幾年一變而爲幾十年，其間兒子們成長、成家、遷出，秋姑娘留下的空白，是否適宜輕輕一筆帶過？其間她的心境難道就始終毫無改變？這些都是值得推敲的問題。

林海音在「城南舊事」❾裏，敍述觀點運用得非常圓熟，「燭」中卻有些凌亂。起段「奶奶」、「鑫鑫」、「鑫鑫的媽媽美珍」，好像以小孩「鑫鑫」爲主體，後文又用「少奶奶美珍」，提到老婦的兒子季康，又直接稱「季康」。細細比較，稱謂上實有統一的必要。這篇小說，通體

---

❽ 見史記扁鵲倉公列傳。

❾ 「城南舊事」四十九年光啓出版社，五十八年純文學出版社出版。七十二年六月重排，由純文學出版社、爾雅出版社共同印行。

說來，是採取第三人稱觀點，包涵一部分老婦人的意識，一小部分季康的回憶，可說是第三人稱有限全知觀點，不妨把稱謂劃一，用普遍性的稱謂，「奶奶」是鑫鑫專用的，除非文章用鑫鑫的觀點，否則並不適宜用做普遍性的通稱，「燭」這篇小說卻用做老婦的泛稱。

在情節的處理上，美珍向朋友們解說「奶奶頭暈是有時候的」，帶有濃厚的評論意味，另外附加作者全知性的交代季康、美珍、鑫鑫對待老婦的態度。雖然語調上是以全知的客觀強調，來補充印證美珍主觀的解說，但一個接一個令人駭異的結論仍使讀者難以承受。倘若能如後半老婦憶述的部分，以客觀具體的呈現代替主觀的敍述，是否會有意外的效果呢？

作者的悲憫襟懷，常可以由小說中顯現出來，在「五鳳連心記」⑩裏，即使是個騙子，林海音記述他詐騙過程之餘，仍感激著他曾給予一家人希望與安慰，而認定是個令人懷念的不可磨滅的人物。在「我們看海去」⑪裏，對於成人眼中不屑一顧的竊賊，透過女童英子（林海音幼年的投影）的觀點，作者向人間展示了同一個人物所表現的永恆偉大的長兄之愛。林海音的恕道，流露對人性的肯定與無盡的期望，那麼在季康夫婦與鑫鑫對老婦的情義上，爲何不能藉著較爲繁複的情節，來烘襯其間的無奈，而要直捷而粗糙地顯露爲人子媳孫兒平泛的不耐煩呢？

原載民國七十四年十一月一日大華晚報副刊

⑩ 寫於五十年六月，收入「婚姻的故事」，詳⑪；收入「林海音自選集」，黎明出版事業公司六十四年元月初版。

⑪ 收入「城南舊事」，詳⑨。

第三輯

朱西甯的「貓」

——親情的刼難

朱西甯的「貓」❶，長達卅四萬四千餘字，運用特殊的結構與技巧，表達了作者對青少年問題至深的關注。親子之情與生俱來，不學而能，科技文明的進展與父母之愛毫不相干，卽令動物界，也洋溢著原始而偉大的親子之情。然而世間卻有許多爲人父母的自以爲是，愛子女不得要領，妄想以物質替代關愛，以專橫箝制兒女，不但摧毀了親子之間的和諧關係，而且形成劍拔弩張的暴戾之氣。且看小說家朱西甯如何煞費巧心地布局，展現一些既平凡又令人觸目驚心的景象；又如何滿懷虔敬，提示多少坦蕩、寬愛、尊重與關切的敎養原則。

❶ 五十五年皇冠雜誌社印行。

一、密合無間的三重奏

民國五十八年，朱西甯接受蘇玄玄的訪問，談及「貓」醞釀了十多年，最初只想寫成短篇，後來題材不斷滋長，才發展爲長篇❷。足見「貓」的結構確是決定於內容的需要。它分三大部分：老紅牆、鎖鍊、龍族組曲，故事結尾的落點都一樣，情節的推展自成單元，卻彼此或疏或密，互相補足。書中以十五歲的海陵少女蔡麗麗與母親之間的隔閡、衝突爲主線。毗鄰蔡家西邊的老紅牆，是住違章建築打煤球的滕家，東邊是花木繁茂，貓狗鎖在樹上豢養的藍大夫家。清苦的滕家顯然是歡樂較多的一家，蔡、藍兩家各有不同的青少年問題。書中前後出現四隻貓：蹲在老紅牆上的黑鼻子貓，滕金海贈送的狐狸，藍家被鎖鍊絞死的小虎，藍德傑送給麗麗的「阿凱咕」。麗麗的父親在鄉間打游擊，母親回上海的娘家「享樂」。父親被殺害時，留給麗麗強烈的刺激，她怕血，怕類似脖上圓口刀痕的男人鈕扣。由於敬愛、懷念父親，相對地不肯寬諒母親，加上蔡母的觀念與敎育方法偏差，麗麗成了「壞脾氣的泥鰍」，以違拗、觸怒母親爲能事，甚至假裝見到亡父的靈魂，假裝昏厥、生病。小說由「那是懾人的、要命的一聲狂叫」開始，情節逐步推

---

❷ 見五十八年九月「幼獅文藝」一八九期：作家專訪「朱西甯——一個精誠的文學開墾者」。

展，第一部份末了，尖叫仍然保留了神秘的空白，第二部分末了只點明它與阿凱咕做了母親有關，直到書末，才由藍德傑上樓揭露了謎底：原來美麗風華，高品質的阿凱咕竟然呑噬了自己剛生下來的骨肉，在麗麗床上留一灘血，還有一顆顆小頭顱。作者精心擘畫，這種懸疑的筆法，對讀者是一大考驗，必須綜合三大部分的敍說，比較其中的繁簡詳略，才能揣探出作者的命意。

麗麗第一次在外住夜，「老紅牆」寫蔡母報警，麗麗搶白譏諷；蔡母趁她洗澡時，把所有內衣褲收藏起來，鎖了所有的橱子，帶走鑰匙。麗麗翻牆出去，穿著唯一的洋裝，鬼混了三天，被滕金海等人救回來，發現母親竟然沒有回家。有關帳篷的事只透過麗麗一知半解的領略來呈現。在「鎖鍊」裏，交代了麗麗外宿的因由，是寂寞，找不到平日鬼混的阿飛們，也找不到熟絡的藍德英，便主動和藍德傑搭訕，陪著送同學，跟著去姐姐家，她得到尊重與關懷，感受到那私奔的藍家大小姐——德美「眞是陽光」，那「十字架、畫架和書架」給她強烈的撞擊，她急於要和母親交換一些「豐富的什麼」，而母親卻……。又詳細交代河邊帳篷的胡亂情形，太保太妹們的家庭背景。「龍族組曲」裏，作者補足了麗麗在藍德美家中的詳情。畫家先生與詩人太太以及德傑如何關懷，如何啓引，協助她掙脫潛意識裏的恐懼，然後再重複描寫回家前後的興奮、失望、憤怒與報復。從三段敍述筆法，作者有意透露一些道理：原來是很正常、很坦蕩，甚至很珍貴、很有意義的交誼，第一部分純粹是遷就蔡母心理展開鋪述，以爲是很大的罪過或沈淪，她的不信任，引起麗麗的反感，她專橫的禁錮，引起麗麗的報復。第二部分提出麗麗在外住夜的根本因由，是由於母親的忽視而過分寂寞，而優等生德傑與同學們對她又具有強大吸引力，畫家的家庭提升了麗麗沈濳的靈性。第三部分重點在於誠懇的關愛尊重，深深使麗麗由心靈深處感激，麗麗獲得重視與肯定，足以把她由泥淖中提升上來，明言麗麗的一切病態該由蔡母負責。單就這一事件的三段組織技巧，便可見作者因應主題而採取的重疊架構，實際是具有疏密貼合的妙用，林柏燕稱之爲「三重奏」❸，確實是貼切的譬喻。

二、父母的錯愛

親子關係的衝突，不發生在打煠球的窮苦滕家，他們瓦棚之下的快樂雖很粗俗，卻很實在。

麗麗的母親一意要把孩子調教成個淑女。麗麗照著蹲坐在老紅牆的黑鼻子貓揑塑泥像，摟著又髒又醜的狐狸，在母親驚惶的神色裏獲得了滿足，母親只關心錢哪！但母親決意把狐狸丟掉，把麗麗的房間騰到東間，把老紅牆上沒搭上瓦棚的一段加高，揷上玻璃。爲了讓麗麗不再去滕家，她拿大把鈔票託人用鈕扣嚇阻女兒；女兒在外住夜，她報警並且鎖了一切能鎖的，自已卻在外逗留，對女兒不聞不問。這樣的母親與記憶中充滿溫愛、打著商量口氣的父親截然不同；與麗

❸ 見林柏燕「評介朱西甯的貓」，幼獅文藝一八七期，五十八年七月。

麗期盼的有情感的、「流淚的」母親距離多麼遙遠？

蔡家東鄰藍大夫在三兒子德英心理是頑固寡情的「老頭」，對於犯錯的兒子，他捆綁起來，用皮鞭抽打。德英是父親被徵調去南洋的那幾年，被母親溺愛壞了，小小年紀便惡作劇兼缺德。在戰後歸來的父親眼裏，他就像一棵幾乎從根壞了的小樹，他要用管貓狗的方式來約束他。孩子跟隨一個軍官去軍營看晚會，居然就一宿不回來；母親教他編謊，替他說情，都不能挽救他，他挨打了。他痛恨所有的人，除了自己和自己的過失。這外加的暴力直讓孩子覺得野蠻而不能領略責之切實緣起於深愛。藍家的許多大小瑣細的家規，藍大夫的精確、勤勞、效率、刻板、德英的習氣偏偏都犯了沖。書包裏搜出香煙捲，他再度被綁在廊柱上鞭打，一個高級中學的學生呢！可是他並沒有矯正「缺點」，他翻牆躲到蔡家院子抽煙。他不願受箝制，結交一羣厭棄家庭的太保太妹，把補習費花掉了；他迫切需要破壞，翻牆時故意繃斷一些牽牽絆絆的長春藤，經過三妹書桌時，順手拐掉滾到桌邊兒的派克鋼筆，為一件極細微的小事，毆打自己疼愛的妹妹：只為了那些都是老頭所喜歡的。

藍家的母教和蔡家一樣的失敗，都出身富家，畢業於花嫁學校的母親，除了溺愛害壞藍德英，還調教出了個問題女兒——藍德美。孩子幼年由外婆撫養，對母親分外生疏，母親憎恨她的「見外」，也受傳統重男輕女的觀念所左右。女兒承擔兄弟們的過錯，十歲時住女傭房裏，操做着女傭的事務。天旱時節，規定女兒每天從家裏的水井給鎮民代表府上挑五擔食水，都十七、八歲的大姑娘了，惹來兩個哥哥的嘲笑。這些情況顯見藍母待女兒是沒有必要的過分卑視了。幸而父親了解她，從書包裏，父親藉由週記與信件，知道女兒的需要，以一家之主的立場，也能適時地贊助她去參加演唱會、球賽、旅行等等校外活動。不過，與畫家的戀愛，德美卻不敢期盼父親能夠同意，只是和四弟德傑談論而已。爲了婚事，德傑替姐姐請願無效，她只好私下離家，做個不租禮服的快樂新娘了。她沒有親情與愛情的衝突，反而是拋棄了不愉快的少女生涯，過起稱心如意的少婦生活來了。

從小不勞父母操勞的優等生藍德傑，爲了姐姐的出走，終於違拗地向父親抗議：「爸爸要講理。」甚而衝出大門，一邊叫著：「不怕你藍宗黃！」藍家子女是打死了也不作與挪動的，何況連名帶姓地衝著父親叫喊？又是出自於一向最乖巧最靈慧的好兒子？小虎被鎖鍊絞死以後，德傑說：「把小豹送人吧！」聲音裏帶着委婉的抗議。阿凱咕生下來，他私自作主送給麗麗，爲的是要避免噩運重演。他可以保送醫學院讀醫科，萬人矚目的熱門科系，又可以了遂父母的心願；可是他卻有份熱狂，想讀自己喜歡的藥學系。

上蒼保佑，藍大夫畢竟是有愛心，也有智慧的人，他拴了貓狗飼養，可純粹是愛牠們，甚至比兒女還親；他不准妻子養鷄鴨，爲的是牠們沒有特出的靈性而圖利之念也不是他所能容忍的。藍大夫眞是愛兒女，卽使鞭打德英，也是希冀他改過更新，當德英在山上守護樹林有良好的表現，他破例賞了一隻手錶！德美與德傑由於思想上早與父親有所溝通，德傑的違拗還帶理直氣壯的抗辯，藍大夫基於父愛，他修正自己，放下嚴厲的冷峻，接納了女兒女婿，還要帶他們回老家，介紹給那些比自己還頑固不通人情的親戚。德傑照自己的意願選讀科系（雖然作者強調了天主的指引，德傑的靈修），小豹雖沒送人，阿凱咕卻留在蔡家了。

藍大夫與兒女溝通，並適時調整自己的觀念，使德美與德傑有圓滿的人格發展；至於德英，由於是自我放逐的孽子之情，任性地憎恨與怨懟，一直沒有讓藍大夫探索到另一套教育德英的辦法。除了怪藍母的縱容，藍大夫專橫與暴虐的手腕也是致命傷。就德英而言，藍大夫還是一個不會給兒女治病的醫生，多缺憾哪！

至於藍德英結交的那夥太保太妹，沒一個不是擁有值得批評訾議的敗德的父或母，他們是否有獲救的機會呢？

三、孩子的可塑性

「老紅牆」有一段颱風景況：急風掀起滕家的屋頂，蒼白細瘦的麗麗在暴風雨中勇猛救人，她把滕家大小請到家裏來避難；她從洪潦裏救起那隻蹲老多少黃昏的黑鼻子貓。躺在牀上發高燒了，還愛嬌地細心地叮嚀着母親：「找點乾衣服給他們換好不好？」安排他們睡覺吧！把點心給那兩個好饞的小孩子吧（一一一頁）！麗麗長久都沒有過這麼嬌憨，這麼快樂！然而那養尊處優，近乎潔癖的母親，實在容納不下那又窮又髒的老小，直覺著「補釘打在領口上，刺鬧到臉上來了。」（一二二頁）這裏一則呈現麗麗的善良，一則顯示蔡母與麗麗之間處世態度的基本衝突。麗麗這回絕不是嘔氣，她自然地表露向來少有的嬌憨，對媽媽那麼好，好得讓蔡母不安，這原是人間親子相處的正常狀態，只可惜蔡母竟然看做反常，沒能自己多作檢討，有所改變。

麗麗的刁蠻在藍大夫、藍德傑、藍德美與畫家夫婿之前都消匿無蹤，理由就在於她面對的是眞誠的關懷與尊重，尤其是德傑的坦蕩磊落，「不光是阻擋她的擁抱，而是阻擋她所有的那些嬌情、胡鬧、任性和胡言亂語。」（三八五頁）拿這種情況與對待蔡母的細節相較，親情未能適度發揮，甚而招致不滿與意氣性反抗，便很令人警惕了。

藍德英沒考取大學，補習班寒假期間，藍大夫略帶責罰意味地讓他上山照顧林木。他倒似乎樂得遠離家人，意想不到的，德英刻苦賣力，贏得工人一致讚譽。在他本人原只希望不受箝制，父親稍稍柔和的顏色，會使他軟弱，而強烈地期望與父親謀求諒解。這時候，他自己釘拖板，父親點頭鼓勵，並在背後誇讚，曾引起他的激動，過年給他藍家兒女們前所未得的獎品——一支手錶，他雖然有些感慨莫名，卻眞是湧出了熱淚，他剃了光頭，似是剃去了過去的違拗。這段記敍，顯見藍德英與父親之間的衝突並非不可化解，藍大夫眞心愛著兒子，德英也並非完全腐化無救。但是，爲了帶麗麗上山被藍大夫瞧見，他的努力一下子全被否定，父親毀了他的單車，又捆綁了用皮鞭揍了一頓，這暴力的重施，抽離了德英「藉著某些努力報答親恩」的念頭（三二七頁），而斲傷了德英獲救的生機。

藍德傑把他和麗麗一道去姐姐家玩兒的事情告訴家裏，與父母親冠冕堂皇地談麗麗，堅持她是多麼正常的女孩，多麼溫柔甚至敦厚的好女孩。德英卻是偷偷地帶麗麗打老桐樹上滑下來，隱瞞着一切，沈默地準備接受鞭責（二五四頁）。德英認爲是家庭的不公偏心，實則德傑與父母的溝通是一直保持坦誠交流的，卽使是不滿與抗議，他也「勇敢」地表現出來，這是親子之間最合宜的相處態度，也因爲做兒子的坦率輸誠正表示愛親，這愛親之情，與藍大夫的愛子之情終能取得互諒，父親才有修正觀念，彌縫缺失的機會，足見兒女「孝順」的新詮釋，應該是主動的取得諒解了。如果德英也有這方面的努力，卽使把內心的不滿說出來也好，他與父親的隔閡該不至於那麼沈密令人窒息的。

藍德傑這個人物的塑造是有多層功用的：有思想、有愛心、謙誠穩重的好孩子，他撫平姐姐的憤激，彌補父親的缺憾，挽救了麗麗的沈淪。尤其對麗麗更具重要性，他親切自然，使她不再誇飾、做假，他引介姐姐、姐夫，甚至父親，一起協助麗麗由痛苦的神經質壓力下舒解。他送小貓，由於貓排行也是第四，麗麗親暱地把德傑的日本暱名「阿凱咕」給了牠，麗麗愛阿凱咕眞是像煞個小母親，她摟著阿凱咕看德傑借給她的書，這恬靜充實的生活和以往無謂的胡鬧是何等懸殊！

德傑教導麗麗餵貓，說：「不要只餵魚，也要餵鞭子。」「不管怎麼樣，不要拴牠。」（三八四頁〉也許這就是作者主張的適度嚴厲，卻又不要損傷兒女尊嚴的教育原則吧！

四、母愛的淪喪

阿凱咕做了母親，這隻高品質的名種貓，竟讓重獲新生的麗麗驚心痛苦到尖叫而昏厥了。麗麗對牠多少愛護與期盼，都在頃刻間變成撕裂心靈的利爪。她深愛阿凱咕，追究根由，還是起於蔡母對女兒的疏忽、疏離，阿凱咕繼黑鼻子貓與狐狸之後，填補了麗麗的情愛世界。牠又是美麗高貴的名種，麗麗生活也已有所提升，一切多麼美好！但是阿凱咕扼殺骨肉的禽獸行爲粉碎了麗麗對完美的母愛的期望，她遷怒到一直未能寬諒的母親身上，作者實際上也蘊涵了相當的象徵意義。阿凱咕吞噬骨肉代表了母愛的淪喪，做父母的往往扼殺了自己的子女❹，這是多麼令人震驚的事，做父母的人能不深自警惕嗎？

林柏燕說：「這種扼殺，來自父母本身的腐化，對子女的漠視，不夠尊重，不夠了解，以及父母自居以權威而想把子女按照自己的心意塑造成某種可以炫耀的類型所發生的悲劇。」麗麗在亡父陣亡時留藏在潛意識裏最令她驚恐的「血」與「頭顱」竟然在自己的床舖上出現，那元凶又

---

❹ 同❸。

竟是美麗風華、備受自己寵愛的阿凱咕，阿凱咕實際上又已塡實了麗麗所期盼的蔡母的地位，驚恐與絕望，遠超過她生理與心理所能支撐。朱西甯用麗麗的尖叫起筆，輾轉鋪陳，重疊交錯、錯綜使用各種敍述筆法，就爲的要烘現主題：父母愛如何呈顯可怕的偏差，而終至於極端恐怖地有可能扼殺自己的子女！

在四百六十五頁的小說裏，麗麗的尖叫重疊在三大部分的末尾浮現，直到書末神龍才首尾畢露。母親的臆測是：「會又回到孩提時代那樣看到她爸爸了麼？和那些已死的人麼？」（一二五頁）胖女傭阿綢以爲「又是老毛病，又犯了。」（一二六頁）「失魂了。」（四五九頁）藍德英伏在矮牆上探問：「麗麗嗎？是不是麗麗叫的那一聲？」藍德傑跟在父親後頭，說：「爸爸，不要再帶藥針好麼？（藍大夫曾用粗大的針筒嚇阻麗麗裝病。）不會又是假的。」（四六〇頁）作者不僅妙肖地傳達人物的神態，而且深入各人的內心，反映他們的思想以及對麗麗的了解程度。藍德傑最有信心，他是協助麗麗提升靈性的重要人物，他知道必有重大事故發生，因此作者也安排由他揭開謎底，他還是第一回踏進麗麗的臥室呢！至於那養尊處優、精神上卻極端貧乏的蔡母，她與麗麗的溝通顯然沒有進展。麗麗豢養阿凱咕之後，多方吸收知識，提升了生活的境界，她一無所知；就連麗麗在除夕夜與藍家大小（包括畫家夫婦）談及心靈上潛藏的惶懼因由、裝病、假稱見了鬼魂等等，她也毫不知情。足見她仍然漠視女兒，不了解女兒，麗麗的絕望不無原因哪！

原載民國七十二年五月十九日大華晚報副刊

司馬中原的「沙窩子野鋪」

——一段錯失的情緣

司馬中原的「沙窩子野鋪」，收入他的短篇小說集「加拉猛之墓」❶及「司馬中原自選集」❷中，曾獲亞洲徵文佳作獎。司馬中原的創作歷史已有三十多年，出版長、中、短篇小說、散文及劇作，共有六十多部。任何看過司馬中原作品的讀者都不能不承認：司馬中原是個說故事的高才。他的一系列鄉野傳說，往往有著趣味性極高的故事，卽令是古怪的鬼狐傳聞，也充溢著傳統溫厚的人情。這些故事的素材，有許多是他幼少時期由無知無識的鄉人嘴裏聽來的。「鄉人們談鬼，自然親切得像是熟稔的戚友。」❸那是鄉人濃郁的溫情，將心比心，視鬼如人。試想：鬼狐尚且能愛，而且愛得那般眞摯，對於同儕朋輩的「人」，那更不用說了。這背後，作者豐沛的

---

❶「加拉猛之墓」，文星書店五十二年出版。
❷「司馬中原自選集」，黎明文化事業公司六十四年元月初版。
❸「青春行」頁六四。皇冠雜誌社五十七年十月初版。

才情與誠悃的熱愛，更是小說充塞濃厚人情味的源頭活水。在司馬中原的作品中，民族傳統文化仁民愛物的精神，廣大鄉野民衆純樸溫良的本性，經常藉著許多重要角色呈顯出來。「沙窩子野舖」中的幾個角色，便十足地具備道地民族風味。如果說廣大的鄉野民衆是民國的支柱，那麼不僅是「荒原」❹一類史詩性的作品，即使「沙窩子野舖」這類的鄉野傳說，司馬中原也是在「爲國家寫史作註」❺了。

一、一個奇蹟似的野舖

小說的人物有限，只有五個：賣皮貨的年輕人、相士、菓木販子、野舖的父女。除了野舖主人姓范，女兒叫彩鳳，其他的人都沒名沒姓。故事發生的地點野舖，位於一片幾十里寸草不生的沙窩子中間。爲了給予讀者一種意外的驚喜，作者起始先刻意經營了某種幻象，他極力鋪描沙窩子的荒涼景況。那片沙窩子原是鹽河舊址，因爲黃河改道，泥沙淤積而形成的。在酷熱的大伏天，作者安排三個人物——年輕人、相士、菓木販子及一匹青驢登場，藉着相士和菓木販子爭飲

❹「荒原」大業書店五十二年出版，皇冠出版社六十二年三月初版。

❺見姜穆「爲苦難的國家寫史作註——側寫司馬中原及其作品」，「文訊月刊」第四期，七十二年十月十日。

年輕人攜帶的清水，讓讀者領略到沙窩子的穿越艱難。那麼，其中的野舖，怕不因陋就簡，粗茶淡飯，照樣奇貨可居？然而不，事實上，那范家野舖既不荒涼，店家待客更是週到體貼。首先，菓木販子因爲乾渴，提及野舖多暖夏涼的井水和屋後一片好梨園；接著作者讓初出遠門的年輕人回憶老爹提過范家野舖的好處；再則由一陣掠過頭頂的烏鴉，相士介紹「舖門口那棵冲天榆上，少說也有百十來個鳥窩」。終究，年輕人在菓木販子的指點下，看到了「在遠遠的沙坵中間，斜橫過一道曲折的河，浮動的黯紫流著，彷彿連天也流動起來。河岸邊一片黑札札的林木中拱起一棵尖頂老榆，樹周圍此起彼落的盡是鳥雀的黑影。」這確實是稀奇的景致。更奇妙的是，店家閨女——彩鳳的美姿，也是令人一見難忘。年輕人正是爲了她而冒著酷暑遠道而來。至於店家待客的儀節，那種殷勤體貼，正是傳統博大的民族文化陶鑄的大氣度。野舖的親切服務似乎遠重於商業牟利性質，店舖主人陪著客人喝著陳年美酒，閒話家常；店家閨女則細心地爲客人用冰涼的井水抹拭竹榻。冲天榆的枝枒上用滑車懸吊的燈籠，碗大的黑字，一邊是「范家野舖」，一邊是「賓至如歸」。店主去探望年輕人，年輕人說：「到這兒，跟到家似的。」讓客人舒坦愉悅，正是野舖開設的最大目的。

二、遠來相親的年輕人

「沙窩子野舖」，以第三人稱全知觀點寫成，絕大部分卻藉着賣皮貨的年輕人所見所聞來鋪展情節。換句話說，作者布置懸疑的效果，是透過賣皮貨年輕人的見事眼睛與意識流，藉由有限全知觀點來達致。就寫作技巧而言，這是高妙手法的運用。讀者跟着年輕人的回憶，進入他的意識，才瞭解到這年輕人冒着酷熱運載皮貨往江南，並不完全像他所謂的是要趕個早市；而是老爹的意思，讓他順道過范家野舖相相親，看看老爹的眼光是否和他相符，如果看了中意，老爹好派人去提親。小說這樣處理，在女角尚未登場，先給讀者一些「憧憬」；也讓讀者注意到皮貨商人有着相當開明的婚姻觀。司馬中原引領讀者進入年輕人的內心，隨着年輕人的行止移動場景，再疏淡地穿插年輕人回程投宿野舖聽到店家主人與相士的對白，那些對白補足了小說使用年輕人見事眼睛所未能兼顧的情節。年輕人一去一回，住宿范家野舖，由生澀的情愫滋長，到心旌搖漾，迫不及待要見到店家姐，直到末了，作者才揭露這對北方兒女一段「未了情」的癥結所在。這是布置懸疑的有效手法。讀者恍然了悟之餘，不免要前後覆按比對，也才能領略作者匠心獨運之處。原來那位年輕人的老爹——眉心有顆黑痣的皮貨商人，看中店家姐，有意娶作媳婦，曾經「當面鑼，對面鼓的」提起這門親事；他讓兒子遠道來相親，卻又是慢拍子進行，再說年輕人生成的是含蓄木訥的個性，「有滿肚子的話好說，卻一句也說不出口。」相親變成暗中行動，父子兩人的態度截然不同。偏偏范家父女期待久無信息，爲了亡妻遺命要女兒嫁得近些，可以有個照料；店主又相信合八字，皮貨商人並沒有留下庚帖，近處鎮上韓家來提親，相士來了合過，也就定了親事。范家野舖主人相信靠合八字決定婚姻，是多數鄉野民衆普遍的作法；年輕人的木訥多情，也是廣泛純樸鄉野青年的寫照。皮貨商人開明的作風和野舖主人保守的作風剛巧相反。皮貨商人愛兒子的深情，表現在當代少有的尊重兒子的意願上，可惜商人的豪爽與兒子的內斂是完全不同的個性，加上店家主人另有一套信持的婚姻觀，於是兩個純情的男女，便錯過了可能結合的情緣。每個人物都出于善意，卻無心中釀成了不自知的「悲劇」，這正是司馬中原小說所要揭示的意義之一。皮貨商人與野舖店主雖然同是做生意的人，前者是流動性地見多識廣，後者是守成性的穩重厚道，他們對兒女婚姻的看法，正好和他們的職業性質對應，作者安排得恰如其分。對於年輕人希望的破滅，讀者也只有無可奈何地搖首歎息了。

三、含情脈脈的店家姐

「沙窩子野舖」的人物描寫，由於是透過賣皮貨年輕人所見所聞所想來呈現，除了年輕人的心理可以理解之外，其他人物都是「有面無心」❻。讀者只見他們的動作形貌，至於他們的思想，只能經由動作言語透露些許，即令如此，其中的眞僞，委曲婉轉，還有待讀者根據前後線索

❻ 胡菊人「小說技巧」頁九四：「旁知觀點，有外貌而無內心。」遠景出版社六十七年九月初版。有限全知觀點一些人物刻畫有時也是「有面無心」。

細細去推尋，去判定。小說中的女角——店家姐彩鳳，年輕人初見她的時候，因爲含有一種秘密相親的意義，他看得格外仔細，藉此作者達到特寫人物的目的。年輕人確信老爹的話不虛，無疑他是中意的，從他觀察燈飾，細聽汲水，念念都在店家姐，便能確定。至於店家姐的心思呢？隱隱約約由字裏行間也可以探尋到作者細心部署的線索。小說不肯明言，並非掉弄玄虛，而是情節安排有必要如此，遠山近水，各有層次呀！這也是現代小說技巧不同於傳統小說之處。無所不知，傾洩無遺，那豈非低估讀者的鑑賞能力，大煞風景？我們看店家姐和年輕人的對話，起初活潑開朗，俏皮逗趣，一聽年輕人提到老爹的特色，她的表情便凝肅了起來：「閨女突然扭轉頭，停了笑，只管拉驢到後槽房去。一路上，使手指撥弄衣襟的紐子。」根據文末補足的情節，綜括看來，店家姐對老皮貨商人的許諾是相當在意的。以過去一般閨閣女兒的習性，癡情與綺想都是極有可能的，試看司馬中原另一長篇「綠楊村」❼與凌叔華的「繡枕」❽，便能有相當的理解。這野舖的姑娘雖是小家碧玉，平時接觸的客人也許不少，范家野舖地點偏僻，適合的婚姻對象顯然有限，皮貨商當面提議要讓自己的男娃兒來相親，對范家父女的意義自然不同尋常。如今，店家姐知道年輕人的「身分」了，年輕人的含蓄，使她無從瞭解對方的心思，女性的矜持，使她保

❼ 皇冠雜誌社五十九年七月初版。

❽ 收入「凌叔華小說集」，洪範書店七十三年十一月初版。

守這個秘密，店主人一直不知道，皮貨商人並非「說著玩話」。她對待年輕人的情意，可以從幾個情節來推斷：年輕人因爲熱天趕長路，累得好睡，「閨女在年輕人的酣睡中又走進那間房，不響，不笑，只走到皮貨旁，輕撫一陣皮毛。然後，除去堂中垂燈的護罩，剪下那朵報喜訊的燈花來。」她之所以不響，是怕驚動客人；她不笑，是因爲有心事；輕撫皮毛，可能粗淺領略是皮貨好，也可能對曾有許諾的婚事有所憧憬；她剪下燈花，一則是實際的需要，一則也象徵著「喜訊」沒有結局，這些動作，發生在年輕人熟睡之後，她留連徘徊，若有所思，爲了要把店家姐某種難以解說的情愫暗示給讀者，作者顯然刻意做了安排。當翌日清晨，她來請進早飯，年輕人客氣稱她「店家姐」，她低聲介紹自己的閨名，這該是特殊的了。她強調得陪梨販子去後園，不能遠送，再度祝福「一路平安」。她打開荷包提出一把錢，說：「我爹說你皮貨好，相中了一條黑水獺。——這裏是錢，餘下的，到江南，請幫我捎點珠花什麼的……這就託過你了。」所謂「遠送」，也許是客套話，讀者寧願信她有這份心思。至於「黑水獺」，在後段店主人透露她臨上轎，還惦記著，明眼的讀者知道，何嘗是她爹相中的？她付錢的方式與託帶珠花，更是情深盡在不言中了。年輕人離去以後，在途中，才又發現青驢背囊中盡是一顆顆帶露的秋梨……。店家姐的心思到這裏是夠明切的了，難怪年輕人不迭地自言自語：「我這麼糊塗！」

四、弦外的餘音

細看小說的前後情節，店家主人並不知道那年輕人的眞正來歷，更無從瞭解閨女的那份情思。父女之間，有關成長後的男女情愛感受，往往是無法，也是羞於傾吐的。就像沈從文名作「邊城」裏的翠翠，她長大了，她對二老儺送的心意一直沒有向爺爺表露，弄得爺爺患得患失，後來變成三角戀愛關係，直到爺爺憂慮死了，翠翠的婚姻還沒有定局。店鋪主人既不明白女兒的心思，年輕人又不曾有所表示，他爲女兒定親就順理成章了。我們不知道范家閨女許婚的韓家是何等人家，韓少爺的人品相貌又是如何，范家姑娘過門之後是否能幸福？相信術士合八字的老一輩做父母的，往往是聽天由命，既然合過八字，便求得心安，幸福是天保佑，不幸福是她命裏招來的。司馬中原見過太多這類型的父母親了，這幾乎是中華民族性的一環呢！但聰明的讀者大概都能肯定一點：如果她許配給那個賣皮貨的年輕人，那絕對是美滿姻緣。小說藉年輕人一來一回住宿野舖，兩度用井欄吊桿汲水聲來鋪寫情感，情愛滋生到破滅，非常雋永⑨。年輕人知悉求婚無望之餘，把深情款款買來的珠花銀花付之一炬，冒著寒風，悄然離去。說不定他回鄉以後，也另結良緣，生兒育女，過他純樸幸福的生活，說不定店家姐也匹配到如意郎君，恩恩愛愛，過她幸福美滿的生活。然而天地遼闊，芸芸衆生，情牽一線，讀了司馬中原這篇寫景豪邁、敍情柔美的短篇，又怎能不悵然若失！

⑨ 參閱「中國現代短篇小說選析」頁二二八，李豐楙簡析，長安出版社七十三年二月十五日初版。

小說裏還有些弦外之音，也不能忽視，相士附和店家主人所謂的「機緣」，很合他的職業口吻，其實關鍵全在相士掐算八字。他的技藝是否高明？小說首段作者寫盡他的流里流氣，自私褊狹，可以說他的品格並不清高；當他向年輕人解說鹽河的滄桑時，他感慨地加了一句：「我說這人嘛？連吃我這行飯的也難料定呀！」司馬中原這一筆，是否暗喻相士的決定店家姐宜於韓家，帶有相當可疑的性質？年輕人回程走近野舖，心旌早已隨着高懸的燈籠搖漾，他又已知悉店家姐待自己也似乎有情，倘若野舖主人不曾趕在霜降前嫁了女兒，很有可能年輕人會有某種情愛的表示吧！小說講究出人意表，卻不肯這麼安排。他和相士巧遇，再度一起投宿野舖。他像他的爹一樣喝着野舖的陳年美酒，當店主人提及眉心有黑痣的中年皮貨商曾有過的許諾，年輕人眞是爲之氣結！最後他也只有莫可奈何地應和着說是「機緣」。這「機緣」事實上包含了多少人爲的因素？而中國人常這樣子把人爲的疏失歸之於天道。司馬中原懷着謙沖悲憫的心胸，訴說了這麼一個純中國風味的故事，是如此地周到妥貼，對於其中的角色，沒有任何責貶，既然是如此莫可奈何的境況，讓我們也慨嘆一聲：「這都是機緣」吧！

原載民國七十三年七月十七日大華晚報副刊

司馬中原的「山」

——化戾氣致祥和的駝背老爹

如果說，小說也是作者理想的一種展露，藉著探析小說的題旨，可以揣探作者的襟懷，司馬中原的「山」，該是具體而微的好例子。

司馬中原的小說，常閃爍著對鄉土、對鄉民、對生命的熱愛。他童年目睹並身受戰亂對於中國基層社會的摧殘，使他長懷一份悲憫之情，對廣大的基層農民的困苦有著深摯的關切。他冀圖去描繪那些苦難，藉以撫慰人們的創痛，他試著去記載鄉人的思想行爲，虛心地納入中國傳統文化的環節裏去。

司馬中原的小說主題之一，是在於反抗暴力。暴力的來源，除了戰爭——包括輕啓戰端的日本人，依附日本、捧日本飯碗的漢奸二黃，及爾後殘暴酷虐的共產黨——之外，在鄉野間，還有流竄的股匪，趁饑荒打家刼舍的土匪。「山」這篇小說卽是以股匪的猖亂爲背景，作者安排了神明性的人物——駝背老爹，援引倫理至性，感化土匪頭子，來消除暴力，排解紛亂。題旨上是儒家王道精神的闡發，技巧上則又融合許多現代小說的表現手法。

一、只能怨人，不能怨天

「山」這個短篇，是作者「鄉野傳說」之五「十八里旱湖」❶中的一篇，約一萬九千八百多字，收入書評書目出版社「中國現代文學選集」第二卷短篇小說選中。小說的起筆有那麼一點莽莽蒼蒼的雄渾氣勢。作者由「黑色的山齒」寫起，寫到繞著挺拔的尖峯，「翻滾著，湧騰著」的「鴿翅般的雲塊」，雲上的蒼鷹，然後是風與砂，「一股子野性的悽慘」裏面的幾個「疲乏憔悴的人臉」。精鍊靈活的文筆，清晰地勾勒出一小撮沿路聚合的逃荒人。駝背老頭師徒影像也凸映在讀者眼前：「壓後走著個白鬚白髮的老頭子，腰桿有些駝，穿著藏青大布的袷褲，攔腰勒著寬板帶，脅間斜插著一根短烟桿；他身旁走著個傻不楞登的半樁小子，擔著兩隻小木箱兒。」全然一副十足地道的鄉野小民形象。

作者以無所不知的敍述觀點敍說了荒亂的根由。華北旱荒，素來是令人傷痛的，但鄉人怕的並不見得就是荒旱本身，怕的是荒亂牽連在一起。民生一旦發生問題，隨之而來的是治安維持的

---

❶ 皇冠出版社六十一年一月出版。

困難、人心安撫的困難。論語說：「君子固窮，小人窮斯濫矣。」❷在荒歉的年歲，一些不安分的頑強之徒，忍受不了飢寒之苦，便成羣結陣的胡亂搶掠。開頭也許還帶有保鄉衞土的性質，後來與土匪砍砍殺殺，殺紅了眼，彼此只記著仇恨，強搶與被搶，有時錯亂混淆。純良的住戶除了畏懼土匪的騷亂，還怕這些飢寒起盜心的鄉野小民，便只有選擇容易安身的鄉鎮——例如小說中的興隆記紙坊——暫時存身，他們懷想著有朝一日能回到往昔「和樂安詳的老日月裏去，重新扶梨扛耙過日子」。問題是連這粗淺的基本願望，幾乎也成爲奢想，「今天的饑饉和乾渴，使人簡直就打不起精神去談說明天了。」

司馬中原以廣闊的胸襟，解析人之所以陷溺，初始的開端，其實僅是偶然的邪念引發；他也點明了鄉農純樸，企盼過著和樂安詳的生活。

荒歉的嚴重性，連山坡上的竹葉都乾枯捲曲了，人們只好掘樹根、剝樹皮吃，弄到後來，滿山的死樹，就像是「寃魂般的白骨骷髏成排的站在風裏哭喊著。」駝背老爹的徒兒小葫蘆回憶饑荒的悲慘景象，母親餓死，自己昏倒被救，然而，天災卽使再可怖，駝背的老爹給他的教訓卻是：「人再苦，也只能怨人，用不著去怨天。」

倘若僅僅是天荒，人們還捱得過，無奈亂起來了，便不能不逃走四方。每個逃荒的人，都有

❷ 論語衞靈公篇。

一頁傷心史，親人離散，活著的只有「把辛酸苦楚背在身上」，他們仍然期盼捱過荒亂，留命再去締造幸福。上天無意害人，人怎能怨天？這中間蘊含敬天安命的哲思，是典型的鄉農意識，在「荒原」裏的老癩子不也有近似的觀念？信天，長懷感恩之意，是一般鄉農的心理反映，也可以說是中華民族性的一部分。

二、力挽狂瀾的老人

駝背老爹一行人趕到目的地——與隆店，正逢股匪威脅著要刨竹山，燒棉田，要鄭與隆大爺交出一萬大洋。鄭大爺認爲「花錢事小，屈理事大」，選擇了硬碰硬的抗拒一途，在衆人意氣激昂，都誇讚鄭與隆的當兒，愛鄉戀土的駝背老爹卻另有感慨，他喃喃的說：「鄭與隆這樣做，好雖好，但他抛開大山原上那片祖業，一個理字，業已委屈了半邊。」當然，由於駝背老爹並不出衆，儘管他可能有什麼好辦法，見不到鄭大爺，也無從施展。

黃昏之後，股匪傾巢而出，豁命硬闖，街道護不住，股匪用粗重的撞木把紙坊的高牆撞出一段缺口來了，眼看大勢已去，誰知憑空來了個力挽狂瀾的老頭兒，「他那飄動的白髮，倒掛的長眉毛，他手裏那柄亮霍霍的大刀，刀口不見半滴血，週圍爬著喊著就倒下一大片人去，這簡直像是路口瓦缸蓋下的山神土地顯了靈」。這正是身懷絶技的駝背老爹，他的乍然現身，防堵了股匪的衝殺，使興隆店的鄉隊得以喘息，能再集中火力，終於擊退了股匪。

駝背老爹向鄭大爺討了差使，押著截留的股匪，去換回肉票，「我會讓姓祝的封刀散夥，也沒誰再毀您的祖業，保住那片竹山和棉田！」這樣神奇的許諾，是令人難以置信的。由後文，我們知道，他胸有成竹，原來他掌握了制敵的利器，人倫之情是他收服股匪頭子的利器！司馬中原筆下萬惡不赦的土匪頭子，同時是個愛妻念子的性情中人。他犯過案殺了人，卻是因為那人曾拐過他的錢財，反誣陷他坐牢；他認為興隆記紙坊有的是錢財，「荒旱濟貧，積他自家的功德，算不得恩惠。」他領了幾塊荒田，把生地墾成熟地，也算扯平了。這些話頗有一番強盜的歪理。等他弄清楚，黃葉莊妻子餓死，兒子屍骨無存，間接也是自己造孽，劫走救濟的糧車時，他已經有些頸粗紅了。駝背老爹又進一步告訴他，自己背負老龍河山村的血海深仇，這兩天才明白自己收養的徒弟，竟是仇人的兒子。他幽幽緩緩地要小葫蘆給父親磕頭，這是人倫，不是認賊作父。他威嚴地告訴祝海昌：「你得讓你兒子能在人面前抬頭！」

祝海昌終於自殺謝罪，臨死前伸手「握住他以為永遠失去了的兒子。」所有的股匪全伏身跪拜下去，只有駝背老爹「在山原的當中站立著，那不像一個人，卻像是一座山……。」作者再度把駝背老爹比喻做「山」，穩重的、令惡人喪膽的「山」。

駝背老爹回到他的老龍河去了，像大多數安土重遷中國鄉農一樣，眷戀自己的鄉土。他的鎮暴事蹟傳揚開來，遠山隨著人們的想像附會圖案化了，這些傳說也給人們一種安心的依恃，讓他們學會忍耐和等待。

由於這種烏托邦的理想，雖然小說植基於相當可靠的土匪事蹟，我們仍不得不把「山」歸入「鄉野傳奇」的範疇。

三、王道精神的闡揚

「山」中的駝背老爹，沒名沒姓，作者把他塑造成神明一般性質的高華人物，他寬和悲憫，卽令身受土匪之害，仍然平靜地聽著興隆店看門的漢子怒罵股匪頭目褚小昌（原名祝海昌）儘做搶刼勾當，手段毒辣，是荒亂的惡源；又恩將仇報，威脅到興隆記紙坊。駝背老爹彷彿有著沈重的心思，用低啞的嗓音說：「像褚小昌那樣的土匪覇爺多得很，論死，是永遠也死不完的，爲什麼不給個機會，讓他自己去可憐他自己呢？」

這些話聽來迂闊得很，像是天方夜譚。其實他深有所感。他背負著老龍河岸整個山村的血海深仇，走徧大山原，耗時費日，喬裝木偶搬演人，目的便是要找到仇人報仇雪恨。但是他深知意氣不得，流血大戰，徒增人心的歹毒，「世上的殺刼，全起在人的心裏」，作者幾乎是出自宗教家的悲憫，寬恕世人犯罪的一念之差，因而創造了駝背老爹這樣的角色。最高明的手法，是能化暴戾於無形，只要能制伏股匪頭目，其他的嘍囉不過是烏合之衆，自然是樹倒猢猻散，不再成爲大礙。於是他以驚人的拳腳工夫做爲後盾，掌握了對付祝海昌的王牌——帶他的親生兒子盡人倫去——大義凜然地做起和平使者來。

就作者的文學觀而言，對善良人性的肯定，對恕道精神的讚揚，使駝背老爹實踐了「止戈爲武」的最高武德。作者塑造伸張正義，制服邪惡的俠義漢子，在苦難的百姓企盼中出現，不僅是「山」中的駝背老爹，另外，「荒原」裏的歪胡癩兒，「狂風沙」中的關八爺，「路客與刀客」中的賀一郎，也都帶有順應民心的安慰作用。說它是傳統小說天眞的格局也好，說它是作者理念的寄託也好，讀者確能由其中獲致心靈上某種程度的滿足，這是不能否認的正題。如果混亂的濁世，眞的沒有正義存在，不能在悲苦的現實之外，給予人們相當的希望與憧憬，人們又如何苟延殘生？

小說經由作者的經營，除了依據相當的事實敷衍爲可信的故事，還注入了相當深度的意義。「山」跨越了荒誕無稽的鄉野傳聞，向世人展露人類長存的眞理——愛與和平。而寬恕並非姑息，爲了伸張正義，顧全天理，「執行」國法，駝背老爹讓祝海昌伏罪自殺了，祝海昌以股匪的身分自裁而後認兒子，悲壯懾人，所有的股匪全俯伏跪拜，而駝背老爹屹然在那山原當中站立著，他是執法者身分，天理國法都要藉由他來彰顯，他是威嚴的，執法如山的，所以作者形容他的氣勢：「那不像是一個人，卻像是一座山。」

小葫蘆認父親，是對於人倫的肯定，做兒女的沒選擇父母親的餘地；祝海昌肯自殺謝罪，也是出於人倫的父愛。自殺之後再認兒子，他的罪愆業已贖還，他的兒子也可以光明磊落，坦坦蕩蕩在世間做人。這股匪頭子放下屠刀，立地成佛，他發揮最偉大的父愛，對世人，對兒子，都有了交代，可以了無遺憾地長眠於九泉之下。作者顯然確信，人的罪愆，起於偶然一念的誤差，只要誠心的悔改，不再危害團體安寧，便值得寬恕，他既然自殺伏罪，一切仇怨也可以隨著化消了。

作者精密的布局，也不忘留下一些線索，祝海昌因為喪妻失子的哀痛，簡直「發了瘋」，打家刼舍是胡亂發洩，心上的苦楚一直擺脫不去。就這點來說，祝海昌這個角色的多樣層面，作者都兼顧到了，人性矛盾複雜，想來他也真是「活受罪」，他能經由自殺完成認兒子成全兒子的願望，說來等於擺脫人生的苦楚，了無牽掛地離去，這樣的結局，以另一角度來說，對他未嘗不是福。王道精神，著重在道德感化，激發良知，以和平的方式消除暴力，駝背老爹制伏祝海昌的手法，正是王道精神的闡揚。

四、敘述觀點的活用

前面敘及，「山」的主題意識，含藏相當深刻的道德意義，或多或少，受了中國古典小說的影響，然而作者在敘述觀點的活用上，卻又明顯地展露了現代小說的高度技巧，它使得情節簡單的小說，有著變化多端的狀貌。

這篇小說初始是用第三人稱全知觀點，客觀描繪荒亂的情景，很類似電影運鏡的手法，山、雲、景、蒼鷹、乾溝子、風沙、人、馬隊……逐項展現在讀者眼前。間有主觀的比喻輔助描摹與敍說，爲了生動自然，許多情節是藉小說角色對白來交代；爲了加深劇情的感受性，作者藉書中人物的意識流來補充情節的推展。小葫蘆的憶想，加深讀者對荒旱年歲悲慘景象的瞭解，也說明了師父的權威性與神秘性，爲此後駝背老爹收伏股匪的故事，預先設好伏筆。以褚小昌（後來我們知道他原名祝海昌）爲首的股匪猖獗的情況，先是透過逃荒人羣中兩個漢子對話來呈現，再以馬隊乍然出現，增添恐怖性，繼則由興隆記紙坊看門的漢子（作者也沒有明點他的姓名）深惡痛絕地加以補足。接著作者又讓駝背老爹墜入回憶，由此交代了他的神秘來歷，他本爲尋仇而來，爲了守候褚小昌，他扮成玩木偶戲的人，又不經意在黃葉莊救了昏倒的小葫蘆。明眼的讀者，到此約略猜到，小葫蘆的父親，可能正是人人憤恨的股匪頭子，也正是師父要追查報復的仇人。這是多麼令人驚疑的情節。由小說暗布的線索，我們還知道駝背老爹念念在鄉土，急於辦完事，好回老龍河去，此所以他不贊成鄭興隆孤注一擲，不顧竹山棉田；但也除非他掌握股匪頭子的致命把柄，否則他想「止戈爲武」便毫無來由，鄭興隆「以暴易暴」仍不失爲一樣對策。

司馬中原再度運用全知觀點，鋪寫股匪硬灌興隆店，駝背老爹力挽狂瀾的盛大場面。接下來，駝背老爹自請深入大山原與股匪談判。

衆人無從知道他已掌握勝算，要以親生兒子的生存喚醒大奸大惡的人猛然悔改。這樣做，他必須先能確定祝海昌「重視倫常」，小說曾多處預設線索。但興隆記紙坊的老板、夥計，以及所有逃荒的人，都不知道這個秘密，讀者雖然知端倪，也實在並沒有把握駝背老爹眞能逢凶化吉。小說安排的懸疑，便故意地虛懸著不解，作者的場景，一直擱在興隆記紙坊。等待是急人的，尤其是事關衆人的生死安危，衆人越焦急，懸疑效果便越佳妙。直到第三天傍晚，人們才看見隨去的鄉丁，與高采烈地帶著被擄去的肉票回來，說是駝背老爹師徒回老龍河去了。這段神奇的「外交」過程，作者便透過替紙坊看門的漢子轉述出來，謎底也才揭開。

「山」這篇小說，敍述觀點的靈活運用，包含了幾度轉折，最後仍以第三人稱全知觀點，以說故事的形態作結。因著這故事，與隆店的人們有一種安心的依恃，他們也學會了忍耐和等待。小說的末尾，作者說：

總有另一些太陽從另一些傳說裏昇起來，溫暖著人們寒冷的心胸！

「爲人間帶來溫暖」，也許就是作者寫作的目的之一。而敍述觀點的靈活運用，使小說充溢著活潑的生機，顯然又是作者技高一籌了。

原載民國七十三年八月二十八日大華晚報副刊

葉石濤的「獄中記」

——一個臺灣抗日志士的省思

在光復前後成名的臺灣本土作家中，葉石濤是風格獨特，創作謹嚴的傑出人才。他的寫作，由少年時代的惟美浪漫，步入後來寫實主義的基調；從模仿舊俄作家、法國作家，到掙脫束縛，運用自如，能由一種客觀冷靜的高角度，去描繪風塵世界的諸樣相，寫出像「葫蘆巷春夢」那樣悲喜交織，幽默而又令人心酸的作品❶。他的小說，「略帶神秘色彩，充滿浪漫氣息的人生嘲

❶ 李昂「紛爭的年代——葉石濤訪問記」：「什麼樣的一種人生態度，促成您小說中幽默卻又讀來心酸不已的作品風格?」，書評書目十九期、二十期（六十三年十一月一日、十二月一日出刊），此句見二十期頁六三。筆者以爲「葫蘆巷春夢」正是這種風格，「葫」文發表於一九六八年一月六、七日中國時報人間副刊，同年六月結集，以同名由蘭開書局初版；收入「葉石濤自選集」，黎明文化事業公司六十四年元月初版。

誰。」❷若仔細品味，又能發現「他幽默筆觸所要遮蓋的是一顆哭過長夜、沈深得可怕的靈魂」❸。在他的作品中，表現得最具深廣度，義蘊豐富，又結構完密，極具高明寫作技巧的，當推「獄中記」。

一、周密的結構

「獄中記」約兩萬九千字，民國五十五年發表於幼獅文藝第一四九期，作者當時四十歲。這篇小說收入「葉石濤自選集」❹及朱西甯編「中國現代文學大系」小說一輯❺。小說的背景，是民國三十三、四年，光復前後。小說情節實際進行的時距大約是六、七個月或七、八個月。作者巧妙地採取第三人稱主角敍述觀點，藉着主角李淳的言行、思維來鋪展情節，現階段的動作一邊推展，一邊卻進入主角內心，做深度的刻畫，又透過主角的回憶，穿插補充，於是今昔時空交錯，呈現出波濤起伏，高潮迭起的布局。

---

❷❸　見彭瑞金「嘈嘈切切錯綜四十年——葉石濤的文學旅程」，葉氏「卡薩爾斯之琴」短篇小說附錄，五十九年十月東大圖書公司印行。

❹　詳❶。

❺　六十一年一月巨人出版社初版。

「獄中記」全文分：

絲杉
提審1
爹
提審2
銀娥1
銀娥2
提審3
自由

等八個段落。人物除了主角李淳，有獄卒島木，檢事（檢察官）菊池熏、銀娥及男童；回憶中浮現的有爹李全寶、日本伍長、養父林賓。「李淳」是作者偏愛的名字，除「獄中記」以外，「鸚鵡與豎琴」裏有個李淳見習士官，「齋堂傳奇」的男主角也叫李淳❻。

❻兩個短篇皆收入「卡薩爾斯之琴」中，詳❷。

小說以菊池熏提審李淳，至光復後李淳出獄爲主脈，經由主角回憶，穿插了「爹」、「銀娥1」、「銀娥2」三段「過去」，使前後時間綿亙長達近三十年，幾乎涵蓋了李淳有記憶的年歲。其間反映了特殊的政治環境，由日本的殖民統治到臺灣重新投入祖國懷抱。李淳是日本殖民統治下的臺灣優秀青年，畢業於聞名遐邇的日本最高學府東京帝大醫學部，是榮耀的日本「皇民」，什麼因素使他投入祖國抗日行列，成爲日本統治者的「叛國」政治犯？

作者避開了平鋪直敍，一覽無遺的傳統布局，起始便由獄中囚房李淳的思緒寫起，著力於人物的心理刻畫，使「獄中記」的內涵更豐沛。「絲杉」是李淳在獄中腦海裏反覆出現的梵谷名畫，作者順著主角的思緒交代，別有一種神秘的氛圍，很能呈現主角長期拘囚，精力耗損，思慮不能集中的狀況。

「昂然直立」的絲杉與太陽是有關聯的，梵谷筆下的太陽，該是灼熱而強烈的，但是絲杉富含生命力，從容地直立於灼熱的太陽烤炙之下，對李淳有着激勵與慰安作用。「絲杉」一節，也不着斧痕地交代了囚房的潮濕狹窄，食物的不潔與奇少，「每看到朝陽，李淳的唾液不知不覺地滲滿了口腔，這就是巴甫洛夫的狗嗎？」飢餓無法抗拒，他只得以意志力維護自己的尊嚴。

獄卒前來，沒有早飯，給他扣了手銬，「今天的早飯沒希望了，也許連午飯也沒有着落，他必須挨揍，他必須咬緊牙關，忍受一整天殘酷的拷問。」暗示李淳曾經捱過多少苦刑，作者著筆精緻，「提審3」裏菊池檢事提及前任八木檢事出之於「刑求」，彼此呼應，至於「殘酷」之程度，日本人對竊盜犯的體罰都已是聞名的苛刻，對付政治犯的手段，更可想而知了。

作者描繪犯人被折騰的苦況，「饑餓之感，像隻狡黠的獸，吞噬了他，咬着他的腸子，使得他眼花頭昏，胸悶胃空，一股嘔吐之氣，酸酸的，冷不防要衝到口腔來。」令人眞如身歷其境，而「尿意頻繁」的生理反應，使他「空虛癡呆」，「自責之念，使他羞愧萬分」，也是非常細膩逼眞的筆法。

由「絲杉」爲人物約略刻畫出性情之後，「提審1」介紹他的身分，回溯「爹」點明他反抗的潛因。「提審2」繼續着他與檢事的冷戰，回溯「銀娥1」「銀娥2」說明了由兒女情愛到家國仇恨，是觸發他抗日的近因。「提審3」菊池檢事逮捕銀娥，李淳被迫擬犧牲自己，換取銀娥的自由。末段則是光復之後，李淳獲釋，與銀娥重聚。「獄中記」經緯萬端，所刻畫的人物都有代表性，步步是線索，段段有涵義，在技巧上，得力於妥當地運用合宜的敍述觀點與營造了完密的結構。

二、對立的朋友

「獄中記」的精彩處之一，在於刻畫人物能顧及代表性，而又兼具實感。日式基層教育對於國民尊君愛國意念的培育，其專制專斷的直接實效，作者藉兩個日本人呈現出來。能在嚴肅主題的烘托上，用嘲謔的筆法，製造一些趣味，小說人物苦中作樂，小說也峯廻路轉，頗不單調，「獄中記」的島木看守之塑造，便有這種作用。島木的統治者優越感，被李淳鋒銳詞語壓遏之後，自我期許性的宣示：「雖然俺只讀過小學，但忠君愛國的一片赤子之心，可不落人後呢！」島木無疑是平民階級「忠君」的典型人物。而檢事菊池薰的刻畫，更是別具深思的精心傑作，他是貴族階級「忠君」的典型人物。

菊池檢事是個出身高貴，有涵養的知識分子，作者先讓讀者聽到他有着「標準東京腔」，再展示他「瀟灑而高貴」的駱駝毛風衣及呢帽。「提審1」中，新檢事溫文爾雅地和李淳敍同窗情誼，作者藉此交代李淳的高學歷，也着力描繪菊池的外型，「臉孔的輪廓好似近衞文磨，這是個日本貴族典型的端正方臉，冷漠而深思，不過那似笑非笑的眸子，烏黑而銳利，透露一絲冷酷和妄執之念。」前此，李淳對新檢事的好印象，頗有推許之意，至此「銳利」「冷酷」「妄執」便暗示了後來兩人的爭執。

菊池同李淳套交情，李淳記起確實也有這麼一段情誼，在難得吃一頓米飯的戰爭末期，他請李淳兩片土司和甘薯，對李淳來說已是天大恩寵。他下令改善李淳的膳食，可惜受戰局影響，物資奇缺，他的命令沒有實質作用。

他的高貴氣質，表現在：他爲前任檢事刑求逼供而致歉；爲二十幾年前皇軍魯莽行爲導致李父慘死而「難過」。雖然他也不忘爲自己的僚友打圓場。他的高貴氣質也表現在：戰後主動釋放銀娥，自己切腹自裁，前者是爲朋友盡義，後者是爲國家盡忠。提審李淳時，他的桌上都放着文學名著，「提審2」，李淳由瞌睡中醒來，還聽到鄰室傳來菊池吟誦的古短詩，顯現菊池也是個謙謙文德君子。不過，菊池檢事之所以委曲示好，並非單純基於兩人的友誼，小說的命意並不單純。菊池的主要目的在套取李淳較爲詳細而眞實的口供。前任檢事的檔案紀錄已經相當完整，他卻想「揭露躲在事實後面隱藏的一些活生生、血淋淋的人生。」

葉石濤有意塑造一個多層面的立體人物。菊池的文學造詣，看出他在東京帝大德法系所學的文事，不同於李淳的醫學部。當年臺灣人多數學醫、學工等實用科學，眞正指引人生的人文，日本政府不敢開放讓臺灣人自由選擇。菊池的固執，使他向李淳探求何以「叛國」？「我眞不懂，做了三十幾年的日本人，竟有人不屑於做日本人。」在異族統治下的臺灣人，飽受欺凌奴役，卻又被迫認同於大和民族，自始便被愚民教育矇蔽。以菊池單一的觀點，李淳上的是日本數一數二的官立學校，即使日本人子弟也未必有這種幸福，「究竟是什麼魑魅魍魎教唆了你，這可比擬浮士德賣靈魂給魔鬼麥非斯特！」在兩個高傲知識分子對立狀況下，這些典故用來自然而貼切。

李淳抗辯臺灣人並未曾受平等待遇，像他一樣幸運的高級知識分子畢竟有限得很。他表明自己是中國人，中國人抗日，不能說是「叛國」。他否定菊池所謂日本政府對待二二六事件少壯軍人的寬柔措施；他指出，那些少壯軍人被放逐到中國塞外，都變成無惡不作的「支那浪人」。菊池努力壓抑自己，再複誦錄供中的：「爲什麼帝大醫學部畢業後，不回臺灣行醫賺錢報答養父母的恩情，反倒跑去厦門？」

「提審3」與「提審1」「提審2」的時距有半年多，李淳與菊池在外形上都有所改變。日本戰敗的迹象已露，菊池消瘦，不再假裝仁慈，不再擺出好友姿態，只是焦躁不安，殘忍妄執，李淳則白而胖。作者幽默地附了一筆：「他的白是由於終年不見天日，至於他的胖實在是由於脚氣病的浮腫而來的。但較大的因素卻是由於他的心情較前寬鬆。」前兩句說明，嚴凝中帶有令人意外的驚喜，末一句仍然是重點，作者簡潔地交代：「從那饒舌的島木看守的片言隻語裏，他得悉塞班、硫磺島的玉碎，冲繩之潰滅。」顏元叔曾經指出：這個記載使「獄中記」充滿了歷史眞實感❼。大約李淳還是常挑逗那自大而又愚拙的看守人吧！

菊池用開釋利誘，用逮捕銀娥威迫，又以「赤門（東大）光輝的傳統」激勵，執意還是要李淳詳實的口供，他變得激憤，複誦日本特務機關的資料，強制李淳「默認」。一場警報截斷了菊池的朗誦，李淳逃過了逼供的挒難。由於小說採取第三人稱主角觀點，李淳又是囚禁獄中，與外界音訊斷絕，因而菊池檢事釋放銀娥與終戰大詔頒布之後切腹自殺，都在李淳自由之後，透過銀娥之口交代。

李淳贏了，但贏得並不快樂，因爲他的對手不失爲可敬之人，菊池「眞正是日本人中之精

---

❼見「臺灣小說裏的日本經驗」，「中外文學」第二卷第二期，六十二年七月一日出刊。

華」。葉石濤塑造這個人物與前任八木對照，一則仍然可見日本人虐待刑求囚犯的痕迹；一則不以詆毀爲詆毀，能突破刻畫人物單一型態的窠臼，由一個高貴的日本高級知識分子，爲顧全完美德操，不得不自我犧牲，來襯托日本兩千年荒謬神話的無稽。再則他與李淳的論爭，也提升了小說的層次，使內在涵義的深廣度更耐人推敲。更重要的，作者藉兩人現實層面的辯論，把李淳不肯屈服，不肯明白供陳的心事，以回溯的三個段落呈現給讀者，而「爹」與「銀娥」正是李淳生命中極爲重要的人物，他們的遭遇，也是眞正導使他「抗日」的觸因。

三、屈抑的靈魂

李淳是六百萬臺灣人中極其少數的幸運者，這個幸運是由慘痛的代價換來的。七歲的男童，在一個炎夏的午後，轉瞬間成了孤兒。身爲佃農的爹，駕着牛車冒犯了正在演習的日本伍長，他惡作劇地鞭打牛背，造成爹被牛車輾斃的慘劇。從父子的對話，作者介紹了林賓、銀娥父女。林賓是典型的臺灣地主，他上過敎會學校，會講日本話，他仁慈，在荒歉年歲，就免收李父的稻租。李父横死之後，他收養了李淳，供他上學，直到東渡日本就讀東京帝大醫學部，讓他享有富家子一樣的待遇，並且私心屬意把鍾愛的獨生女許配給他，童年時代李淳悲慘的遭遇，幾乎要被即將到來的幸福遮蓋了。在異族統治下屈抑的悲苦，好像就要被他即將拓展的光明前途給照耀得遁迹無形了。

銀娥是李淳心目中的女神，他爲她讀書，爲她情願受苦，有她，李淳才能出類拔萃。她騎着單車來接畢業返鄉的李淳，一路上李淳心旌搖漾，就在美麗的幻象營造得極其輝煌燦爛之際，作者以「銀娥眉宇之間，充滿了憂悒哀怨的神色」，急轉直下，原來林賓有意讓銀娥嫁給西川郡守的兒子。

在異族統治之下，忍受不平等待遇，其中最令人傷情的，便是美麗女子之被迫婚。在「銀娥2」中，林賓與李淳有一番坦誠的交談。他申明計畫爲李淳籌備一家醫院，讓他爲鄉梓造福；賺錢還他的恩情並不是他的目的。他也表明，多年來一直想把女兒許配給李淳，如今現實情況卻已不允許他這麼做。西川父子曾經協助林賓承租七十多甲田地，爲此解決許多佃農的生活問題；人情與政治因素使林賓無法拒絕西川的求婚，連「招贅」的條件，都不能使對方退卻，林賓覺得別無選擇，他告訴李淳：「人總要適應環境。」表面上看，林賓有些鄉愿，但作者也描繪他一臉苦惱，捶擊桌子，說：「我何曾不洞悉這些四腳仔（臺灣人稱日本人爲「四腳仔」）打的是什麼如意算盤！」他也爲李淳留了餘地，倘若李淳堅持，他仍願意把女兒許配給他，他可以辭了保正退隱，「但你和阿娥都要覺悟你們在此地一輩子休想得到安寧幸福的日子。」最後一句話是得自經驗歷鍊的睿智之言。

葉石濤安排銀娥非嫁西川不可的原因，非常寫實；而林賓其人，大約就像葉石濤熟知的父執一輩的人，「臉上裝著快樂，心裏藏著苦惱。」❽他身爲保正，與日本人必須維持良好的關係，環境磨鍊了他的耐性，許婚西川，對他雖然無損，論他的眞心，當然還是願意李淳做乘龍快婿，「我這林家的香火怎能由四腳仔來承繼！」無奈現實政治環境不能不顧慮。

十多年的夢幻，一下子被殘酷的現實摧毀了。李淳心亂如麻，最後他轉到了一個觀念，「失落已久的民族意識，強烈的抵抗意識在滋長，擴展，他抓住一把武器了。」戀人橫遭攫奪，直接觸發了幼年喪父的仇日心理，兩種切身的苦楚煎熬，使李淳屈抑的靈魂要藉反抗來發抒寃憤之情，終於導引李淳走上抗日之途。「爹」一段長遠埋藏了種籽，「銀娥1」「銀娥2」的時勢緊逼壓迫，才使種籽發芽滋生，葉石濤如此安排情節，布局周密，入情入理，自然貼切，有水到渠成之勢。但在表達上，似略嫌太露，議論筆調如能改換爲當時心態的直描，以含蓄筆法暗示「抗日」情緒的滋生成長，而不明點，也許更見完滿。

有關民族意識的觸發，在菊池與李淳的論辯中的關鍵所在，便是究竟李淳皈依中國有什麼不對？菊池憑什麼要以自己忠君的觀念，用「日本人」來約束他？在日本長達五十多年的統治之下，許多臺灣人確實如日本政府所期望的安於現狀，在平靜中討生活，無奈現實中的種種不平等待遇卻又無時不在提醒臺灣人：「你是在異族統治之下。」尤其是接觸到比較敏感問題時，臺灣

---

❽ 李昂「葉石濤訪問記」，見❶。

人另有祖國的意念必又浮現。

葉石濤另一篇小說「鸚鵡與豎琴」中的李淳見習士官，奉命去監視義大利領事可有通敵嫌疑，不禁憂心如焚，他很不願意接這個工作，而且私心期望，若是義大利領事眞的與盟軍有聯繫，自己也願意加入。明白了葉石濤對二次大戰末期臺灣人心態的掌握，那麼「獄中記」的李淳在失去銀娥（也等於失去一切努力標的）的情況下，轉而化悲憤爲力量，立下了「要是我沒有證實我就是臺灣人之中的佼佼者，參與改展歷史的偉大行動，我將不再回來……」便是再自然妥適不過了。

四、貞定的戀人

葉石濤寫男女之情，充滿浪漫情調，他筆下的女子，有不少是熱情奔放，勇於付出，不惜任何代價的，「羅桑榮和四個女人」❾中的「麗雪」便是一例。「獄中記」裏，銀娥獲悉父親與李淳商議的結果，自己非嫁西川不可，她主動把童貞獻給了李淳，作者寫活了二人幕天席地的激情與悲苦。銀娥這個行動流露了對李淳至深的情義，也表現了她不屈的意志以及對日本人逼婚的實

❾ 五十五年十一月一日作品，收入「葉石濤自選集」中。

際抗議。這個行動與李淳在厦門的抗日行動，同樣具有驚人的震撼力。

「提審3」中，透過菊池之口，作者交代銀娥與西川婚後卽因故離婚，付給西川一筆可觀的鉅款，當時她卽將臨盆。銀娥沒能得到幸福，顯示李淳的退讓毫無意義，而菊池端詳李淳的勝利者姿態，使李淳感到屈辱與悲憤。事實上，當時他不退讓，勢不可能。銀娥若眞是爲他而懷孕，時局變化如果有利，兩人還有團圓的機會，李淳應該可以開懷，再振作起來，以鋒利詞語與菊池抗辯。但是，擺在眼前的是，銀娥被捕，是受他拖累，他必須犧牲自己，去換取銀娥的自由，在不違害其他志士的範圍之內，他必得做某些程度的妥協，這是他的情義。他原本傲然自得，現在顧忌銀娥的安全，不得不滿足菊池檢事固執的好奇心，不能再有恃無恐的抗爭到底，他的自尊心受創了。小說留了很大的空間，讓讀者去想像，李淳必然還保留許多的機密，一直以他的意志力支撐著自己，沒有向敵人屈服，如今爲了銀娥，他已決心，必要時可以犧牲自己，這是一個高潮。

作者巧妙地安排了空襲警報，讀者的心情和李淳一樣放鬆了，難怪李淳看著菊池與島木慌亂的情景，禁不住「由衷的一陣哄笑」「開心的笑，笑得人仰馬翻。」細加推尋，當能由作者簡潔的筆墨，體味其中深涵的義蘊。

光復後李淳獲釋出獄，獄前「映入他眼簾的是一個白胖的男孩子，一手握著青天白日的小旗子」，男孩子後面是「風姿綽約，手裏使勁的握住一把色彩絢爛的陽傘的女人，她正含蓄地微笑招呼。」這是銀娥母子。小說限於第三人稱主角敍述觀點，讀者只能藉由主角來認識、觀察人物，只有主角的心理可以知悉，其他人物的內心，只能透過他的動作對白去揣測。銀娥在獄前告訴李淳：「你的家依然一如往昔，打開大門等著主人回來，而你的孩子……」話雖簡短，卻是深情無限。

試想當她懷著李淳的孩子做著無望的期待，當她不惜代價與西川辦離婚。離婚對女人來說是非常不幸的事，因此有很多婦女爲了顏面，寧願守著沒有愛的婚姻，也不肯離婚，魯迅「離婚」⑩中的愛姑就是。而銀娥離婚，竟是興高采烈的吧！那等於掙脫日本人的束縛，買到了自由，是愛情支撐著她。父親死了，她天天「開著大門」等待李淳回來，是貞定的情操，支持著她，她可以等到地老天荒。他們很幸運，「色彩絢爛」的不僅是陽傘，他們前途似錦。

銀娥告訴李淳，菊池押了她幾天光景，就釋放了，就在那次空襲的第二天，話裏輕描淡寫，轉達了菊池的友誼，她個人爲李淳所吃的苦，一筆帶過，作者輕輕帶過，正好也顯現銀娥之不惜犧牲，無視於牢獄之災的愁苦，這何嘗不是和李淳說的一樣：「我活著就是爲了你。」

五、悲愴的餘味

---

⑩ 收入「徬徨」集中。

在「獄中記」裏，作者關心的問題，不在李淳戀情圓滿與前程似錦，而在李淳出入監獄所含藏的意義。他的抗日與日人的挫敗，背後還有很多値得探討的因素，所以小說的筆鋒，不煞在李淳與銀娥重逢團聚的喜樂，而直接順著得知菊池自殺之後，李淳的思緒發展。他重獲自由了，相對的菊池切腹死了。李淳對菊池充滿了尊重、不忍與同情。他推測戰爭末期，菊池受時局的激刺，已經對維繫日本精神的荒謬神話有所懷疑，企圖從李淳嘴裏證實一些觀點，所以他超乎檢事所需要的範疇，要和李淳攀交情，想因依同窗情誼，探出一些日本有所以必須反抗的理由。菊池也許是有某種程度的體悟，囿於他的貴族身分，不得不袒護那種社會制度，也就不能不離析自己，成了雙重人格的人。最後不能接受日本完全挫敗的事實狀況，寧願以傳統勇武的切腹方式自裁，保全那分美麗的幻想。李淳之同情他，是因為終於想清了菊池的苦悶，竟比自己屈抑的悲苦，還要來得深刻。

在李淳的經驗裏，前後兩次異族肆虐的烙痕，激起了他的民族意識，他一直是自己的主宰。他選擇了艱苦的路途，做著有益於國家的大事。他放棄行醫的利益在先，接著小說中不曾交代明晰，讀者儘有寬闊的視野去想像的五年地下情報工作，吃苦是意料中事。被逮捕之後，牢獄中的折騰，更是具體可見的肉體摧殘。但是，這些犧牲都是有代價有意義的，也是他的意志力所允許的，他的人格尊嚴引以為榮的。他儘管肉體受盡煎熬，精神也飽受酷虐，他的心靈卻是安適的、充實的。此所以他與島木看守鬪嘴而能自得其樂；與菊池對陣，受盡威迫利誘，絲毫不肯放棄立場。菊池則不，「提審3」之中，他雖是得意模樣，顯然他瘦削了，他的精神苦悶，與戰局對日本的不利成正比。他所謂：「大日本帝國永無失敗之一天，日本是神國，開國之衆神絕不會遺棄我們，我們萬世一系的天皇不會領導我們走向淪亡之道。」正是外強中乾，心虛之極的掩飾。

葉石濤認爲，日據時代臺灣作家的文學作品，「根本精神在於發揚民族文化，以抵抗日本人的思想控制。」⑪他的「獄中記」，命意亦相近。小說的結筆是：「歷史的巨輪輾過了菊池男爵瘦弱的身體，正如那牛車的笨重的輪子輾過了李淳的爹那結實的身體一樣。」菊池與李淳的爹——李全寶，一個瘦弱，一個結實；他自裁，李全寶被害；他是統治者，李全寶是被統治者；他是日本高級知識分子、高等貴族，李全寶是臺灣文盲、卑微的小佃農。但是在歷史的巨輪之下，已經沒有任何差別了。「獄中記」在人生哲學方面探觸的深度，帶有多少悲愴的餘味！

原載民國七十三年十二月二十五、二十六日大華晚報副刊

---

⑪ 同⑱。

王禎和的「嫁粧一牛車」

——無可奈何的悲涼境遇

乍看王禎和這篇小說的題目，恐怕有許多人會以爲是：誰家的女兒出嫁，嫁粧裝滿一牛車；抑或耕稼人家送一「台」牛車給女兒做嫁粧。事實上，王禎和的命意全不在此。

在這篇小說裏，作者嘗試大量運用方言與僻字，民國五十六年四月十日在文學季刊第三期發表時，排版就出了很多問題，以致編者不得不在第四期重新排版附錄，以向作者及讀者致歉。小說語言是否適合使用大量方言？使用大量方言是否眞的「便於」（或「才能」）表達作者所要呈現的意旨？王禎和是嚴謹的小說家，我想尊重他的創作技巧，不宜過分在語言文字上苛求；但是，這種形式的寫作，明顯地局限了讀者的辨識了解，在作者的傳達與讀者的共鳴之間，難免有阻隔的現象存在，畢竟小說的價值應該是永恆的，它的被接受也應該是廣面的。作者大約不致有意只讓熟諳「閩南語」的少數讀者欣賞他的精心傑作吧？倘若有讀者懍於文字的艱澀，錯過深入品味的機會，那不僅是讀者也是作者的缺憾呢！

我們撇開小說的語言問題，來探索「嫁粧一牛車」的內容與技巧，無疑地，它值得再三深玩。它對人性有相當深刻的探討，結構謹嚴，用字精確，題材的選擇頗具強勁的吸引性，題旨的呈現也很有一番匠心；更重要的，它引發人沈思。

一、小說的布局

小說的主要人物是：萬發、妻子阿好、成衣販鹿港人簡某，另外加上兒子老五與醬菜製造商。其餘的村人、監獄裏的囚犯、料理店的老板與客人，都是陪襯的枝葉。起始作者用客觀的敍筆，簡潔地提示一些重要的脈絡：

村上底人都在背後譏笑着萬發，當他底面也是一樣，就不畏他惱忿，也許就因他底耳朵的失聰吧！

萬發並沒聾得完全：刃銳的、有腐蝕性的一言半語仍還能夠穿進他堅防固禦的耳膜裏去。這實在是件遺憾得非常底事。

這兩段文字，傳達了兩項重點：萬發背負着某一種相當沈重的屈辱；萬發有缺陷，聾與聾得不完全，大約就是某種不幸的肇因了。

場景開始於萬發在料理店「呷頓蔪底」(吃頓好的)，作者藉由萬發的觀點帶領讀者進入萬發的重聽世界，也深入萬發的心靈深處，由店裏四、五個打桌圍的村人的鄙夷神采以及捕捉到的銅鑼般轟進耳裏的聲響，作者又告訴我們：出獄之後，萬發有所改變，「對這些人狎笑，很受之無愧的模樣。」拉牛車的萬發，如今是「有牛有車」，「盡賺來，盡花去，家裏再不需要他供米給油」，「有錢便當歸鴨去，一生莫曾口福得這等！」別以爲表象的享樂是眞正的安詳，撬開簡某人敬送的酒，「滿斟一杯，剛要啖飲的當口，萬發胸口突然緊迫得要嘔。」原來「姓簡底」作祟，萬發並不眞正放得開！

於是作者把鏡頭拉後，往事在萬發的腦海翻騰，他憶述「懂事以來就一直地給錢困住」，如何耳聾，如何妻子嗜賭，變賣三個女兒，一家人落魄到住在墳場附近的草寮，靠萬發拉牛車爲人送貨艱辛度日。鹿港人簡某偶然做了鄰居，阿好照應他，老五幫他擺攤，阿好與簡某人好上了。萬發「惑慌」，努力防範，接著萬發失業，簡某返鄉，一家人飽嘗飢餓之苦，鹿港人再回來，阿好「到底掩不住心中底激喜」。後來簡某租賃的茅屋被屋主收回，經阿好提議，貼錢住到萬發家裏，「和老五在門口底地方鋪草蓆宿夜」，夜飯也一起吃，萬發到村上去便得尷尬地忍受村人的狎笑，飯桌上也得忍受阿好與簡某親熱的交談，但錢讓他心軟，只有「稍微眼糊一些」。

由於新來的鄰居——賣醬菜的，刁鑽刻薄底對老五說些粗穢侮辱的話，萬發出拳揍了他，並且撵走了簡某。接著日子「又乞縮起來」，老五生病花光了僅有的一點存款，好不容易牛車主又來找他拉車，卻碰到牛發野性，撞死了一個三歲男童，萬發鋤鐺入獄。簡某回到草寮，照顧阿好與老五的生活；萬發出獄，簡某送他一輛牛車。從此每隔一週，簡某敬送他一瓶啤酒，他便到料理店享用一頓好餐，識趣地多盤桓一些時間，回家來，總要張望到姓簡的在門口鋪蓆的地方和睡熟了的老五一同歇臥，他才進屋去。

王禎和的文筆轉回現實，萬發估量時間還早，又叫了碗當歸鴨，打桌圍的那些村人，又繞回來「朝他盯望，有說有笑，彷彿在講他底臀倒長在他底頭上。」

我之所以不厭其煩地依照小說的布局介紹「本事」，爲的是藉此瞭解作者呈現事件的手法，確實是處處懸疑，前後統合，直到文末，讀者才能看出個中端倪，也才能領略到作者在文前引用的亨利詹姆斯的詩句「……生命裏總也有甚至修伯特，都會無聲以對底時候……」便顯然喻示了這篇小說的題旨，一股無可奈何的悲涼意味，自然襲上心田。

二、悲劇的肇因

王禎和對萬發與阿好兩個角色的複雜、多樣的層面刻劃得相當成功，人性的弱點與境遇的坎坷，導致最後的悲喜劇，其中含藏的深義很有耐人尋味的地方。

萬發既不是好吃懶做的無賴，也不是覥顏無恥的小人，他之所以步上與人「共妻」，過着實質上是「租妻」的屈辱生活，原因一則是他的生理缺陷——耳聾；一則是物質生活的困窘。由於重聽得厲害，他失去許多工作機會，只能爲人拉牛車送貨，勉強過日子。耳病對他的威脅不僅是工作的不適意，連帶而來的生活的窮困，生活上的不便利，也讓妻子阿好對他日增嫌厭，自己也因此自卑而懊惱。他起先不肯聽從老婆的話去拜訪新來的鄰居，「實在怕自己的耳病醜了生分人（陌生人）對自己的印象」，而一旦與客人照面，答非所問，缺陷被挑明，便「甚恨得牙顫骨慄。」至於窮困，空襲時萬發得了八分聾的耳病，影響到他掙錢改善環境的努力，這是外在的境遇，阿好嗜賭如命也是一大關鍵。她不像王禎和另一短篇「素蘭要出嫁」裏的辛嫂，能安慰、體諒丈夫，能挺身幫忙消減經濟的壓力。阿好這個女人，在現代小說中，是相當突出的角色。她粗言穢語，賭輸了可以變賣女兒，「三個女孩早已全部傾銷盡了。」說起來，阿好算是個相當「原始」的開放人物，她沒有任何道德的負荷，完全是順「慾」而行。她嘲弄丈夫，關心簡某。她關心簡某，起初可能是多年僻居墳場附近，特別歡迎鄰居，也因爲萬發的殘缺，難得有個說話的對象；進一步則是成衣販金錢的誘惑。萬發爲了大兒子上城打工，多帶一件汗衫，剩下唯一的一件，得在晚上脫下洗淨晾乾，隔日中午勉強穿着出門，而簡某人堅持讓阿好攜回來的幾件「沾染油漬，賣出頗有問題的衣服」，就解決了萬發長久以來的苦惱；老五去幫簡某擺攤，每月工資幾乎就和萬發賺的一樣多。再加上阿好跟進城裏照料攤子，賣些野菜，「獲了錢，就和人君仕相輸贏著」，並不避忌簡某，因爲他也喜歡此道，終於他們由賭友而好上了。

三、醜陋的潘金蓮

作者在萬發憶及阿好與簡某「凹凸上了」以後，才透過村人的譏誚與萬發心理起伏的矛盾思緒，勾繪出女主角的形貌來。大凡紅杏出牆的女人，一般都略具幾分姿色，阿好卻是個異數。她大成衣販子十來歲，村人笑她：「豬八嫂一位，瘦得沒四兩重，嘴巴有屎哈坑大，呵！胸坎一塊洗衣板的，壓著不嫌辛苦嗎？」作者寫萬發的反應更是奇絕：

等到萬發聽清楚了，一個多半月底功夫早溜了去。消息攻進耳城來底當初，他惑慌得了不得，也難怪，以前就沒有機緣碰上這樣一這樣一底事！之後，心中有一種奇異的驚喜氾濫著，總嘅嗟阿好醜得不便再醜底醜，垮陋他一生底命，居然現在還有人與她暗暗偷偷地交好——而且是比她年少底，到底阿好還是醜得不簡單咧！復之後，微妙地恨憎著姓簡底來了，且也同時醒記上那股他得天獨厚底腋狐味：姓簡底太挫傷了他業已無力了底雄心啊！再之後，臉上騰閃殺氣來，拿賊見贓，捉姦成雙，簡底你等著吧！復再之後，錯聽了吧！也許根本沒有這樣底一宗情事！也許眞是錯聽了，阿好和姓簡底一些忌嫌都不避，談笑自若，在他跟前。也或許他們作假着確不知道有流言如是，驟然間兩地隔斷，更會引人心疑到必定首尾莫有乾淨底。

這些「惑慌」「驚喜」「恨憎」的感覺，與後頭「騰閃殺氣」及多方疑慮，細膩地勾勒出萬發粗中有細，簡樸中略帶幾分複雜性。

這無品又無貌的醜婦，憑什麼吸引鹿港人簡某呢？

鹿港話在閩語系統中，算是特殊一點的，阿好向萬發報告對簡某的初步印象：「鹿港仔，說話咿咿哦哦，簡直在講俄羅！」俄羅斯語，閩南人那聽得懂？年長一輩的人總用「俄羅」泛指一切外國難懂的語言，這是很傳神的方言。萬發初見他，「只聽他咿咿哦哦聲發著，大饅頭結塞住口裏，一個字也叫人耳猜不出。」他明顯地也有大的缺陷，「狐臭得異常……手又不住攞進肢窩深處，彷彿有癬租居他那裏，長年不付租，下手攆趕吧！實也忍無可忍。」然而阿好從來不曾提及簡某的狐臭異味，也不挑剔抓癬搔癢的失態，這對待丈夫尖酸刻薄，口出穢語的醜陋村婦，好似對簡某完全的寬諒。她熱情，可以從起始催促萬發去拜訪鄰居判斷，她也不避忌男女授受不親：

三不五時地，阿好也造訪姓簡底寮，同他短談長說，也幫他縫補洗滌底，姓簡底自己說自小就爹娘見背了，半生都在外頭流，向沒人像阿好關心他到這等。

大約簡某自幼孤苦，長年流浪在外，從沒享受過溫暖的家庭生活；身上又具有強烈的狐臭味，不易交結朋友。阿好雖醜，畢竟是女人，非但不嫌他，還主動親近、關懷他，他在阿好身上找到了母親的憐愛與女友的關切。作者礙於一直是藉著萬發的主觀觀點去陳述，沒能把這個鹿港人的心理狀態明白呈現，但可以確定的是：這個成衣販的金錢（在萬發眼裏挺多，其實何嘗多？）誘惑着阿好，萬發抗拒不得，他待萬發卻一直是溫厚的。當萬發疑慮他們月下偷情，他緊張地想讓阿五起來做證；萬發被醬菜販氣惱，攆他走，他就離開；萬發入獄，他照應阿好與老五；萬發出獄，他送了一輛牛車，了遂萬發的心願；每週總還敬送一瓶啤酒……這些舉動，偶而想起，也讓忠厚的萬發「過意不去」。

四、丈夫的妥協

萬發起始的戒備，充分流露做丈夫的尊嚴，末了爲何妥協呢？小說裏有兩段轉捩性的描繪。第一、當老五首次領了「月給」（月薪），萬發任由阿好推翻抓猪仔的計劃，準備下「米飯、鯽魚湯、炒白筍」，他「一連虎食五大碗飯菜」，阿好罵他「現世」（丟人現眼）。飯後他竟然

「暈醉欲睡得厲害」，再也撐持不住，等一覺醒來，猛記起戒備的工作，向門口鋪著的草蓆上，質詢沐浴在月光下的兩人。阿好那一套教堂聽道得來的衣服，胸口與小腹部位似鎖狀的裝飾，飯前曾給過萬發一些「保證」似的感覺，此刻串在其間的白鐵鍊已因「簡底講莫好看，拔了去。」（阿好嚼細了聲音）作者運用象徵的筆法，暗喻萬發重大的挫敗；同時也預伏後來在料理店享用一頓好餐，再不顧慮其他的「安逸」狀態。第二、經過一段飢餓的折磨，姓簡的回來又帶來生機，萬發敵不住金錢的誘惑，答應簡某租住自己的草寮，每天夜晚同桌共餐。萬發「督察」他們，看他們攀談，興奮地笑，「耳力拚盡」，卻聽不清楚，他氣急走出去，在無人的地方，「解下緊纏在腰際上底長布袋，翻出紙票正倒著數，……」於是他想到該迷糊一些。這也是妥協的前奏。

萬發入獄期間，獄友告訴他，妻子有權起訴離婚；阿好來，經不起他堅持的追問，承認「簡底回來了」「多虧簡底照應著一家。」王禎和這麼寫着：「萬發沒說什麼，實在是無話以對，只記得阿好講這話，臉很酡紅底。有人照應著家，總該是好底。」在萬發的思想中，這段經歷無疑也是影響性的轉變關紐。小說裏有一些輕描淡寫的跡象，萬發已近五十，他似乎也不能滿足阿好性慾的需求，說不定阿好對他的輕蔑，除去金錢的作祟之外，兩性和諧欠完滿也是一個因素。羞臊的阿好當時大約不醜吧！萬發必然有著相當的感動。

分析到這裏，萬發的妥協，眞是到了「無話以對」的境地；但他不是超脫利慾的聖人，也不純粹能安於吃軟飯，男子漢的自尊，仍不時令他爲那件事「作嘔」；他沒韙得完全，正是他的悲哀。他懷著屈辱感，並不能像外表一樣無動於衷，外在的冷漠，無論如何抵抑不了內心的挫傷，否則，他爲何還留意村人對他的譏誚指點？

五、一點小建議

王禎和的小說語言幾乎已經成了一種風格，且不論方言過多的阻隔現象，他確實發揮了高度的文字駕馭能力。在這一篇一萬七千字的短篇裏，犀利、精潔、靈動的筆墨隨處可見，即令三個主要人物的命名，也具備了反諷的意義：萬發不發達，阿好不好，姓簡底不簡單。這篇小說以萬發爲中心，作者大多數的場合還藉由萬發的觀點來論敍，主角眼耳所未及的，便生動的保留了適度的朦朧性，我以爲這是傳眞的好筆法。不過，求全責備，小說裏也常攔入作者本人的體驗，超乎小說人物的生活範圍的。譬如：用「洋機關第一次上班」的情形，來形容應付不來的場面；萬發乾咳著嚴重警告，阿好與簡某依舊談笑，「簡直目無本夫。斯能忍，孰不能忍？」萬發準備「撥金伐鼓，要廝鬪一場。」姚一葦曾用德國文學理論家薛里格的「浪漫的嘲弄」來稱許這種超現實主義的技巧；但由另一個角度來看，無可諱言地卻也是造成一種阻隔。其次，萬發與阿好和簡某的三角衝突，作者在描繪中，一直忽略了十一歲的老五的存在，他幾乎只是個物品了。白先勇的「玉卿嫂」，那麼錯綜複雜的情節，全由十歲的「容哥兒」口述；王禎和如果能利用老五補足萬發的觀點，抑或利用老五的動作言語反應阿好與簡某的某些個性，也許這篇小說還能有更高一層的創境。

原載民國七十一年十一月四日大華晚報副刊

註：本篇收入作者「嫁粧一牛車」短篇小說集中，六十四年五月遠景出版社初版。朱西甯選入「中國現代文學大系」小說第四輯，六十一年元月巨人出版社初版。

施叔青的「池魚」

——諧謔的人生小諷刺

施叔青的早期短篇小說，充滿敏銳纖細的感傷，收在「約伯的末裔」裏的「池魚」是一個例外。它並不營運詭秘的氣氛，也不鋪寫現代的夢魘，只略帶夸飾地提供了一則諧謔的人生小諷刺。「池魚」發表於民國五十六年十一月十日刊行的「文學季刊」第五期，朱西甯編的巨人出版社「中國現代文學大系」小說第四輯選爲施叔青的代表作（民國六十年以前的作品）。作者當年芳齡不過二十二，已經有意跳出自我蒼白的顧憐，以詼諧的筆法，呈現客觀世界的某些景況，而且頗具創意。

一、有理說不清

小說裏的王琨，在牡丹社警察局、蘆城黃宅和梧棲村農家面對有理說不清的尷尬景況。阿蒙訛詐他五年來的積蓄五百八十塊錢，警察、老闆、養母始終沒能還他一個公道，他還受盡輕蔑、凌辱。

在牡丹社，類似的事件，向來是以拳頭解決的。安田莫警官訝異於王琨當着工頭，卻是「眉眼外梢向外，一臉城隍廟裏的無常相。說話時尾音軟媚，十足女人氣。」由問話中，交代阿蒙替人管理蜂場，安田莫警官爲此遷怒平地人，憤憤地發牢騷，王琨提醒處理阿蒙騙錢的事，只得到一場揶揄，王琨怒罵警察是「生番」，又激怒了兩個山地警察長年來對平地人的積恨，再也不理他的控訴了。在蘆城暴發戶黃虎那裏，王琨要求剋扣阿蒙的工錢還債。糾纏不過，甚至要求解聘阿蒙也甘心。然而阿蒙有恃無恐，向老闆提及警察放火燻死蜜蜂的事，黃虎果然注意力完全轉移。在梧棲村殘破零亂的阿蒙養家，阿蒙的養父中風癱瘓，阿母指斥阿蒙不認命，不長進，阿蒙反唇相譏，說是養母姘上別人，才氣壞了阿爹，王琨反成了調停勸架人。阿蒙向養母吹噓老闆如何重用自己，王琨疏不間親，不能讓養母了悟阿蒙扯謊。母子憧憬未來之際，王琨提醒要債，女人迎上來，要他「把這所破屋扛回去」。王琨扭着阿蒙要去見村長，女人示意阿蒙快逃，她親近王琨，說用自己賠，捉弄了一番。

二、「性」趣濃厚

以上的情節，乍看頗諧謔有趣，細按來，情節安排又不盡自然。事實上，找到前後貫串的主線，便了解，像畫畫一樣，施叔青用了厚重的底色，早把空白的不諧和處都撫弄得熨貼了。那就是「性」。白先勇曾經批評過：死亡、性、瘋癲，及一種神秘的超自然的力量，構成了施叔青小說中的經驗世界❶。在這幾樣因素中，施叔青的「池魚」獨獨保留了「性」。她不露斧鑿之痕，但起始至結尾卻離不開這個重點。安田莫警官談歌舞臺的脫衣舞與後臺可能獲取的興奮；助手柯里的冷漠應和，正好反襯安田莫熱衷得有些邪氣。由兩人的對話可知：安田莫的妻子花梅爲了「管他」，被打傷了左眼。他聽說王琨被騙錢，與女人有關，興致就高昂了；他恨平地人，因素不少，包括他們在山地製造許多私生子。但他卻愛嫖平地女人，也惦着平地人教過「好些稀奇的玩法。」

王琨在警局受盡鄙視，一則由於他的瘦小怯弱，再則由於他的女人氣十足。這女人味兒，實是來源自他幼年生長的環境。在那生產絲、茶的家鄉，他擠在堂姐妹堆裏長大，有着溫柔的姑奶、母親愛撫，他愛偎在姆媽懷裏，撫摸着柔軟的綢裙。十六歲娶了老婆，標緻的老婆兩年後就和馬伕私奔了，他疼她，只敢在夢裏扯她頭髮，揍她。因爲欠缺陽剛之氣，想女人又想瘋了，才上阿蒙的當，落得人財兩空；而在梧棲村，他也受阿蒙養母的挑逗玩弄。至於阿蒙這吊兒郎當的

❶白先勇「約伯的末裔」序，收入施叔青「約」書，大林出版社六十二年五月三十日初版。

不良少年，養母說他「十五歲大，就在溪邊墓墳堆，犯了一個放牛的女孩，差點被村子裏的人打死。」早熟是一回事，他的刁蠻，養母不能不負部分責任，是養母的姘夫揍他，他才離家出走。養母賣田賣地，倒貼姘夫，仍逃不脫被遺棄的命運。如今要下田、理家，要侍候「不死的病人」，也夠淒慘的了。但她畢竟是豪放女，在小說末了，教唆阿蒙逃離之後，她消遣王琨，把他往懷裏一拖，又往外一推，「像鞦韆似地來回盪着。」那王琨渴盼已久，最初大約還眞的想那麼做，等摔了個四腳朝天之後，才了解終究被愚弄了。作者刻畫現實中活生生的人物，平凡現實，有情有慾，有表現得平淺的，有含藏得沈潛的，都不外是人性的一環，因着這些特色前後還能融貫，小說情節安排便不再覺得突兀了。

三、複雜的人物

肇事者阿蒙，有着「生滿癩瘡疤的頭頂」，十八九歲，熟諳世事，並機靈善變，他能察言觀色，適時插話，迎合警官、老闆與養母，而王琨則是耿介率直，不虛矯的善良人物。這是作者呈現給讀者的印象，好處在於不落言詮，完全以實際的狀貌展示出來。當他無可奈何離開警察局時，告訴少年：「阿蒙，你最好別呆在這種教壞人的地方。」但是他又是個相當複雜的多面人物，前面提及他怯懦柔弱，他同時也固執，扭扯着阿蒙，不嫌繁瑣，再三找人理論。在警察局，他嘶聲哀求，「哀傷得像個哭喪的娘兒」，他懷舊多情，寂寞孤單，在蘆城小旅館，禁不住向阿蒙傾吐懷鄉思緒，包括戀母情結與被妻子鄙棄，作者藉此交代王琨女人氣的來由，也突顯此一角色的淳良。然而他也有兇狠的一面，不是兇狠，阿蒙刁鑽古怪，不可能跟着他再三兜轉；相對的，阿蒙也有樸質的一面，才會忠實地帶王琨去找老闆，找養母，而最大的依恃，大約阿蒙早料定王琨勢將徒勞往返。

王琨兇狠，表現在必要時的威嚇，在養母家，他威脅要打官司，要扭着阿蒙去見村長。他似乎並非全爲了錢，也爲了爭一口氣，黃虎不答應扣阿蒙工資還他的錢，他便要求老闆免了阿蒙的職。王琨不能察言觀色，也欠自知之明，得罪兩個山地警察不算；在梧棲村，他陶醉於自己能在母子爭執中聊作調人，又徒然地想揭破阿蒙的謊言；女人逗弄他，他信以爲眞，一則是性的渴望，一則也是欠缺自知之明。

安田莫警官與助手柯里是另一組諷諧性人物。安田莫是正主子，柯里是配角，安田莫的對白多，心態不難察覺。妙的是，他的興味既在低俗的「性」趣，又慣於把柯里拉扯到渾水中。作者描繪柯里採行側寫，由他多次的反應，顯然他別有看法，卻又礙於身分地位與禮數，不敢發怒，也不敢爲花梅抱不平。賢者「忍從」於不肖者，原本是悲哀的事。當然，他只不過比安田莫「賢」，其實他還是平凡的警察，安田莫說：「柯里，你急着要去戲院，我知道……」，對追上來的王琨，柯里的怒氣終究有得傾洩了。但畢竟他比安田莫盡責，呵斥之中，他爲王琨引示一條路徑：

「去找他主人要。」這句話把人物的多面性呈顯出來，還兼具了轉變場景的提示作用。

至於阿蒙養母的角色，住在臨海僻遠的小村裏一間遍是穢物的殘破農舍，以王琨善良心軟來配合，作者很可以用赤貧來引發同情，把養母塑造爲知命認命的傳統溫良可憐的小女人，這裏卻是個潑辣、強悍，敢愛敢恨的鄉村豪放女。阿蒙認爲養父生病癱瘓肇因於她的淫蕩，如今病人像被點了穴道一樣，只能含糊地抱怨，她仍是活得堅靱。

登場時，她正爲小女兒化妝，襯着穢亂的背景，小女孩戲臺上小丫環的裝扮顯得格外刺眼，她要讓小女兒在一個葬禮中的「藝閣」站上一天，換取十五塊錢。有趣的是，阿蒙幾句討好的話，打動了她天生的母性愛憐之心，她竟能勸阿蒙逃離，自己主動挑逗王琨，勝利地「嚇阻」了王琨，不是眞正肉體的付出，而是那份氣勢凌壓了女人氣濃、男兒性短的王琨。王琨本可以做個大方的施捨，滿足自尊，偏是遇上難纏的母夜叉，本身旣有缺陷，便做了惹禍及身的傻子，這種嘲謔的戲劇化，幾乎要讓人遺忽了阿蒙的肇禍，王琨是無事受累的「池魚」，作者布局之高妙，令人歎服。

有關黃虎的描繪，比較起來就略嫌遜色，夸飾之餘還多用了敍述的筆調，如：「他斜起眼睛，幾乎半閉。這等倨傲的態度，配上他一身簇新的服飾，顯見出一個傖俗的暴發戶。」「他抬起陷在肉裏的小眼睛，迸出了貪婪的光焰，眞不愧是個刁鑽起家的商人。」形容太露，破壞了小說含蘊深刻的原則。至於那個「與老屋外貌的古色風情相配的」小腳老太婆（該是黃虎的母親或長輩），勾勒簡潔，卻又嫌平凡。在人物刻畫方面，第二部分顯然是較弱的。

四、誇張的比喻

「池魚」的諧謔性，不僅在人物的誇張映襯，而且遣詞造句也極力夸飾，最明顯的是：多處以動物來比況一個人的形貌動作，很有卡通的意味。

安田莫坐在警察局裏，「看上去，是一副模仿人樣的黑熊坐在餐桌上，等待吃食前十分無聊的模樣。」他圓睜「鬪鷄眼」，生氣起來，「狺狺像個咬人的瘋狗」。王琨有着「鱆魚似的頭」「瘦鷄般的沙啞聲」，安田莫警官要做筆錄，「柯里走過來，一把拎起小男人底後頸，像抓住一隻瘦伶伶的鷄，等着送上去等候一刀宰死。」簡直誇張得有些離譜了。安田莫聽到訛詐騙錢與女人有關，「揮舞着兩隻手，似頭快樂的黑熊。」阿蒙說風涼話，「似隻立着走的牛蛙晃來晃去，賣弄他的醜態。」王琨惹惱，罵安田莫生番，安田莫咆哮着，「浮現的青筋變成蚯蚓，在他額頭上跳躍。」他「猛張有熊口大的嘴，幾乎可以吞下王琨。」又出現過分誇大的形容了。

在蘆城黃宅，黃虎「終於坐下來，像滿屋子亂飛的蒼蠅，好不容易停住。」在梧棲村，癱瘓的病人，「兩隻死魚樣的黃眼珠，呆視前方。」柯里是比較「理智」的警察，王琨罵生番，他也惱了，「猪黑的臉色漲成紫紅。」以上都用動物來形容狀貌，逼眞肖似，但兩萬五千字中，人物六人，老太婆與小女孩只是輕描淡寫，這些動物比喻密度終嫌過大了一些。

另外是以動物來描摹動作的：「安田莫警官霍的從椅子上跳了起來，蜂螫了屁股一般。」他「甩落（王琨）那隻露骨瘦手臂，像揮走一隻惹惱他的蒼蠅。」在黃宅，「王琨不敢走近黃虎，他似防備一頭發怒的野獸。」大致說來，比況還算鮮活。

多方譬喻，還有其他的例子，如：「王琨底悽苦的臉，看來恰似皺黃的苦瓜。」「端坐着的安田莫警官，眞肖似將軍牌的仁丹鬍，一副滑稽的威嚴。」「阿蒙如閻王殿的小鬼，跳前來幫柯里抓緊（王琨）。」譬喻靈動，眞是神來之筆。

「施叔青是個中年男子」②，有很多讀者鑑於小說取材的特異，直認施叔青該是年長些的男性，這對作者的小說評價，無寧是好的。因爲掙脫閨秀派花前月下的兒女情長，作者所關照的顯然更爲深廣。人性多面的繁雜，在詼諧的筆調下呈現給讀者，技巧的運用雖微有小疵，新穎的構意是禁得住再三揣玩的，更重要的是，小說中探觸到的問題也不少，足夠有心的讀者細加思索的了。

原載民國七十四年七月一日大華晚報副刊

---

② 見施叔青著「常滿姨的一日」短篇小說集自序，景象出版社六十五年十月十日初版。林柏燕「文學探索」頁七九：「總以爲它是中年男子寫的」，六十二年由書評書目出版社出版，大林出版社六十九年十一月初版。

施叔青的「倒放的天梯」

——現代人的孤絕感與恐懼心

讀施叔青女士「倒放的天梯」，想來沒有人不怵然心驚、感慨萬端的。是什麼樣的主題，使這篇小說具有強烈的震撼力？天梯何以倒放？天堂之路，業已斷絕。現代人懸吊在無底的萬丈深淵之上，孤絕感與恐懼心，使人的心靈崩離破碎……

這篇一萬五千多字的短篇小說，發表在五十八年十二月出刊的「現代文學」第三十九期，收入歐陽子編選的「現代文學小說選集」及齊邦媛編選的「中國現代文學選集」❶。小說分三個大段落，以「醫學討論會」、「那個實習醫生的狂想之一——一則神話」、「那個實習醫生的狂想之二——潘地霖的獨白」爲標題。後兩個段落是承第一個段落鋪展的，假設實習醫生根據精神病患的資料而作的推斷。表面上是結果，其實是推因。兩段完全不同的敍述觀點，兩個截然相異的

❶ 前書爾雅出版社六十六年六月一日初版。後書由書評書目出版社六十七年一月三版。

觸角，作者細心地探索人性的奧秘，讀者必得細按推尋，才能領略個大概。事實上，作者顯然是刻意這樣布局。人性的複雜矛盾，未能諧和調適的種種因素，豈是三言兩語所能表明的？實習醫生狂想的兩個段落，是否就接近事實，那是另外一回事；重要的是，作者技巧地揭示了病情發作的肇因，她客觀展現了一些層面，其間的線索，全待讀者自已去貫串融會。

一、精神病患的資料

小說的第一部分，作者借用醫學討論會起筆，採用第三人稱全知觀點，大體而言，是透過那會議紀錄——一個實習醫生的見事眼睛寫成。主旨在先介述複雜的案例。院長一反常例，拋開取材國外醫學雜誌的作法，以現成的國內精神病患潘地霖做探討目標，想根據已有資料，研擬一套治療辦法。這個病患即將於一週後由S精神病院轉來就醫。資料由患者妻子提供：病患三十七歲，是打零工的油漆匠，一家六口，生活清苦，患者於離家一年半後歸來，已神智不清，渾身顫抖不已，請乩童驅鬼無效。後來S精神病院調查到，病患曾受雇於東部一家油漆店，隨着工頭呂昌做沿途油漆橋樑的工作，他給人的印象是：過分沉默寡言，隱瞞自已身世。觸發患病的因子，是他獨力油漆一座吊橋，虛懸三日之久。他回到地面以後，就擁抱同僚痛哭流涕，週身猛烈顫抖。患者的病況，初步斷定不是器官病，而是一種固結的心理疾病。S病院以催眠治療無效，腦波檢查顯示，患者情緒極不平穩。他給院長的初步印象是：驚恐過度。

那個實習醫生紀錄潘地霖的個案，所付出的特殊情感，是值得注意的。由「他的眼睛轉爲悲哀」、「年輕的額頭爲敷滿了暇思」略作底色，當院長說明見到患者時，患者眼神煥散，表情淒惶，實習醫生替他接下去說：「好像有什麼東西在他的胸腔碎裂。」對於潘地霖的精神狀態，實習醫生有着某種程度的理解。這種共鳴，不全是出於職業性的推斷，作者似乎有意暗示：潘地霖的病因，或者竟是人類普遍存在的天性的矛盾。也因爲那個實習醫生特別充滿悲憫之懷的關愛，所以作者借託他的狂想來展現情節。院長比喻潘地霖「好比撲燈的蛾子」，他能有救嗎？誰也無法解答這個問題。既是「撲燈的蛾子」，毀滅性是夠大的了，只怕凶多吉少，多麼悲哀！

二、被迫逞强的英雄

究竟怎麼樣的一座吊橋，能潛伏這麼可怕的「殺機」？患者潘地霖是在怎麼樣的情況下，觸發了病情，以至無法療救？作者分兩方面去探討。

「神話」一段，提供患者發病的現實環境，以第三人稱全知觀點寫出，用了大量的比喻與象徵手法，突顯偏僻險峻、荒廢枯索的深山裏「峯頂吊橋」的背景。在這遠離文明社會的偏遠地方，以工頭呂昌爲首的一羣油漆工匠，恰像是荒漠中的游牧民族。呂昌望着那座險惡的吊橋，也不免感到煩悶的痛苦。「誰敢上去漆這座吊橋？」所有的工人都沒有反應，潘地霖是唯一站着的工人，他引起呂昌的注意，這「獨立」象徵他特異於常人。工頭逼問他，又自作決斷：他顯然不敢，這給予潘地霖相當的激刺。小說的節奏轉快，隨着情節的開展，帶有一種迫促的逼人氣勢。跛腳漆匠善意的溫言安慰，對潘地霖好像只有反作用，呂昌的逼人氣勢，加上同僚揭發「他老婆不要他」的撩撥，使他下定決心要漆這座吊橋。

在第一個段落裏，患者的病情係由妻子提供的，他之所以離家，事因不明，想來必有其無可奈何的隱痛。一個沉默寡言的人，不是不同凡響，過於深沉；便是滿腹辛酸，有極深刻的悲苦。他如果眞是被老婆摒棄，他可能是個懦弱的可憐人。此刻他卻昂揚地下了重大的決心，要做一般人所不敢承諾的大事，這是冒險的「充英雄」的大決定，他緊張自不用說，內心激動，可又高傲自滿，作者說「他感到他的這一生彷彿就是爲這一刻而活。」這是人性深處激發的大無畏精神，最令人敬肅不過的，所以作者這一段的結語，便是這樣明潔有力：「轉黯的天空呈現一片莊嚴。」詩一般的句子，同樣也帶給人一股莊嚴敬肅之感。

三、完全孤絕的畸人

白先勇曾經批評過：「施叔青的小說人物都是完全孤絕的畸人。」偏偏這些不正常的畸人又都「有其可怕的眞實性。」❷這也正是施叔青的小說能使人提撕猛醒，具強烈震撼力的緣故。「倒放的天梯」的現實性更是明切，作者有意把刺激的環境安置在邊遠荒僻的東部深山，藉一個油漆工單獨一個人倒懸身子油漆吊橋引發精神病症，探討人類自我辨識、矛盾掙扎的問題。

存在主義的哲學在第二次世界大戰之後，曾經風靡歐美，六〇年代，臺灣文壇也掀起一陣如痴如狂的風潮，施叔青「倒放的天梯」，便是以小說的形式，發揮存在主義的哲理，探討了人性的自我矛盾衝突。第三部分「潘地霖的獨白」，是通篇精華所在。爲便於呈現人物內在思緒，改採第一人稱自知的敍述觀點，剖陳了人性的複雜與無奈。

第一天，潘地霖慶幸自己「獨立自由」，能掙脫羣體的羈絆，借着酒力，他英勇地發揮內在的潛能，他自得自滿。然而與其說這是一種自信，無寧說只是短暫的亢奮。「吊橋異樣的安靜，彷彿具有某種意義似的。」他直覺吊橋在他懸掛後傾的身軀上昂看來，是一座「倒放的天梯」，這些形容含有相當耐玩的象徵意味，天梯既然倒放，自然上不了天堂，存在主義哲學，便肯定自我創造，否定上帝的存在。跛腳漆匠遞給他的酒，給他憑添勇力，雖然適時推動他開始漆橋，仍是外鑠之力；他聽着酒壺丟擲滾落懸崖的回聲縷縷不絕，意識到它深邃永遠觸不了底似的，他就

---

❷白先勇爲施叔青「約伯的末裔」作序，大林出版社六十二年五月三十日初版。

開始顫抖，不知是恐懼還是發酒寒。這明顯地已是不祥之兆，然而潘地霖依然經不起激勵，即使騰空，也要逞能。他意與遄飛地揮動刷子，狂妄地想和太陽賽跑。

亢奮之餘，繼衰疲而來的是空虛、孤寂與恐懼。第二天，他先是陶醉於昨日燦爛的成果，有着強烈誇耀的慾望，但荒野間，僅剩他一個人，他「笑得怪寂寞的」。足見人根本不能孤立，而他曾爲「獨立」那般興奮過；如今他被人們遺棄，他那些漂泊的同伴曾合力油漆過四十多座橋，此刻卻把他拋棄在危危欲墜的吊橋上。他突然感到卽將被吞噬的恐懼，他渴望逃離，亟盼踏到地面，但顧慮到同伴的嘲笑，他又再度勉力撐持，油漆滴落臉上，油漆正是淚呀！終究他厭倦了，第三天，他體悟到自己一切行爲原都只爲了表演，他爲別人而勉強敷衍，難道人生就這麼無奈？他不甘心做傀儡，他既不耐於被盯迫，又不甘心於竟然被迫，這種凌遲的痛苦，超過肉體所能負荷，他想抓住什麼，也想躲藏起來，但是太晚了，他再也不能辨識自己，只有懸吊在荒山的半空中，做着無謂的徒勞的掙扎。

四、修辭鍾鍊的工夫

「倒放的天梯」，不僅蘊含深奧的哲理，耐人深省；在主題的呈現上，採多角度的探索，更換敍述觀點，運用象徵手法，巧妙譬喻，敷設了極爲鮮明的意象，作者創作技巧的發揮，也是一大特色。

我們前頭的分析，一大部分是筆者主觀的說明，事實上，施叔青小說的成功，全在於她能不落言詮。爲了明切地表達許多深奧的理念，作者安排了富涵意義的場景。歐陽子說：「文中『狂想之一』，具有神話架構，作者以想像中天地初闢時的廣漠蒼涼景象，比喻我們世界之如同『荒原』。又以『流浪』、『游牧民族』、『遷徙』等語，比喻我們的無根感。」❸作者讓潘地霖油漆一座高懸的吊橋，才能寄託人類的孤絕恐懼、騰空戰慄之感。潘地霖獨自留下來漆橋，第一天是晴和亮麗，第二天是陰霾的天氣，「山谷充塞着不安。」唯有這樣布局，才能寫出人類狂妄自大，卻又自欺多疑、憂懼惶恐的性情。作者介紹潘地霖一羣漆匠登場的時候，「過重的漆橋工具扛在肩胛上，像負荷一具套入脖子的刑架。」這比喻人生像是個漫長的服刑贖罪過程，漆匠們賴以維生的工具就像刑架。

這一羣漆匠中最孤絕的要數潘地霖。他沉默寡言，隱瞞身世，衆人對他所知有限，他與衆人也顯得格格不入。大家都蹲坐的時候，只有他一個人是站着，是他格外「獨立」嗎？這批人曾經合力沿途油漆過四十幾座橋，這回卻讓他一個人獨自留下來，擔負艱難的工作，看來似乎不近情理，然而非得如此，才能顯現大自然對人類考驗的龐大不可捉摸的力量，也才有可能對潘地霖構

❸ 見「現代文學小說選集」，參❶。

成心靈上強烈的摧殘。

呂昌逼迫潘地霖承諾漆橋工作，作者極其巧妙的善加譬喻，呈現了鮮明的意象。「吊橋四周的黑色鐵索，全綳得緊緊的，一如這時潘地霖一條條緊張得很的神經。」呂昌「拉扯那截有伸縮性的測量尺，如同把玩毒蛇的黑衣魔術師。」呂昌戲謔性地告訴他「吊橋跨在兩個山腰間，海拔二千公尺。」作者接着形容呂昌的動作：「說着狠狠把手一揚，測量尺從圓盤閃飛出去，像吐信的毒蛇，猛向潘地霖的右頰撲去。」這是很成功的象徵筆法，因爲潘的緊張與事後的受傷害，「綳緊的神經」、「吐信的毒蛇」是最恰當不過的比喻。施叔青的運用典故，也稱得上兼顧雙關與暗示作用。潘地霖記述盲瞎的老祖母重複的「夸父追日」神話故事，早早爲潘地霖的遭遇預伏線索。「夸父不量力」❹與「夸父渴死於鄧林」❺等因果，小說裏並不曾提及，讀者也能預感潘地霖狂妄地想和太陽賽跑，可能引致不幸的結局。當潘地霖看見一隻黃色的漂鳥，「在交錯的鐵索之間陀螺一般飛轉，做着突破重圍的努力。」讀者和他靈犀相通，感覺到他正如漂鳥。他這時向上仰臉，覺得「無數黑色綳緊的鐵索包圍我，像陡然撒開的一幅蜘蛛網，自四面八方團團將我罩住。」作者無一句談及恐懼，而恐懼之情自然宣洩無遺，百蟲難逃蜘蛛網的粘擒，潘地霖也難

❹ 山海經海外北經、大荒北經。
❺ 淮南子墜形訓。

逃吊橋的吞噬，作者再度藉着靈巧的譬喻，刻畫了人物的心靈，都予讀者明顯的提示。他實在該放棄漆橋的工作，卻「恐懼」要被同僚嘲笑，於是拼命似地揮刷起來。「油漆落到臉頰……很快流了我一臉，像來不及拭去的氾濫的淚水——桔紅色的淚水。」看着這些描繪，理解到一顆恐懼不安的心靈，淚水，悲傷無告的淚水，油漆何止是「像」淚水而已！油漆卽是悲傷無告的淚水，卽是憂惶崩裂的心血！這又是多重意義的相關暗示，下面的兩句：「我自心坎打了一個森冷寒噤，顫抖於再也無法辨識自己的恐怖。」便有水到渠成的作用了。

由上舉多種例子看來，施叔青在經營小說上所下的修辭錘鍊工夫，的確是令人讚佩的。

原載民國七十三年十月十五日大華晚報副刊

黃春明的「甘庚伯的黃昏」

——瘋子的老奴

黃春明是當代頗爲受人矚目的小說家。他閱歷深廣，熱愛鄉土，關懷廣大的卑微、委屈的一羣小人物，在他誠摯，樸實的筆下，那些他所熟悉的小人物鮮活實在地散發着濃烈的鄉土氣息。那些小人物不見得受過什麼教育，也許沒有什麼大名大利，但卻大多在人世間發揮了高度的情操，諸如人倫之愛，親子之情……等等。民國六十年十二月發表在現代文學第四十五期的「甘庚伯的黃昏」，主人翁「甘庚伯」便是一個善良、樸實、安天知命、愛子睦鄰的可敬而又可佩的老農。他表現了人間無可替代的哀矜的父愛，表現了強韌的生命力，即便是「近黃昏」的垂暮之年，失去養兒防老的依傍，在黯淡的前程中，他仍然無畏艱難地承擔着亙古以來人類的重任——照顧兒子，他仍然善盡農人的本分，辛勤勞碌，爲大地展露的生機，綻開了笑顏。

在這篇一萬三千八百字的短篇裏，熱情洋溢的黃春明，難能可貴地運用着客觀冷靜的筆調，爲我們敍說一則哀痛悽涼的人間悲劇，一向文筆樸素的黃春明，在這裏運用不少自然不帶斧痕的修飾詞語，恰如其分地點明了小說人物的衷曲，令人不能不相信：即使是質樸的鄉土作家，他的寫作也是字斟句酌的了。

一、堅忍的老農

在廣袤的農村鄉野，壯丁是多多益善的，老人的精力再旺盛，總是屬於陪襯的性質，年輕力壯的毛頭小伙子與精實幹練的中年莊稼漢，才該是農業生產的主力。六十七、八歲的甘庚伯，該是含飴弄孫，或者像「青番公的故事」裏的青番公一樣，帶著小孫子到處炫耀早年農村的喜樂，然而甘庚伯卻不。小說一起始，作者勾勒了花生園忙碌的景象，老庚伯揮汗忙著耙除野草，四分多地的雜草，「足夠讓一個年輕力壯的農夫，忙上五六天的。」老庚伯早幾年前就已忙累得彎腰駝背了。身為一個勤勞的農夫，甘庚伯是不怕吃苦的，他蹲下去拔草，「那久已浸潰在汗水的黑布衫，尤其在兩條彎彎拱起的背肌上，給張得緊的地方，結了一層微薄的細鹽，有一點點微弱的閃爍。」勞碌的工作沖淡了他的許多煩惱，作者暗示我們：「這些無法停息的農事，使他不為其他事情傷感。並且在他那枯乾了的臉上，也經常因收穫、播種、發芽、開花、結實等等的一串生機的現象，逗得泛起笑紋來。」他顯然有着極大的傷心事，農事是他本分慣常的工作，也是他的精神寄託，命運的播弄，並沒有完全使他挫敗絕望，他擔負了年輕力壯的農夫一樣分量的農事，天時物象的自然生機，多多少少仍然給他帶來愉悅。他目前最切盼的是：老天暫時別下雨，好讓他把花生園的雜草處理好，他心裏有股「似急又不急的起伏」，以致思緒不寧，咕嘟咕嘟地喝了兩口茶，「突然覺得肚子裏有點漲漲，這時才想起剛剛才喝了一大碗。」由於命運的播弄，他雖然勇敢地接受了殘酷的現實，對於上天的安排，仍懷有一份不可言喻的敬畏與疑慮，「天想做的事誰知道？」這個想法，蘊含了老庚伯無可如何的宿命觀。不過，他的認命嚴格說來倒並非消極沈鬱，當一切人爲的努力都無濟於事的時候，相信上天的旨意，與其說是宿命，毋寧說是一種精神上的慰安，它鼓舞老庚伯撇開個人的傷感，投注精力於工作，接納幾十年鄉鄰的關懷。

鄰家的幼童阿輝跑來告訴他：「你家的阿輿在店子街那邊瘋得厲害。」一句話點出了老人的傷心事，他以快速得令人訝異的速度跑去找兒子，用碾米間借給他的蔴袋和草繩，把兒子赤裸的下半身圍了起來，牽回家裏，重新關禁起來，掄動鐵鎚，牢牢釘緊栅欄的橫木。小說的情節就在這麼一段路程中展開。這貧窮孤苦的老頭有着甜蜜的回憶，也有着悲苦的嗟嘆，更多的是無限的憐恤。報信的孩童阿輝一直跟在他們父子倆的後頭，他在小說裏發揮了相當重要的作用，作者借用他的見事眼睛，使情節的鋪排富於變化；作者也安排他在許多場合作了阿輿的替身，讓老庚伯的愛子之情有個轉化依託的對象。

二、瘋子的老奴

我們一直不知道甘庚伯的兒子爲何發了瘋，瘋了多久，瘋成什麼樣子？小說不比故事，它經由作者悉心的布局，要透過許多人物，選擇適宜的場合輾轉交代出來。

瘋子阿興有着「清秀的眉目」「蒼白而帶有高雅的受難臉孔」，這讓匆忙趕來的甘庚伯，父子近距離相對時，不由大吃一驚；阿興「那一對清澈透底的，有如無任何雜念的稚童的瞳眸」使甘庚伯覺著「一陣冷震的微波，蕭然滑過脊髓」，使他「心理那麼無助而虔誠又焦灼的直喊：『天哪！天哪！』」這一番特寫，作者相當細緻地刻劃了瘋了的阿興，在失去相當神智之後，阿興還是那麼斯文可愛，更遑論倘若他正常生存的可能狀況，甘庚伯的沈痛由此更加深程度。卽令神智失常，阿興見了父親，仍然無意地「牽動嘴角的笑紋」，這就連讀者也引發了悲憫的愛憐之心了。

作者藉由甘庚伯應答村人的問話，讓我們瞭解到阿興已經瘋了二十五、六年了。光復後第二年從南洋回來就這個樣子。「我們一個好好的人交給他們。他們卻把一個人折磨成這個模樣才還給我們。」甘庚伯遭遇了最悲淒的命運，惶恐無告的農人無可奈何地承受了殘酷的現實，由壯至老，撐持了四分之一個世紀。他沒有痛罵日本人，小說裏那些善良的鄉鄰也沒有人痛罵戰爭，但黃春明淡淡的幾筆，卻有千鈞之力，給讀者莫大的震撼。原來戰爭造成了甘庚伯的困境，日本人是罪魁禍首，甘庚伯不過是戰爭之下千萬受害者之一而已。小說冷靜客觀的筆觸，比明朗的指摘怒罵，諸如「莎喲娜拉，再見」之中黃君的激昂語調，更要強勁有力。

在甘庚伯押着兒子回家的沿途，作者又藉着鄰人的議論，交代了甘庚伯曾經想盡各種方法，耗資費神，爲兒子治療瘋疾。舉凡能力所及，信神拜佛，請道士、請乩童，無不嘗試；這些「迷信」之外，實際醫學上的治療也沒有耽誤，中藥西藥，連精神病院都試過了，「他老人家勤儉累積，有一點錢就投到這無底洞裏去。」到頭來，老伴死了，獨子瘋瘋顚顚的，他就照顧了二十五、六年。鄉親們的議論裏蕩漾着同情、讚佩與尊敬；他們把聲音略略揚高，讓甘庚伯「把耳朵掏得靈靈的，一字不漏地揀着」，達到一種間接的安慰與嘉勉作用。小說中的人情味，便這樣由作者蓄意經營着。老庚伯急急忙忙地奔跑着去尋找兒子時，他飛快的身影，也贏得鄉鄰們的讚揚：「哇！老庚伯實在勇健。看他！跑起來像牛起浪，連地都會震哪！池裏的水也漾起水紋哪！」這些善意的誇飾，充滿樸實的關愛，作者悲憫的心意是多麼動人！

甘庚伯沒受過什麼教育，他有鄉下人的迷信，當一個與他同輩分的老婆婆，嗔責他的糊塗，怎用蔴袋和草繩圍阿興？「你死了，阿興才替你披蔴帶孝還未慢（晚）咧！」原是相信好歹頭彩的人，也只好無可奈何地說：「管它去」了。作者穿插老婆婆這段言語，既合時俗，也襯托出老人的無奈。

他想起老伴臨死還叮囑要多多「呑忍」（擔待）這個瘋兒子，他和兒子說話，不管他能理解多少，兒子一個勁兒地自顧自沈默着。他告訴兒子，今年四十六歲了，凄涼地說：「你根本不知道我是誰！」他回憶個把月前，阿興發過一陣瘋，把木柵圈裏的馬桶打得稀爛，當他忙亂的時候，阿興不見了。他追尋出去，無知的兒子差點連人帶竹橋都落到河裏，眼看兒子對自己的行爲根本就毫無感覺，世間的是非對錯，在他眞的是邈如雲漢，原想揍他一拳的，「拳頭卻重重地落在自己乾瘦的胸脯」，「一時爲自己的命運，怨嘆得淚都掉下來。」如果說甘庚伯有哲學上高超的領悟，能完全無怨無尤，那也許反而誇張得離了譜，所以他說：「你該知道我是你的老奴才。到現在我還得給你動屎動尿。」反而能適如其分地呈現一個平凡小人物的心性，而這個平凡的小人物在難以避免的嗟嘆之下，所表露的那分深刻動人的父愛，也才更能讓讀者省察深思！

明知道阿興聽不懂自己的話，明知道阿興不明白自己就是賦予他生命的父親，老庚伯自嘲、痛苦，卻仍然渴望兒子能聽他說話，他談起：父子倆曾經計畫開墾沙洲。農人最大的希冀與榮耀，莫過於墾殖與收穫。甘庚伯開墾沙洲的希望，顯然由於阿興的顚狂整個破滅了，眼看別人在那片沙洲上開墾出歡笑來；近些年高出的溪床浮現幾塊沙洲，甘家分得一份，由於阿興的病，也只有讓給別人。目前擁有的幾分地，老庚伯辛勤地勉強應付著，說來已經很不容易了。

戰爭末期，甘庚伯胃病痛得死去活來，兒子回家以後，他的胃漸漸地不痛，最後竟然好了，在老庚伯的理解範圍之內，上天倒未嘗完全捨棄他！當年想念兒子，病得多重；兒子呆呆地被送回來，他自己加重責任，病痛反倒消匿了。我們唯一的解釋是，他的責任感克服了病痛吧！瘋了的老奴呀，要有多大的毅力與耐心，自己怎能再生病？

三、搥聲中的口令

作者在這篇小說裏，採取第三人稱的全知敍述觀點，但是有絕大部分的篇幅是運用男童的見事眼睛，描繪老庚伯與阿興的動作與言談。跟着老庚伯父子倆後頭的阿輝，回憶着第一次見到阿興受驚嚇的情景，作者匠心獨運，使男童不住受到父子倆言行動作的吸引，一再打斷思路，把這段憶敍分割成多段，最後才完整地交代出來，同時也藉此描摹了甘庚伯拘禁阿興的場所，提示了阿興致瘋的線索；不停地大聲地喊着日本兵立正與稍息的口令。這口令的背後，蘊含多少悲劇性質，除了當事人阿興以外，是沒有人知道的了。而阿興已經被日軍折磨得變成了白癡模樣的瘋子，這瘋子突然在近距離猛烈地大聲喝起日本兵立正稍息的口令，著實把扒在竹桿間「觀賞」瘋子的小阿輝嚇壞了。由同一的點，作者技巧地讓老庚伯這時才發現阿輝跟在後頭，詢問起是否還記得四、五歲時被阿興驚嚇的經歷？同樣的回憶在兩人的心中成了共識，老人並且還有詳細的補足。最動人的是：阿輝在老庚伯心眼中，成了阿興的縮影。老人想起阿興像阿輝這麼大的時候，也讀書，寫得一手好字，甘庚伯是如何地以兒子爲榮；老人記得幼年的阿興也乖巧得惹人疼愛，放學回家途中，常常從溪裏揹捉一串大毛蟹回去。逐漸地甘庚伯把時空混淆了。他總是把阿輝喚成阿興，跟阿輝說著許多長輩們可貴的經驗，好像他的愛子之心一下子得到了回應一般。可憐他的兒子一向是瘋子兼啞巴，甚而比啞巴還少了咿咿哦哦的粗嗓子。

老庚伯央託阿輝替自己去花生園拿回耙和茶罐，他又恢復與兒子單方向的談話：「你母親也吩咐我在傍晚時分，多帶你出來田頭田尾走一走。」敢情他把這回「押送」兒子當做父子倆的散步了。難得村夫村婦也懂得衞生常識，阿興一個盛壯男子是不適宜竟日竟夜在柵欄裏的，缺少運動，有礙健康，長久拘禁，內心更不易保持平衡，說不定要瘋得更厲害。老庚伯「多少帶有一點歉意的口吻」，繼續解釋，農事忙不完，別人的草都拔光了，「我們的還有兩分多地還沒拔。」那些繁重的農事，年老力衰的甘庚伯確實有些不勝負荷。然而惆悵之情很快被新的希望拂去了。老庚伯想到花生田裏的青翠的豆苗，「迎著微風抖抖向上顫動的生機」，他露出笑容來了，多麼樸實、可愛而又可敬的老人啊！

小說末端，有關黃昏景色的描繪，眞像一首散文詩，在村童阿輝的眼中，父子二人的背景消失在地平線上，這份詩意似乎還含融了相當的哲理，大有「缺憾還諸天地」（沈葆楨題延平郡王祠聯）的意味。歐陽子現代文學小說選集短評說：「彷彿這一片包容萬物的大地，把人間所有的憂喜，所有的哀樂，都接納而化溶在她永恆的懷裏。」黃春明不但提供了動人的故事，而且把沈痛的悲苦提升爲詩般的意境。

最震撼人心的還在於小說的結尾一段，入夜以後：

村子裏的人都清清楚楚的聽到，老庚伯掄動鐵鎚，將長長的五寸釘一下一下深深地搥入刺竹筒，牢牢釘住關禁阿興的橫梗上。時而還可以聽到日本兵吼著喊「立正」和「稍息」的口令，夾在重重搥擊的聲音裏面，叫這晚的晚風，吹進村子裏的人的心坎，特別覺得帶有一點寒勁。

這樣的結筆，簡直是蒼勁冷峭得令人不寒而慄。甘庚伯的苦痛與悲憤，全透過這一聲聲鐵鎚的重擊反彈出來；而阿興那無意識的口令，卻又夢魘似地欺壓到眼前，凌越時空，不斷地提醒人們一段歷史性的悲劇……。

原載七十二年六月二十日大華晚報副刊

叢甦的「癲婦日記」

——個半瘋婦人的自我掙扎

叢甦的「癲婦日記」發表於六十五年十一月三日聯合報副刊，背景是美國的首善之區紐約，是「想飛」短篇小說集❶中，篇幅最長的一篇，約兩萬七千餘字。叢甦在念大學及研究所的時候，便寫了不少小說，收入「白色的網」與「秋霧」集中，曾深受夏濟安先生的讚許❷。一九六一年移居紐約之後，人生的閱歷加深，面對許多現實的醜惡與殘酷，使她一逢有空閒，忍不住又動筆。「癲婦日記」不僅技巧上有獨到之處，內在意涵更有許多耐人省察的地方，細細披尋，可以發現，作者對於生命的呈現與人性的探討，有相當難得的造就。

❶ 聯經出版事業公司六十六年七月初版。

❷ 「白色的網」，五十八年仙人掌出版社印行；「秋霧」，六十一年晨鐘出版社印行。作者於「中國人」小說集序言，曾提及夏濟安深寄厚望。六十七年十二月三十一日時報出版公司印行。

一、日記體式的自知敘述觀點

這是日記體式的小說，日記裏沒有主人的姓名，也沒有註明年代，前一部分有日期，後一部分連日期也省略了。看來是作者爲了映現主人翁的心境，有需要這麼表現，最後一段甚至連標點也缺如，明顯地是由於主角的心緒使然，看的人雖然得費力去加句讀，讀來自有排盪不開的激動，這是作者不著斧痕的巧意匠心。

小說既是採取日記體式，便是採取第一人稱自知的敘述觀點。這種敘述觀點，便於剖陳人物的心理奧秘，有關人物內心的複雜思緒可以委婉透徹地傳達，而對於客觀環境的描摹，卻只有單一的觀察角度，因而整個事件的發展，便有賴伏線的巧妙安排，預留密切組合的關紐。從這些伏線串合繫聯，呈現了全面事實，涵蓋多方面對人生的探討，在這些地方，處處可見作者的功力。

第一人稱自知觀點的局限之一是：主角的形象模糊。作者一再提及「瘦」，單薄的形影的補足辦法，是描摹鏡中的自己，病劇之後，婦人攬鏡自照，「只見一雙黑洞洞的眼睛」，這是兼及心靈空虛的刻畫了。但我們知道，這「癲婦」必然相當美，因爲男友康第一次見到她，便讚美說：婦人的臉與身體的線條都像學藝術的人的。即使不指形象的美麗，也指空靈的氣質、韻味之超脫出俗。借他人之口來描摹自己，往往是第一人稱自知觀點慣用的手法。婦人精神分裂之後，一些莫名其妙的古怪行徑，也借其他人物點明，再經自己從家中雜物堆陳中證實，作者一則巧妙的布置懸疑，一則逐步刻畫婦人對自我信心的失落，看得人既驚且悲。我們可以說，為了表現「癲婦」的曲折心理，日記體式的第一人稱敍述觀點是最理想的敍述方法，而針對這種敍述觀點的局限，作者也能妥善地加以突破，在題旨呈現上做到相當完美的地步。

這篇小說以曲折深入的心理刻畫見長，第一人稱自知的敍述觀點前後融貫一致。雖然剖陳的是一顆高貴心靈碎裂崩離的痛苦經歷，第一人稱自知的敍述觀點最易流於主觀的批判，意氣激昂的憤激；叢甦仍不忘客觀呈現乃是小說高妙的手法。「癲婦日記」的敍述語調不慍不火，自始至終無怨無悔。正因為不慍不火、無怨無悔，小說哀矜的氛圍凝聚到最後，讀者悵然望着「我已物化不要為我哭泣」，反而融滙成洶湧的波濤，在內心不斷地沖擊廻盪。能引發讀者廻盪不已的激情，進而再度去細加尋繹個中的因由，小說的功用沒有更大於此的了。

二、疏淡的夫妻關係

D・H勞倫斯的名著「查泰萊夫人的情人」❸向人們提醒的問題之一，便是：別忽略了夫妻

---

❸或譯「康斯坦絲的戀人」，遠景出版社。

親密關係的維繫。夫妻是五倫中最親暱的一環，不僅是肉體的結合，而且是精神的交契。在人生旅途上，夫妻相扶持、相勉勵，結伴而行，白頭偕老，試問這是多麼神聖的結合，多麼親密的關係？但世間儘有夫妻同床異夢，各行其是，形同陌路。如果單方有情，另一方冷淡無心，抑或自以爲是，卻變相冷落對方，夫妻關係便漸次疏淡，而終究釀成憾事。

小說起始，婦人剛由療養院被丈夫CK接回家。作者沒有交代發病住院的因由，但婦人「瘦非止一日」，想來積病非一朝一夕之故。丈夫是某大國際關係系的名教授，是個忙碌的書呆子，他來接太太，直拖到四點多鐘才來，婦人沒有抱怨，想是體諒他有事走不開，而期盼與焦急盡在不言之中。他們已結婚十二年，沒有孩子，養了一隻老貓——豹子。豹子相當於魯迅「狂人日記」❹裏的狗，是主人翁疑懼的對象。從第一天回家，豹子給女主人的印象就不好，牠不再親暱，一直躲著她。CK在書房沙發床過夜，說是妻子應該好好休息。十天之後，丈夫搬回臥房，作者交代了夫妻性生活的梗概。妻子多情敏感，丈夫平板機械。婦人情懷激動，淚流滿枕；丈夫則是不動聲色，沒有感情，倒頭便睡。夫妻共處一室，只維持共進晚餐的關係，白天CK在學校，晚飯後關在書房裏忙碌著，只聽見打字機的聲音，三月十四日（歸來後一週）末兩段的日記是這樣的：

---

❹ 刊於民國七年五月「新青年」，收入「吶喊」集中。

晚上在客廳裏聽貝多芬的第九交響樂，CK走過來把聲音撥小了，說影響他的寫作。我說我可以幫他打字，他奇怪地看着我，半天才說「不用了」，我不喜歡他那看我的眼色。

坐在沙發上我越來越冷，連腳趾頭都打着冷戰。

婦人的興味嗜好與才情，都被溫和而又冷漠地否定了。冷的不僅是紐約三月天對身體的威脅，而是內心深處的孤寂隔絕之感。婦人是學藝術的，愛好音樂與文學，顯然CK並不喜歡貝多芬的音樂；CK前兩部書都是婦人爲他打的字，爲了替丈夫打字，她曾特意去時報廣場的打字學校補習了兩個月。如今，她渴望再幫丈夫的忙，看看稿，打打字，享受共同工作的樂趣，丈夫卻帶着奇怪疑惑的眼光拒絕了。這等於否定了婦人的存在價值。

夫妻情感的疏淡，常見的外因是第三者的介入。婦人的女友姚蕾與CK有特殊關係，藉婦人打毛線，豹子把毛線球滾到床底下，因而拖出一條特大號女人內褲揭開，經過質問而轉趨明朗。以第一人稱自知敍述觀點所受的局限來說，這樣補足場景與事因，便於推展情節，是一種高妙手法。CK的婚姻愛情觀顯然與婦人截然相異，直認爲「是人」的正常行爲。婦人回憶在療養院中深夜思夫的情懷，丈夫毫無選擇的出軌，相對於病中妻子的執着與專情，構成了絕大的對比與諷刺。

夫妻結褵十二年，「兩顆心卻隔著無限的眞空。」婦人給丈夫編織毛背心，他卻只穿了一次；當醫生診斷婦人罹患雙重人格的精神分裂症，論理須有人照護，CK卻於此時離家講學六七週。婦人要求丈夫陪伴到長島海濱去，CK答覆說：「天太冷了，這時候的海濱只有沙和無家可歸的鷗鳥，正常人是不會去的。」話裏含藏多麼深的刺激性？誠如婦人溫婉的解說，少數的就是不正常，就是瘋狂，偏偏婦人是極少數的少數。這段日記的末行：「盆景死了。」寫實性的筆調，隱含了對婦人絕望境遇的象徵。作者避去主人翁自嗟自歎的濫情，成功地做了客觀呈現。

婦人沒有親屬，所依賴的應該是丈夫，但是「CK不能分擔我的無助與絕望。」豹子也沒有用，「CK與豹子都冷淡我。」如果她有孩子，可以有所寄託，夫妻的疏離情感也有可能活絡改進，可惜「在我瘦小平癟的腹裏不能創造生命！」這企盼孩子的潛意識浮動，終於表現於聖誕節前在百貨公司偸竊大粉紅洋娃娃。她的殘存理智告訴自己，不能丟丈夫的臉，不能讓丈夫知道，不能讓報紙宣揚出去。儘管她受病魔凌厲折騰，她神智清明的時候，始終是高貴有涵養的教授夫人。她把精神分裂之後的離奇行爲，一概歸之於另一個可怖的「她」，而非「我」。依據精神醫學的解說，人類過分壓抑某些潛存的熱望，一旦超越精神的負荷之時，它便析離出來，其實正是人類精神的矛盾成分，它仍是「我」中二而一的成分。但是婦人的教養，顯然不肯承認這一點，她只認可理智的「正常」狀況下，自己所扮演的妻子的角色。這是一個自律極嚴的婦人，或許正由於自律過嚴，壓抑過甚，她的精神才會崩潰，「瘦非止一日」呀！

三、男友的補償性質

婦人隨著丈夫出席「國際關係系」的一次座談會，CK宣讀「論中國近代政治變遷」的文章之後，便與一羣人「聚精會神的討論著」。婦人體悟到孤獨，回想在療養院許多不眠的夜，爲了杜隔三更半夜走廊傳來的尖慘叫聲，自己儘想著孩提時代海濱石縫找尋螃蟹，閒躺沙灘的往事。這段倒敍的意識流筆法透露主人翁有過愉快的黃金童年，她的美好回憶甚至可以抗拒療養院中精神病患的騷鬧，她的不幸癥結不在於她個性的重大的缺陷，而她寧死不肯再回療養院去，在此也預留了伏筆。

身在熱鬧場合而內心卻完全孤絕的情況下，「康」出現了，「一雙深得不見底的眼睛」，「井一樣水汪汪的」，直看得婦人頭暈。康觸發了婦人內心深處某一種潛藏的熱望，因而她「感到一陣莫名的傷感與憂鬱，整個胸口鼓脹得喘不過氣來。」

是補償性質的交往，康陪她去看英格麗褒曼演的「野草莓」，一部存在主義那種恐懼與戰慄的寫實電影，呼天不靈、呼地不應的絕望情境。康那雙井樣深的眼睛，讓婦人「打了個寒顫」。CK夜裏的溫存，婦人混淆了形象，覺得自己掉進深黑無底的井，盡情地飲著四周湧來的水，她的精神與肉體初次契合，她沒有恐懼，沒有戰慄。情愛的渴望不得回應，原是婦人孤絕的基因。

康第一次與婦人單獨相處，便探問：「你究竟怕些什麼呢？」這是眞誠的關懷。他約婦人去看莎翁名劇，這也塡補了CK對婦人興味嗜好的忽略。但是婦人頭疼，畢竟康是CK的學生，是可以做兒子的年輕人，這不正常的交往，她還沒瀟洒到毫不在意。所以，康的關愛，非但沒有鬆弛她的神經，使病情好轉，反而加劇激發內在的矛盾衝突，「頭疼」是肉體的實質的，也是現實處境的危險信號。

終於她與康在觀賞莎翁名劇歸途中，在風雨交加的汽車裏，由於病態的迷惘，劇烈的頭疼之後，下意識地豁了出去。「我要死亡，我要瘋狂，我要握住那指隙間將逝的永恆。」醒來時的現狀，使她明瞭自己與康已有過熱烈的結合，但記憶中卻是一片空白，於是留下了恐懼與不安。康是阿宕尼斯的化身❺，也是自己對年輕歲月眷戀的一種投影，是現實的，卻又是虛幻的。直到分手了，想起他，婦人仍是胸口陣陣的疼痛，卻又夾着甜酸混雜的快感。

儘管和康有過密切的關係，婦人仍然忠貞地守着自己對丈夫的愛情，她把浪蕩的自己稱之爲「她」，希望CK在身邊，希望CK趕快回來。作者冷雋的筆底，蘊含多少哀矜！若不是精神分

---

❺ 夏志淸的「白先勇論」，曾敍及希臘神話中帶女性氣質的美少年 Adonis 是白先勇早期小說中一個最重要的原型（archetype），此處筆者用以借喩美少年。「白先勇論」原刋「現代文學」三十九期（五十八年十二月出刋），收入白先勇「臺北人」集中；後易名「白先勇早期的短篇小說」，收入作者「文學的前途」論文集中，純文學出版社六十三年十月初版。

裂，這高貴的婦人必不致紅杏出牆。道德意識的強烈，是中國婦女的特色，叢甦筆下的「癲婦」是道道地地的中國人。

四、性靈與肉體的對立

小說中的另一女角姚蕾，與婦人是完全相異的人物，婦人與她，可說是靈與肉的對比。婦人是多思慮的、感傷的，講究生活情趣，清癯的瘦子；姚蕾則是不多想不多愁，得過且過，隨遇而安，癡肥的胖子。然而一美一醜，在現實環境裏，姚蕾愚昧多福，不但CK曾對她「熱情如火」，後來她也交上一個美國禿頭男子。而婦人對性靈要求過高，精神上陷於孤寂。性靈與肉體的衝突，理智與熱情的掙扎，終於使她不勝負荷，罹患了精神分裂症。

CK雖是高級知識分子，他所學的政治與婦人的藝術，興味大異。他對性的需求，就像吃飯、睡覺、寫作研究一樣，是生活的一部分，了遂心事而已，也許正符合姚蕾所謂「肉食動物」，因此肥瘦俊醜在他來說都是一樣。婦人企盼的是性靈相契，反應卻是冷漠，CK不過僅止於「肉體」的境界而已。婦人含蓄的愛，久積變成了性壓抑，墜入潛意識中，一旦未能理性制約，便躍出成爲另一個尋歡作樂恣肆狂野的「我」。婦人不甘心自己失去理性，惡狠狠地稱之爲「她」。這個「忍不住」游離出來的「她」，上街購買奇裝異服，和中年美國男子上酒吧買醉，在河邊散步。甚至與康的幽會，對久別的CK性反應的熱烈，婦人都歸罪於「她」。因爲那不是澄明的她所能認同的。

婦人的理智呼籲著要拯救自己。CK不能幫助她。姚蕾和她性格殊異，只是極端無依的時候，勉強的交往，談不上精神的契合。宗教的依託，又好似渺茫難尋的奢望，她唯一冀盼能由絕望的深淵中提攜自己的，是一個常在公園裏晤面的小老太婆。那是個孤單的半殘障者，卻滿臉安詳、寧靜、自足。老太婆所擁有的，正是婦人日夜企求的。小老太婆曾在婦人與美國男人爭辯「認識」與否、自知病發失態、理屈落淚的時候，伸出乾瘦多斑的手，安慰著說：「信心，我的孩子！」叢甦在小說裏所要表明的，也許就是這句話。唯有信心可以自救。無奈神並不搭理世人，人們又都冷漠無情，不能求之於神，也不能求之於人，只有求之於己了，偏偏人自己就矛盾衝突，脆弱不堪。

後來婦人再也沒有見過那小老太婆，她念念不忘小老太婆提及的「信心」，甚至形之於夢境。夢裏的黑衣服，黑輪椅，盡是不祥之兆，婦人沒有追趕上小老太婆，看來只有絕望淪亡了。因爲，提升性靈的憑藉——小老太婆再也不可攀及。

五、自我拯救的途徑

CK是忙碌的，婦人回家以後第三週，他才在家裏過星期天，單純爲了這個緣故，婦人就「很快活」。婦人單方面的多情，得不到回應，CK註定不能成爲她的救星。姚蕾本就不投契，因爲婦人病發言詞得罪，業已疏遠；康遠去加州進研究院，小老太婆已無影無蹤，唯一相伴的是老貓豹子了。豹子是婦人從小養大的貓。日記起筆就怪貓狗沒記性，過了不到一年就忘情忘義。也許貓有某種靈性，對於「半瘋」的婦人總是躲避。後來連吃東西，也窺伺婦人不注意才吃。婦人覺得(該是「懷疑」)豹子的眼睛裏四射著仇恨，終於一天浴後，她疑懼豹子逼近著壓過來，她感到窒息，拾起雨傘：

揮舞著，追打著，耳朵裏響著呼呼的風聲和原始森林裏虎豹的吼聲與尖叫，我感到溫熱的血滴下小腿。豹子眞正地變成了一隻豹子嗎?都是名字叫壞了。我氣喘著，鞭打著，偶爾耳邊傳來一聲尖銳的笑聲，是「她」的！

事實上，她殺了貓，也被貓抓傷，昏厥過去。事後CK告訴她，豹子的頭骨被打得稀爛。孱弱的病瘦嬌軀，竟有驚人的狂暴行徑，她是「瘋」了。作者細心運用疏淡的筆墨，避重就輕，以輕巧取勝，仍具有震撼心弦的懾人氣勢。法國名導演布烈松執導的「錢」⑥，受冤屈的年輕人，

---

⑥一九八四年金馬獎國際電影展的一部名片。

幾經波折，變成瘋狂的殺手，觀衆但見他洗手，洗手池裏儘是血水，血水冲淡了，觀衆知道他殺了人，雖然不見狂暴的鏡頭，仍然感到不寒而慄。叢甦這段文筆功力與效果便極爲近似。

豹子死了，婦人完全孤立了，殘存的理智提醒她，恣肆的、囂虐逞強的仍是她自己的一部分，「我只有自己赤裸裸地面對這存在的恐懼與戰慄。」然而在失眠的夜，她盯著熟睡的CK，竟然萌動了殺他的念頭，以免自己被送回療養院，她差點就付諸行動：

突然CK睜開了眼睛，一骨碌跳了起來，他四下張望，臉上滿佈著恐懼：「怎麼你還沒睡？幹嗎那麼瞧著我？你滿臉殺氣！」

精神病患在精神錯亂中殺人，是可以理解的，李昂「婦人殺夫」❼，便是這種境況。但叢甦的女角是細緻的、有敎養的婦人，她對丈夫的心意必須終始相貫，若是這樣安排，反倒顯不出它的哀矜感人。讀者心弦的緊張，總算隨著CK睜開眼而放鬆了。透過CK的評語，我們知道，婦人眞是病得厲害了。此刻已經面臨大抉擇了，不能再拖延，不是CK被置於死地，便是婦人被送回療養院，兩者都不是婦人所願意的。理智不允許她傷害CK。CK雖然只與她維持疏淡的夫妻

❼ 聯合報七十二年度中篇小說獎得獎作品，聯經出版事業公司七十二年十一月初版。

關係，婦人的病情多少也是夫妻關係疏淡的因素之一，他不像王禎和「素蘭要出嫁」❽中對病情好轉的素蘭橫施虐待的惡毒丈夫；也沒有張系國「昨日之怒」❾中的洪顯祖那般自私惡劣，更何況婦人心目中，CK還一直是有才情的老好人，是被自己拖累的可憐的丈夫。在理智清明時，她下定決心，不能傷害CK，但是她也不能傷害自己，回療養院卻是傷害了自己，於是她偷偷留存安眠藥丸，她勇敢地選擇了死亡。

婦人讀過卡繆的「反叛者」，拿「陌生人」❿做過比較，曾經得過一個結論：要死要活都是人最孤獨最獨立的決定。……也許自殺的人才是眞正有自由意志的人。這些話顯然預示婦人有自殺的傾向，她既不願意再回到療養院，承受那兒的孤獨、寂寞、冷；而死亡只不過遲早的問題，爲了保全CK，選取莊嚴的死亡，也許比精神分裂的失態，更符合婦人的自我要求。如果物化也是一種解脫，那也是她自我拯救的另一途徑。

小說裏一再呈現的人生旅途，是一連串無望的掙扎。浮顯在人物夢境裏的是：孤零零地站在一條細長的走廊裏，走廊盡頭是一扇緊閉的鐵門，走不完的過道，開不盡的鐵門，使她焦急不

---

❽ 原刊六十五年五月五日聯副，收入「聯副二十五年小說選」，聯經出版事業公司六十五年九月初版。

❾ 「昨日之怒」長篇小說，洪範書店六十七年三月初版。

❿ 施翠峯譯名「異鄉人」。

安。存在主義的哲學，啓引人放縱享樂，偏偏婦人做不到；她自律極嚴，她是靈慧矜莊的教授夫人。存在主義哲學教人解除宗教束縛，相信自己，但多少人能像小老太婆一般安詳寧靜滿足？卡繆的「反叛者」說：「人是最不安分守己的動物。」人要是不能深具信心，便只有喪失自我。理智之我與慾情之我不能諧和共存，靈慧的人只有消瘦，只有物化，才能昇華，不再恐懼、戰慄。

「多情自古空餘恨」，一個人用情過多過深，游離現實，自苦自虐，往往陷於崩潰碎裂，是人性潛藏的危機嗎？是人性脆弱，無以自我強固嗎？是人性執頑，不能順應自適嗎？是人情冷漠，互不關愛，以致釀成種種悲劇嗎？

日本名片「天國之驛」的名導演早坂曉，喜歡把半死（步入死亡之路）的人做為自己作品中不可缺少的人物，加以不斷的質問⑪。叢甦則是以半瘋婦人的自我掙扎來呈現生命的意義。婦人在孤寂的人生之旅苦苦掙扎，絕望之餘，爲了保全丈夫，爲了保全自己美的莊嚴的形象，趁自己精神還未完全崩離，理智還能辨析事理之前，堅毅地提早結束了自己的生命，從此脫離恐懼與不安，「不再有天國的渴望和地獄的焦急」。消極之中，她犧牲自我，似乎還含有某些深刻的意義。孔子說：「不知生，焉知死？」⑫生命誠可貴，如此一位純良靈慧的婦人，爲何竟要早早放

⑪ 見「中華民國七十三年金馬獎國際電影展」頁六八。

⑫ 論語先進篇。

棄「天國的渴望」？為何她就無法自我拯救，除了毀棄生命？但是，無論如何，在心智與慾情不能平衡諧調的情況下，魚與熊掌不能得兼，婦人捨棄短暫的不能自制的肉體，求取永恆的精神安寧，作者對於小說人物個性的塑造前後統一，而肯定人類靈明的心智抉擇畢竟是可貴的感人的，叢甦剖析人性，並沒有完全悲觀絕望！

原載民國七十三年十一月十五日大華晚報副刊

白先勇的「夜曲」

——此情可待成追憶

白先勇在民國五十四年至六十年間，寫了兩篇「紐約客」，十四篇「臺北人」，他精鍊、細緻、深刻的短篇小說在我國文壇上已奠立了獨特的重要地位。民國六十年五月，從「國葬」在「現代文學」發表之後，直到六十八年一月下旬，他才在「人間」發表了「夜曲」。這段期間，除了長篇「孽子」的構思與著筆❶，作者經過相當長時期的緘默。也許「夜曲」這個短篇會有某些程度上技巧的突破，抑或風格上的轉變？且看「夜曲」奏出什麼樂章？

一、「紐約客」的系列

白先勇於五十四年七月、五十八年三月，先後在「現代文學」刊出了「謫仙記」與「謫仙

---

❶ 「孽子」於六十六年「現代文學」復刊號第二期開始連載，刊出「夜曲」時，「孽子」尚在連載中。民國七十二年三月遠景出版事業公司初版。

怨」，標明為「紐約客」，援用陳子昂的「登幽州臺歌」：「前不見古人，後不見來者，念天地之悠悠，獨愴然而涕下」作為篇引。顯然作者在蒼茫中顧盼，是悲愴莫名的，「謫仙」重用，也都有感嘆生不逢時的悽涼意味。「謫仙怨」的女主角由上海到臺灣，再去紐約，與臺北的關係較密切；「謫仙記」的四個女主角逕由上海赴美，大變之後，每個家庭都受到戰亂的影響，但小說的場景一直在美國。大抵說來，「夜曲」前半時代背景比較接近「謫仙記」。留學紐約的四個中國高級知識份子，同樣由大陸到了紐約。但是，「謫仙記」描摹的是四個女子的生活細節，以李彤的華麗、孤傲轉至失落、死亡，象徵古老中國（李彤外號「中國」）的輝煌文化在現實科技文明中消褪光采與恆遭挫折❷，李彤的悲劇主因，在於強烈的個性無法與所處的現實環境調適。「夜曲」卻描寫四個胸懷大志的傑出人才，受時局動盪的衝擊，報國的心願難酬。除去吳振鐸具有個人情感的困結之外，呂芳、高宗漢、劉偉三人大致是政治因素使然。呂芳僥倖回到紐約，在一個暮秋的黃昏，紐約心臟科名醫吳振鐸等候著這個黃金歲月中迷戀的彈蕭邦夜曲的女孩。睽違二十五年之後，他們經過兩小時的會談，呂芳借了錢，婉拒晚餐的邀請，匆匆別去，看來眞是「此情可待成追憶」了。

「夜曲」刊載於六十八年一月廿一、廿二日中國時報「人間」副刊，收入爾雅出版社出版、

❷ 參閱「中國現代短篇小說選析」賴芳伶簡析，七十三年二月十五日長安出版社初版。

季季主編的六十八年「短篇小說選」中。「夜曲」是白先勇作品中唯一一篇關涉到中共統治的赤色大陸。陳若曦寫這類型的小說，得力於她具有實際的生活經驗；白先勇的題材卻是間接得自由大陸逃亡美國的人士，只不過他把幾個人的經驗略加組合就是了❸。「夜曲」選用今昔交錯的參差錯綜法，以美國紐約華裔心臟名醫吳振鐸的思緒爲局限，運用第三人稱有限全知觀點寫成。場景只在吳的客廳，現實人物不過是吳振鐸與呂芳兩人，小說的時距大約三小時，而透過吳的內心思慮與吳呂兩人的對白，卻縱橫綿亙三十年，關涉到國家局勢，四個重要角色的種種變化。作者自始至終調和沈靜客觀的敍筆，其間時代的悲劇，中國人的苦難呈顯的驚心動魄的情節，都值得讀者細細省思，作者再度展露了經營短篇的高度才華。

二、報國的心願落空

白先勇曾經表明過：知識份子寫知識份子的困境，向來是挺困難的，一則語彙不大好掌握，一則太切身的問題，反而不好處理❹。「夜曲」繼「臺北人」系列「冬夜」之後，竟然就是取材於知識份子的困境，而且也是唯一的一篇表露了對留美學人回歸大陸的關懷。足見作者必然深有

❸ 參閱袁則難「兩訪白先勇」、「新書月刊」第五期。

❹ 六十八年臺灣時報副刊訪問稿，王法耶、潘秀玲記錄，收入「大珠小珠落玉盤——當代名家談藝錄」，暖流出版社六十九年年六月初版。

感觸，不能自已，才會不顧艱難，選擇不好處理的題材，因此「夜曲」格外值得重視。

「夜曲」中，吳振鐸、呂芳、高宗漢、劉偉四人於民國三十五年左右赴紐約留學。當年四人胸懷大志，在紐約意氣飛揚的黃金歲月，小說都通過吳的憶想呈現給讀者。濃咖啡與白菊花，以及蕭邦那首降D長調夜曲的旋律，構成了吳對呂深情懷念的重點。吳與呂的高遠懷抱，一方面是個人心理的訴求，一方面也受了父親的啓迪，是克紹箕裘的「大孝」。吳的父親是留德的醫生，是肺結核專家，「一直在中國落後偏僻的內地行醫」，他追隨父親去過地瘠人窮的鹽城一帶義診，發願將來要：「到蘇北鄉下去辦貧民醫院。」呂芳的父親是上海音樂學院的名教授，她立志學成回國先推廣音樂敎育，「用音樂去安慰中國人的心靈」。大砲高宗漢學土木工程，專攻鐵道，立志要設計由東北到新疆的鐵路；神童劉偉唸的是化工，認爲：「中國現在最需要的，就是肥料！」大約他志在改革農業技術吧！作者以精簡的勾勒，交代四人的個性神情、理想抱負，令人不由興發景仰之思。如果了解白先勇青少年時期的大志，多少更能深入領會他筆底年輕人愛國的奉獻熱忱。建國高中畢業時，白先勇原本保送臺大，爲了印證地理書上三峽水利灌溉計畫，造福億萬生靈，他毅然要求保送成大水利系（臺大沒有水利系），這種雄心壯志，後來雖因志趣關係未得結果❺，切身的體驗，卻使他付與幾個知識份子高遠的、可以實現的理想。呂、高、劉三

❺參閱白先勇「驀然回首」，收入「寂寞的十七歲」，六十五年十二月遠景出版社初版。

人在一九五一年回歸大陸，正是預期實現自己的理想。他們的遭遇，全藉呂芳之口敍述：呂芳算是最幸運的，在上海音樂學院教過兩百名學生，克服設備的不足，激勵學生彈奏的興致。她的得意學生派去莫斯科參加比賽，獲得過柴可夫斯基獎第二名；劉偉懂得明哲保身，在上海某肥料廠當工程師，高宗漢則說話率直犯忌，一直屈居鐵道部小小繪圖員。文革時，他們都逃不過噩運，高宗漢被罰去拖垃圾，受不了折磨，上吊自殺。呂芳的手被五七農場的荆棘長期刺傷，「手指手背，魚鱗似的，隱隱的透著殷紅的斑痕，右手無名指及小指，指甲不見了，指頭變成了兩朵赤紅的肉菌。」劉偉下放在安徽合肥鄉下，挑了三年半的糞，經常潑得一身，一頭一背爬滿了蛆。呂芳的藝術生命在那「婀娜中又帶著剛勁」的修長十指，如今手幾乎變形了；劉偉研究氮肥合成法，卻被安排去做平凡農夫最原始的挑糞工作。兩人的遭遇，證實了大陸中共政權糟蹋人才，不僅與他們報國的初衷相違，而且成了強烈的反諷，更不必談高宗漢的死有多不值了。

吳振鐸晚一年畢業，因爲得不到呂芳的信，便蹉跎留在美國，雖然結婚生子，名利雙收，他並不快樂。他對高宗漢頗有疑妬之意，因爲高的才氣縱横，也因爲高「有勇氣回國」，而自己好像是個「臨陣脫逃的逃兵」，自覺有負老父的期望，也辜負自己當年的雄心壯志。這種心態和「臺北人」系列中「冬夜」的吳柱國很近似。吳柱國在海外獲得學術上的肯定令譽，仍不免內心自愧。他和余嶔磊都曾是參與五四運動的愛國青年，在美國，他默默忍受一個哈佛大學畢業生把五四運動比喻成一個「流產的文藝復興」，因爲覺得「在國外做了幾十年的逃兵」，沒什麼臉面挺身說話。值得注意的是「多夜」的吳柱國與「夜曲」的吳振鐸都姓吳，還用了與政治、教育有關字眼做名字，在諧音意義上，也許是暗喻：不能支撐國家，共渡艱難；不能教化國人，醫治同胞。兩人都是楚材晉用，令人惋惜。其次，吳柱國欽羡余嶔磊能「在國內守在教育的崗位上」，吳振鐸也佩服呂芳「替國家盡了一份力。」就「爲國奉獻」這一點期盼與讚許而言，余與呂同樣無情地搗毀了吳柱國和吳振鐸的幻象，余吐露自己一心想去美國，甚至因此耽誤了另一位好友賈宜生出國研究的機會，間接害得賈宜生落拓而死。呂芳則坦承，回到紐約是在大陸多年的願望，怕像高宗漢，「在自己的國家裏，死無葬身之地。」「多夜」中余的情景，關乎現實人生個人修爲的境界，「夜曲」中呂芳則是受到政治陰影的籠罩，政治因素遠超過個人修爲所能克服，因而獲致的同情也更爲深切。

三、含蓄深藏的情感

紐約心臟科名醫吳振鐸，在豪華古雅的住宅裏，支遣開僕人，不安地等候睽別廿五年的女友到來。在四分之一世紀的等待中，他把前兩年投擲在呂芳來信的期盼裏，失望之後，他理智地試圖去重新創造生活。他娶得業師金醫生之女，盡得金醫生高明的醫術，得到了著名大學的榮譽講座。妻子珮琪放棄自己的音樂事業，運用玲瓏的交際手腕，幫助他擠身於紐約的上流圈子裏。他名利兼得，應該是幸福的了，但是他離婚了，「他從來沒有眞正愛過珮琪」，只因爲寂寞、痛苦，需要安慰，需要伴侶，他展開婚前三個月的熱烈追求。

從小說的客觀敍述中，我們不難探尋到弦外之音，吳振鐸選擇珮琪，帶有相當程度的彌補作用。珮琪和呂芳同樣是朱麗亞音樂學院學鋼琴的，他曾送鋼琴給珮琪做生日禮物，他告訴呂芳，珮琪彈蕭邦手重得很，他對她說過：「蕭邦讓妳敲壞啦！」潛意識裏，吳必然把對呂芳的愛移轉給了珮琪，同時也拿呂芳藝術造詣的高標準衡量珮琪的琴藝，當然，此中也有反襯呂芳優秀彈奏才能的意義。

有關呂芳對吳振鐸的情感，由於敍述觀點刻意的限制，讀者只能由呂芳回應的對話中過濾。首先，我們注意到：作者巧妙地安排呂芳選擇了個和吳同樣職業的醫生丈夫，夫妻之間也一樣沒什麼感情。她雖說：「我在裏頭，很少想到你，想到外面，」接下去是「回去後，等於是另外一生的開始。」有涵養的女鋼琴家話中蘊含着深義，因爲是另一種出乎意料的生活，再沒閒情去追憶，去期盼。她受紅衞兵鬪爭的時候，就慶幸吳「沒有回來！」她之負約不寫信，主要也是鑑於在公安局盤問之下，對外關係要切斷，而最重要的考慮是：吳接了信必然也會回去，她已然發現不妥，何能再讓吳也吃苦？試問這種關懷，如此自信，她對吳的情感必不尋常。在作者靈筆控馭下，歷盡滄桑的呂芳，用冷靜平淡的敍述口吻，揭露了政治迫害下知識分子的浩刼，這份平淡，只有千錘百鍊，見怪不怪的當事人才做得到。而唯其如此，冷酷的現實更能以無比的寒意侵逼而來。以呂芳的境遇來說，再熾熱的情感，友情也好，愛情也好，也只能出之以含蓄，點到爲止，這種布局，正顯現技巧的高妙。

呂芳回紐約已有段日子，早打聽到吳振鐸的地址，她並不急於見吳。卽令見了面，聽着吳當面重敍崇仰之意，她似乎也並不動容。「很滿足」是她的解釋，再度回到紐約，只求「靜靜的度過餘生」，她大約有如參禪入定，吳振鐸的懷念與關愛，絲毫不能使枯井揚波。若不是因爲生病，積欠一筆債務，她可能不會露面，她借兩千元，講好要允許她還，這表示她純以友情回饋，她甚至連晚餐的邀請都拒絕了，究竟她是否起始就是這種心態，待吳只是一份友情？吳振鐸的回憶裏，兩人並沒有定情，大多數的時間，是四個人一起。但是吳振鐸待她的明明是愛情，儘管愛戀中含着尊敬，試看吳談及曾嫉恨高宗漢，呂芳說「喜歡他耿直熱心，但我從來沒有愛過他。」話中無疑是反面暗示，吳的嫉恨沒有必要，甚而還有默許吳之被愛的深義，只是呂芳原本落落大方，這時又已經看淡一切了，作者對她的深情略作保留，是很得體的。廿五年前，她未必不愛吳，然而歷經苦難之後，她無意重新投入吳的生活圈子，則是明顯的事實。廿五年的睽隔，完全不同背景的生活歷鍊，前塵往事，眞是如夢如煙，知命之年的女人了，怎能太過癡頑貪婪？白先勇塑造的成熟理智的女鋼琴家，畢竟是尊嚴、獨立而令人敬愛的。

四、心臟名醫的心病

「夜曲」透過吳振鐸的見事觀點與內心意識來呈現情節，筆調是典雅溫和的。吳是小說中唯一可以透見心理的角色。他和其他三人不同，一直留在美國。他把等待呂芳訊息的孤寂，轉化爲對珮琪熱烈的追求。珮琪是指導教授的女兒，也許是近水樓台，也許是功利觀點，前面提及她所學與呂芳相同，有彌補性質，可是絕不是基於愛。他們的婚姻維持了十八年，他功成名就，珮琪「盡了最大的努力」，兩人仍不得不分手。缺少了眞愛做基石，精神的殿堂就不免成爲空中樓閣，作者似乎有意映襯吳振鐸對呂芳深刻的戀念，也暗示愛是婚姻的基礎，而漠視其他諸如：婚後長年相處，培養了情感，孩子溝通雙親情意的可能性。如果歐陽子評析「臺北人」主題的「靈肉之爭」還能適應於「夜曲」的話❻，吳振鐸對呂芳的愛，是靈，是永恆的理想的；對珮琪的愛，是肉，是暫時的現實的。微妙的是：珮琪離開吳之後，重新教起鋼琴來，另外交了男朋友，兩人商談兒子上大學的事宜，餐敍的氣氛居然比已往婚姻末期舒坦輕快。這麼說，珮琪雖不適合吳振鐸，卻已找到了情愛的出路，離婚對她不但無害，反而有益。作者在吳與這猶裔美人的婚姻

❻詳見爾雅出版社六十五年四月十五日初版「王謝堂前的燕子」。

上，充分映現了美式生活的特色。描寫情感，看來這般殷切樸實，跳脫了過去許多短篇中決絕的、夸飾的、強烈的愛情炫示手法。是理想落實了呢？還是人物本身的個性使然？

以吳振鐸的處境來說，未曾付出眞愛，是婚姻的困結；而滯留美國，違背回國爲同胞治病的初衷，是理想的喪失。無論他在美國醫學界如何得享盛名，獲取大利，內心深處仍鬱結着心病。這些靈魂深處的需求，珮琪無法理解，也沒法遷就，眞正做個賢內助的。那麼，文化背景的殊異，未能充分獲得協調，該也是潛存的婚姻危機。吳振鐸的「心病」，更嚴重的是：初期懸壺濟世的熱忱，也在逐漸衰褪之中，對周遭人物的疾苦變得漠不關心。如今，病人與女傭之訴苦，他可以修養到充耳不聞的境界。這不同於呂芳拔指甲不覺疼，劉偉入厠所不聞臭，在文革政治迫害下的心理自衞。吳是一種職業倦怠感，一種責任的放棄，一種醫德的沈淪。他甚至於見到自己多年特約病人死亡，不是悲憫，而是覺得鬆了一口氣，卸下重擔了；再也不像初期臨床診治病患，遇到死亡，竟因此而寢食難安、沮喪、歉疚。他的心靈業已痲木，醫術變爲「物質」性的外在技術，不參雜絲毫靈性的關切。

不過，他常夢見肺結核專家的老父不斷地咯血，顯示他對自己辜負老父敎誨，未能回國行醫耿耿於懷，愧怍無名！他想去舊金山探望由大陸出來的姑媽，卻遲遲沒有付諸行動，只爲了害怕見到她「受苦受難的模樣」。可以說，吳振鐸良心仍然澄明，只是不由自己地陷入矛盾衝突。白先勇塑造吳振鐸這個角色，在深度來說，稱得上細緻周延了。

五、象徵隱喻的技巧

作者在「夜曲」中的客觀描敍，敍述口吻固然有其一貫性，字裏行間仍富涵令人推敲的弦外之音。小說中貼切的譬喻，便隱含濃厚的象徵意義。吳振鐸回憶父親，抗日期間在重慶郊外主持肺結核防治中心，「白髮蒼蒼，駝着背終日奔走在那一大羣青臉白唇，有些嘴角上還掛着血絲的肺病患者中間，好像中國人的苦難都揹負在老醫生那彎駝的背上似的。」語中充滿了做兒子的對父親的尊重、敬愛與憐惜。中國的苦難有多大有多深，肺結核傳染病只是其中的一環，父親救助病患，在他的職責範圍之內，他那份熱忱，是恨不得把整個中國的苦難都背負過去。他的奉獻精神，不僅自己實際力行，還鼓舞兒子將來也要照做，三十多年後，仍讓兒子景仰、自省、內疚。

小說中吳振鐸與呂芳的對白簡潔生動。呂芳談到自己的手被荊棘刺傷，拔去指甲，不覺疼痛；劉偉挑糞出入厠所，不聞其臭，綽號神童的劉偉喻之為「金鐘罩鐵布衫」，援用武俠小說的防身術比喻知識分子在不良政治環境下超強的韌性，極為貼切，卻又帶有相當程度的諧謔，給人一種苦澀的快慰之感。

作者精潔的文筆，也常一語雙關，頗耐尋繹，吳振鐸回憶一家人去長島海濱別墅度假，游泳、打球、晒太陽，「全家都晒得紅頭赤臉回來，把大城裏的蒼白都晒掉。」蒼白，固然指皮膚，也兼指貧乏的生活情趣等等……。吳振鐸向呂芳披露自己的心病，自愧未能履行初衷，回國爲同胞治病，呂芳淡淡地笑着回答說：「中國人的病，恐怕你也醫不好呢！」病，有形體上的，有心理上的。吳振鐸是心臟科名醫，心臟固然是形體，中國人的「心病」，涵蓋面可就廣了。可以指心理上的、精神上的疾病，當然也可以引申指政治、經濟上的種種問題。試問呂芳、高宗漢、劉偉回國去了，不都被凌辱糟蹋了，一個吳振鐸又能做些什麼呢？

呂、高、劉三人回歸大陸之後的下場，作者經過悉心的安排。前面提過，呂芳傷手，劉偉挑糞，具有反諷作用；而高宗漢自殺，天氣炎熱，屍體腫大，因「自絕於人民」，火葬場沒派人處理，妻子和兩個兒子借了板車，把他拖去火葬場，「走到一半，屍體的肚子便爆開了，大腸小腸，淋淋漓漓，洒在街上，一直洒到火葬場。」高宗漢留美的時候，最慣於在筆記本畫地圖，爲中國用紅筆設計鐵路，「大腸小腸」與「地圖上鐵路」是多麼冷酷的意象重疊⑦，客觀敍述的筆調予人眞實的撼動，無怪呂芳要逃離，怕自己也「在自己的國家裏，死無葬身之地，實在寒透了心。」自殺在文革期間的知識分子來說，平凡得很，名小說家沈從文就試過多次。一般人看他後來安於故宮書寫標籤、考證文物的工作，認爲他豁達，其實他也嘗試圖了斷自己；「夜曲」中，

⑦ 參閱季季編「六十八年短篇小說選」評介，爾雅出版社六十九年二月出版。

呂芳的女同事，留英的女教授，不也爲了爭尊嚴而自殺？呂芳與劉偉也有可能！但唯獨高宗漢適合做這樣的安排，人物個性塑造上既前後統貫，而且理想與現實前後對照，最後影象重疊，卻又完全離譜。作者不輕著一字一詞，所謂「政治摧殘人才」已是不言而喻，在小說藝術手法上無疑是絕妙的高招。

試想如果把劉偉換去拖垃圾，讓高宗漢挑糞，也未必沒有可能，但就沒法經營如此「完美」的意象。文革期間，沈從文那體重三十八公斤的妻子張兆和被安排去挑土，築堤捍湖❽，呂芳未嘗不可能做類似的苦工，但爲了與她的藝術有所關繫，作者讓她被迫去用手拔野草，和野荆棘「赤搏」而傷了手；劉偉提倡人工肥料，偏要去挑天然肥料——糞。難得的是這些象徵隱喩都呈現得不着痕跡，作者不愧是短篇好手。

小說以大厦守門黑人與吳振鐸的對白作結，「外面眞的很冷。」冷的何止是氣候哪！吳振鐸剛剛上了一課人間最「陰冷」的課程，想必與呂芳一樣「心寒」，呂芳此去，不知何年何月再見，他深摯的情愛，只獲得冷靜平淡的回應。「此情可待成追憶」，未再見呂芳之前，他的回憶充滿甜蜜，往後再憶想，只怕烏雲籠罩，不能不感慨萬端了。年輕時代呂芳嘗飮的黑咖啡，已經

---

❽ 沈從文自殺，見馬逢華「懷念沈從文教授」，傳記文學第二卷第一期；沈夫人張兆和挑土築堤捍湖，見馬逢華「重晤沈從文教授」，中國時報七十二年二月三、四日人間副刊。

不適合常患失眠的她；那雙「婀娜剛勁」修長的手，變成布滿殷紅斑痕與赤紅肉菌。那一捧的白菊花，欣賞的少女已經成了歷盡滄桑的垂老婦人……。「冷呵，」冷的何止是氣候？

原載民國七十四年九月二十八、二十九日大華晚報副刊

當代西方哲學與方法論 臺大哲學系主編
人性尊嚴的存在背景 項退結編著
理解的命運 殷鼎著
馬克斯・謝勒三論 阿弗德・休慈原著、江日新譯
懷海德哲學 楊士毅著
洛克悟性哲學 蔡信安著
伽利略・波柏・科學說明 林正弘著

宗教類

天人之際 李杏邨著
佛學研究 周中一著
佛學思想新論 楊惠南著
現代佛學原理 鄭金德著
絕對與圓融——佛教思想論集 霍韜晦著
佛學研究指南 關世謙譯
當代學人談佛教 楊惠南編著
從傳統到現代——佛教倫理與現代社會 傅偉勳主編
簡明佛學概論 于凌波著
圓滿生命的實現（布施波羅密） 陳柏達著
薝蔔林・外集 陳慧劍著
維摩詰經今譯 陳慧劍譯註
龍樹與中觀哲學 楊惠南著
公案禪語 吳怡著
禪學講話 芝峯法師譯
禪骨詩心集 巴壺天著
中國禪宗史 關世謙著
魏晉南北朝時期的道教 湯一介著

社會科學類

憲法論叢 鄭彥棻著
憲法論衡 荊知仁著
國家論 薩孟武譯
中國歷代政治得失 錢穆著
先秦政治思想史 梁啟超原著、賈馥茗標點
當代中國與民主 周陽山著
釣魚政治學 鄭赤琰著
政治與文化 吳俊才著
中國現代軍事史 劉馥著、梅寅生譯
世界局勢與中國文化 錢穆著

中華文化十二講	錢　穆　著
民族與文化	錢　穆　著
楚文化研究	文崇一　著
中國古文化	文崇一　著
社會、文化和知識分子	葉啟政　著
儒學傳統與文化創新	黃俊傑　著
歷史轉捩點上的反思	韋政通　著
中國人的價值觀	文崇一　著
紅樓夢與中國舊家庭	薩孟武　著
社會學與中國研究	蔡文輝　著
比較社會學	蔡文輝　著
我國社會的變遷與發展	朱岑樓主編
三十年來我國人文社會科學之回顧與展望	賴澤涵　編
社會學的滋味	蕭新煌　著
臺灣的社區權力結構	文崇一　著
臺灣居民的休閒生活	文崇一　著
臺灣的工業化與社會變遷	文崇一　著
臺灣社會的變遷與秩序(政治篇)(社會文化篇)	文崇一　著
臺灣的社會發展	席汝楫　著
透視大陸	政治大學新聞研究所主編
海峽兩岸社會之比較	蔡文輝　著
印度文化十八篇	糜文開　著
美國的公民教育	陳光輝　譯
美國社會與美國華僑	蔡文輝　著
文化與教育	錢　穆　著
開放社會的教育	葉學志　著
經營力的時代	青野豐作著、白龍芽　譯
大眾傳播的挑戰	石永貴　著
傳播研究補白	彭家發　著
「時代」的經驗	汪琪、彭家發　著
書法心理學	高尚仁　著
史地類	
古史地理論叢	錢　穆　著
歷史與文化論叢	錢　穆　著
中國史學發微	錢　穆　著
中國歷史研究法	錢　穆　著
中國歷史精神	錢　穆　著

國史新論	錢　　穆　著
秦漢史	錢　　穆　著
秦漢史論稿	邢義田　著
與西方史家論中國史學	杜維運　著
中西古代史學比較	杜維運　著
中國人的故事	夏雨人　著
明朝酒文化	王春瑜　著
共產國際與中國革命	郭恒鈺　著
抗日戰史論集	劉鳳翰　著
盧溝橋事變	李雲漢　著
老臺灣	陳冠學　著
臺灣史與臺灣人	王曉波　著
變調的馬賽曲	蔡百銓　譯
黃帝	錢　　穆　著
孔子傳	錢　　穆　著
唐玄奘三藏傳史彙編	釋光中　編
一顆永不殞落的巨星	釋光中　著
當代佛門人物	陳慧劍編著
弘一大師傳	陳慧劍　著
杜魚庵學佛荒史	陳慧劍　著
蘇曼殊大師新傳	劉心皇　著
近代中國人物漫譚・續集	王覺源　著
魯迅這個人	劉心皇　著
三十年代作家論・續集	姜　　穆　著
沈從文傳	凌　　宇　著
當代臺灣作家論	何　　欣　著
師友風義	鄭彥棻　著
見賢集	鄭彥棻　著
懷聖集	鄭彥棻　著
我是依然苦鬥人	毛振翔　著
八十憶雙親、師友雜憶（合刊）	錢　　穆　著
新亞遺鐸	錢　　穆　著
困勉強狷八十年	陶百川　著
我的創造・倡建與服務	陳立夫　著
我生之旅	方　　治　著
語文類	
中國文字學	潘重規　著

中國聲韻學	潘重規、陳紹棠	著
訓詁通論	吳孟復	著
翻譯新語	黃文範	著
詩經研讀指導	裴普賢	著
陶淵明評論	李辰冬	著
鍾嶸詩歌美學	羅立乾	著
杜甫作品繫年	李辰冬	著
杜詩品評	楊慧傑	著
詩中的李白	楊慧傑	著
司空圖新論	王潤華	著
詩情與幽境——唐代文人的園林生活	侯迺慧	著
唐宋詩詞選——詩選之部	巴壺天	編
唐宋詩詞選——詞選之部	巴壺天	編
四說論叢	羅盤	著
紅樓夢與中華文化	周汝昌	著
中國文學論叢	錢穆	著
品詩吟詩	邱燮友	著
談詩錄	方祖燊	著
情趣詩話	楊光治	著
歌鼓湘靈——楚詩詞藝術欣賞	李元洛	著
中國文學鑑賞舉隅	黃慶萱、許家鸞	著
中國文學縱橫論	黃維樑	著
蘇忍尼辛選集	劉安雲	譯
1984	GEORGE ORWELL原著、劉紹銘	譯
文學原理	趙滋蕃	著
文學欣賞的靈魂	劉述先	著
小說創作論	羅盤	著
借鏡與類比	何冠驥	著
鏡花水月	陳國球	著
文學因緣	鄭樹森	著
中西文學關係研究	王潤華	著
從比較神話到文學	古添洪、陳慧樺	主編
神話卽文學	陳炳良等	譯
現代散文新風貌	楊昌年	著
現代散文欣賞	鄭明娳	著
世界短篇文學名著欣賞	蕭傳文	著
細讀現代小說	張素貞	著

現代詩學 蕭 蕭 著
詩美學 李 元 洛 著
詩學析論 張 春 榮 著
橫看成嶺側成峯 文 曉 村 著
大陸文藝論衡 周 玉 山 著
大陸當代文學掃瞄 葉 穉 英 著
走出傷痕——大陸新時期小說探論 張 子 樟 著
兒童文學 葉 詠 琍 著
兒童成長與文學 葉 詠 琍 著
增訂江皋集 吳 俊 升 著
野草詞總集 韋 瀚 章 著
李韶歌詞集 李 韶 著
石頭的研究 戴 天 著
留不住的航渡 葉 維 廉 著
三十年詩 葉 維 廉 著
讀書與生活 琦 君 著
城市筆記 也 斯 著
歐羅巴的蘆笛 葉 維 廉 著
一個中國的海 葉 維 廉 著
尋索：藝術與人生 葉 維 廉 著
山外有山 李 英 豪 著
葫蘆・再見 鄭 明 娳 著
一縷新綠 柴 扉 著
吳煦斌小說集 吳 煦 斌 著
日本歷史之旅 李 希 聖 著
鼓瑟集 幼 柏 著
耕心散文集 耕 心 著
女兵自傳 謝 冰 瑩 著
抗戰日記 謝 冰 瑩 著
給青年朋友的信(上)(下) 謝 冰 瑩 著
冰瑩書柬 謝 冰 瑩 著
我在日本 謝 冰 瑩 著
人生小語(一)～(四) 何 秀 煌 著
記憶裏有一個小窗 何 秀 煌 著
文學之旅 蕭 傳 文 著
文學邊緣 周 玉 山 著
種子落地 葉 海 煙 著

向未來交卷	葉海煙 著
不拿耳朶當眼睛	王讚源 著
古厝懷思	張文貫 著
關心茶——中國哲學的心	吳怡 著
放眼天下	陳新雄 著
生活健康	卜鍾元 著
美術類	
樂圃長春	黃友棣 著
樂苑春回	黃友棣 著
樂風泱泱	黃友棣 著
談音論樂	林聲翕 著
戲劇編寫法	方寸 著
戲劇藝術之發展及其原理	趙如琳譯著
與當代藝術家的對話	葉維廉 著
藝術的興味	吳道文 著
根源之美	莊申 著
中國扇史	莊申 著
立體造型基本設計	張長傑 著
工藝材料	李鈞棫 著
裝飾工藝	張長傑 著
人體工學與安全	劉其偉 著
現代工藝概論	張長傑 著
色彩基礎	何耀宗 著
都市計畫概論	王紀鯤 著
建築基本畫	陳榮美、楊麗黛 著
建築鋼屋架結構設計	王萬雄 著
室內環境設計	李琬琬 著
雕塑技法	何恆雄 著
生命的倒影	侯淑姿 著
文物之美——與專業攝影技術	林傑人 著

滄海叢刊書目

國學類

中國學術思想史論叢(一)~(八)	錢　穆　著
現代中國學術論衡	錢　穆　著
兩漢經學今古文平議	錢　穆　著
宋代理學三書隨劄	錢　穆　著
先秦諸子繫年	錢　穆　著
朱子學提綱	錢　穆　著
莊子纂箋	錢　穆　著
論語新解	錢　穆　著

哲學類

文化哲學講錄(一)~(五)	鄔昆如　著
哲學十大問題	鄔昆如　著
哲學的智慧與歷史的聰明	何秀煌　著
文化、哲學與方法	何秀煌　著
哲學與思想	王曉波　著
內心悅樂之源泉	吳經熊　著
知識、理性與生命	孫寶琛　著
語言哲學	劉福增　著
哲學演講錄	吳　怡　著
後設倫理學之基本問題	黃慧英　著
日本近代哲學思想史	江日新　譯
比較哲學與文化(一)(二)	吳　森　著
從西方哲學到禪佛教——哲學與宗教一集	傅偉勳　著
批判的繼承與創造的發展——哲學與宗教二集	傅偉勳　著
「文化中國」與中國文化——哲學與宗教三集	傅偉勳　著
從創造的詮釋學到大乘佛學——哲學與宗教四集	傅偉勳　著
中國哲學與懷德海	東海大學哲學研究所主編
人生十論	錢　穆　著
湖上閒思錄	錢　穆　著
晚學盲言(上)(下)	錢　穆　著
愛的哲學	蘇昌美　著
是與非	張身華　譯
邁向未來的哲學思考	項退結　著

現代藝術哲學	孫旗譯
現代美學及其他	趙天儀著
中國現代化的哲學省思	成中英著
不以規矩不能成方圓	劉君燦著
恕道與大同	張起鈞著
現代存在思想家	項退結著
中國思想通俗講話	錢穆著
中國哲學史話	吳怡、張起鈞著
中國百位哲學家	黎建球著
中國人的路	項退結著
中國哲學之路	項退結著
中國人性論	臺大哲學系主編
中國管理哲學	曾仕強著
孔子學說探微	林義正著
心學的現代詮釋	姜允明著
中庸誠的哲學	吳怡著
中庸形上思想	高柏園著
儒學的常與變	蔡仁厚著
智慧的老子	張起鈞著
老子的哲學	王邦雄著
逍遙的莊子	吳怡著
莊子新注（內篇）	陳冠學著
莊子的生命哲學	葉海煙著
墨家的哲學方法	鐘友聯著
韓非子析論	謝雲飛著
韓非子的哲學	王邦雄著
法家哲學	姚蒸民著
中國法家哲學	王讚源著
二程學管見	張永儁著
王陽明——中國十六世紀的唯心主義哲學家	張君勱原著、江日新中譯
王船山人性史哲學之研究	林安梧著
西洋百位哲學家	鄔昆如著
西洋哲學十二講	鄔昆如著
希臘哲學趣談	鄔昆如著
近代哲學趣談	鄔昆如著
現代哲學述評(一)	傅佩榮編譯